W0216343

Las Piedras del Mesías

Irving Benig

Las Piedras del Mesías

Traducción de
Roger Vázquez de Parga y Sofía Coca

Círculo de Lectores

A mi padre

Dios encuentra la manera

Viejo dicho

Agradecimientos

Estoy en deuda con mi agente Barbara Lowenstein, cuya visión me dio fe; con mis editores David Rosenthal, que aceptó esa fe, y Craig Nelson, cuya claridad me infundió ánimos; con Marcia Potash y Eileen Cope, que abrieron la puerta. Y sobre todo le estoy agradecido a mi hija, Stephanie, una luz en mi vida.

Tel-Aviv, Israel, 26 de enero de 1955

Querida Barbara:

Estos últimos días no te he escrito porque –a excepción de unas cuantas horas de sueño– hemos estado trabajando en una nueva excavación. Hemos hecho un descubrimiento trascendental que supera todo lo que habíamos esperado. No sé cómo describirte nuestro hallazgo, puesto que ahora estamos empezando a comprender toda su significación. El descubrimiento en sí fue fruto de la casualidad, o quizá de la providencia, ya que escapa a toda comprensión.

Como sabes, nos hemos concentrado en una zona dentro del sector jordano de Jerusalén y en sus alrededores. Los jordanos han devastado la mayor parte de los antiguos lugares sagrados del viejo barrio judío, y también han profanado el cementerio judío del monte de los Olivos. Muchas cosas ocurrieron durante la última guerra; fueron arrancadas de raíz las lápidas de tumbas judías que tenían varios siglos de antigüedad y las utilizaron para hacer carreteras y para construir barracones y letrinas para la Legión Árabe cerca de Betania. Los jordanos llevan aquí varios años, pero tengo que admitir que en general no han interferido en nuestra labor. A veces resulta difícil tratar con ellos, pero como nuestro trabajo no les interesa demasiado, nos dejan en paz. Sin embargo, últimamente las cosas se han complicado, pues todo el mundo ha seguido los descubrimientos de manuscritos por parte de los beduinos en el desierto de Qumrán. ¡Esto ha suscitado mucho interés! Pero, como la mayoría de las cosas en esta vida, esa fascinación es puramente crematística: cualquier objeto que se encuentre por estos parajes seguro que tiene algún valor –razonan ellos–, de modo que, ¿por qué no ponerle un elevado precio al hecho de encontrarlo?

Hace unos dos meses te escribí contándote un descubrimiento que hicimos en el yacimiento 4. Nuestro principal interés hasta entonces había sido exclusivamente doméstico, y en general tuvimos poca suerte: algunos utensilios de cocina y unas cuantas vasijas, pero ningún pergamino ni nada de ese tipo. El principal objetivo era desenterrar algún artículo de cierta importancia, pero al cabo de unas semanas ya se nos hacía evidente que, como sucede con la mayor parte de nuestro trabajo, aquello era un callejón sin salida. Luego, de la nada –¿o fue la providencia, como decía?–, lo encontramos: un magnífico y enorme bloque de piedra procedente del muro del segundo templo de Jerusalén. ¡Y estaba aquí, en Silo, a treinta kilómetros de distancia! No cabía la menor duda de que era de la época de Herodes: las líneas cinceladas, los contornos clásicos, la longitud y el peso del macizo bloque son indicios inconfundibles de su origen.

El mayor logro arquitectónico del rey Herodes fue la ampliación del promontorio del templo, donde el rey Salomón había construido originariamente el primer templo sobre el monte Moriah. Herodes empleó más de diez mil obreros, y una vez terminado el templo de Jerusalén se convirtió en una de las maravillas del mundo antiguo. Los romanos conquistaron el antiguo reino de los israelitas y destruyeron el templo en el año 70. Durante el asedio y la conflagración, el templo fue pasto de las llamas. Piedra a piedra –ten en cuenta que se trata de enormes bloques que pesan toneladas– el templo fue destruido. Años después el nombre de Jerusalén fue borrado de los mapas cuando el emperador Adriano rebautizó la ciudad, le dio el nombre de Aelia Capitolina y erigió un templo dedicado a Júpiter en el emplazamiento del templo judío y otro dedicado a Venus sobre el Calvario.

Con el paso de los años poco ha quedado del templo, excepto un muro: en realidad es una pared exterior detrás de un patio, que los judíos llaman Muro occidental. (Este ha sido a menudo conocido –erróneamente– como el Muro de las Lamentaciones, probablemente debido al modo en que los judíos devotos rinden culto delante del mismo en forma de fervientes plegarias que semejan quejidos.) A consecuencia de esta última guerra entre los israelíes y sus vecinos árabes, a los judíos se les prohíbe orar ante la pared. El yacimiento 4 –nuestra última excavación– no está en Jerusalén, sino en Silo, como te he dicho, a unos treinta kilómetros al nordeste de Jerusalén, en lo que se llamaba Samaria en tiempos de Cristo; según el trabajo que ha llevado a cabo el doctor Anderson, nuestro principal interés arqueológico debería ser la localización de la villa de un rico mercader. Pero no hemos logrado encontrar esa villa; en cambio hemos hallado un bloque de piedra de las paredes del templo. Lo que resulta absolutamente extraordinario a este respecto, Barbara, es en el fondo una pregunta muy sencilla aunque en verdad sorprendente: ¿Por qué se encuentra aquí? Además de esta pregunta, hay otras: ¿de qué modo llegó? ¿Quién la trajo?

Hemos excavado una zona del tamaño de un campo de fútbol, pero de momento no hemos encontrado ninguna otra piedra ni objeto alguno que nos proporcione la menor pista. Aparte de una pequeña sección, aún virgen, localizada en el extremo oriental de nuestra excavación, hasta ahora no hemos hallado nada que nos muestre su historia.

Intenta imaginarte lo increíblemente difícil que debió de ser hace dos mil años remolcar este enorme bloque de piedra, que pesa varias toneladas, durante kilómetros y kilómetros a través de toscas carreteras, si es que había algún tipo de carreteras. Además, ¡el país se encontraba en estado de guerra! A los judíos los estaban matando a millares; se dice que cerca de medio millón fueron llevados a Roma como esclavos. Había soldados romanos por todas partes haciendo cumplir la ley marcial. Sin embargo, en medio de tanta carnicería y del caos reinante, en medio de la destrucción de una nación entera bajo el peso del Imperio Romano, ¡un bloque de piedra del Muro es transportado hasta un lugar que no tiene relación alguna con su origen y que se encuentra a muchos kilómetros de distancia! ¿Estaban los judíos tratando de ocultarlo, de salvarlo? ¿Es que hay algo que se nos escapa? ¿Alguien lo estaba robando? ¿Se lo llevaron en realidad los judíos? ¿O serían los romanos?

Con el paso de los años no deja de asombrarme lo poco que sabemos del pasado. Quizá sean prejuicios profesionales, pero no creo que hayamos progresado mucho. En cierto modo, si los fantasmas que vagan por esta tierra pudieran contarnos lo que saben, como dice el fantasma de Hamlet, ¡se desvelaría una historia que nos haría morir de miedo!

4.00 h
28 de febrero

Tal como han ido las cosas, no te he enviado esta carta, sino que me la he llevado conmigo a casa del doctor Anderson. Se la dará a un joven estudiante que te la mandará por correo desde Tel-Aviv, donde comprobarás que, de momento, tengo mi nueva dirección. Tuvimos que salir apresuradamente, y el viaje en coche fue difícil; al vehículo se le reventó un neumático, pero estamos bien. Muchas, muchas cosas han ocurrido desde la última vez que te escribí, pero ahora estoy demasiado cansado para explicártelo, y también demasiado deprimido. ¿Cómo puedo estar lejos de ti tanto tiempo? Tengo que dormir un poco. Anderson se ha mostrado muy reservado, al igual que algunos de los estudiantes que se ha traído consigo desde Chicago. ¿Quién podía prever lo que hemos descubierto? ¡No te he contado ni la mitad! Por primera vez en mi vida, querida mía, tengo miedo. Quizá nos hayamos tropezado con algo que habría sido mejor dejar enterrado. Pero hemos abierto la puerta, y permanece entreabierta. Mañana, más.

Con todo mi amor,
PHILIP

Capítulo primero

Un viejo abogado

Enero de 1995

Empezó como un misterio.

Y yo era la persona menos cualificada de la Tierra para meterme en ello, para resolver ese misterio.

No soy de la clase de personas que uno espera que se lancen en busca de aventuras. Creo que mi esposa, mis hijos y mis amigos me describirían como una persona muy conservadora. Supongo que siempre he sido así.

Me educó mi madre, que se quedó sola y tuvo que arreglárselas para salir adelante con su hijo único –yo–, un niño escuálido al que le gustaba leer libros más que jugar al fútbol. Después de los cinco años no volví a ver a mi padre. En aquella época, a mediados de la década de los cincuenta, no era fácil para una mujer tener que apañarse sola, sobre todo teniendo un hijo que criar. Se vio obligada a vivir con el estigma de haber sido abandonada, en un mundo en el que a las mujeres independientes se las contemplaba con fría curiosidad, cuando no con total desdén. Nunca salió con nadie ni pensó en volver a casarse, supongo, cosa que en su situación habría sido posible con el debido asesoramiento legal. Pero se limitó a conseguir un empleo y a trabajar fuera de casa. Nunca se quejó.

En cuanto a mí, como empezaba a ir al colegio, me resultó todavía más difícil sentirme igual que cualquier otro niño, acarreando mi maletín Howdy Doody con el almuerzo y con una corbata de lazo estilo Hopalong Cassidy que me ponía para ir a clase. Puedo decir sinceramente que en aquella época no me sentía como los demás niños. Me sentía diferente y tenía la sensación de que mi padre, que había desaparecido misteriosa y permanentemente y que se había marchado a lugares desconocidos por motivos que mi madre y yo nunca averiguamos, me había escamoteado lo que de algún modo me pertenecía. Recuerdo que yo pensaba que quizá había sido por mi culpa, por algo que yo había hecho. ¿Qué hacía falta para que alguien abandonase a su hijo? El año pasado se dio el caso de la joven madre del sur de California que presuntamente asesinó a sus dos hijos menores. ¿Podemos siquiera llegar a comprender qué la impulsó a hacerlo? Cuando uno cruza la línea y se sale del círculo de las emociones humanas normales, no existen explicaciones. Pero eso no alivia el golpe; los hijos de esa mujer continúan estando muertos y mi madre y yo no dejamos de estar abandonados.

Mi madre trabajaba de secretaria en Chicago, en el Loop, y a medida que pasaban los años yo me centraba cada vez más en mis estudios, sobre todo en historia y culturas antiguas. Ya a edad temprana me fascinaban personajes como Alejandro Magno, Carlomagno y Gengis Kan. Sobresalían en mi imaginación con una intensidad y una claridad que superaba las palabras impresas en las páginas. Con los ojos de la imaginación podía visualizar a cada uno de ellos mientras pasaban por su etapa de la historia. Incluso hoy día recuerdo la vívida leyenda del gran Kan, rodeado de sus enemigos y abandonado para que muriera en la ladera de una colina. Pero el gran Kan logró confundir a sus enemigos, pues se bebió su propia sangre y comió carne humana para subsistir. Tales fueron las historias que llenaron mis horas infantiles, probablemente no menos aterradoras que otros cuentos apropiados para la hora de acostarse, con brujas que ofrecen manzanas envenenadas o que capturan a niños en el bosque para después guisarlos a la hora de la cena.

Al hacerme mayor, sin embargo, empecé a ver a esos mismos gigantes de la historia mucho mejor situados en el verdadero contexto de sus épocas respectivas. No fueron tanto los impulsores de sus eras, sino únicamente un elemento más de un relato mucho más largo. No obstante, nunca perdí mi fascinación infantil por el estudio de lo heroico en la historia, por comprender hasta qué punto el individuo –cualquier individuo– puede forjar su propio destino, y en qué medida los acontecimientos, las fuerzas que fluyen a través de nuestras vidas como las corrientes profundas de un río, nos dan forma a nosotros sin que podamos controlarlas. En una etapa más avanzada de mi vida convertí ese interés en mi profesión de académico, de maestro, y finalmente me acomodé como profesor numerario de una pequeña y liberal facultad de humanidades situada en una apartada región de Pennsylvania.

Para mí fue una elección natural: investigar, leer, escribir de vez en cuando un artículo académico y tener tiempo para estar con mi mujer y mis hijos. La mayoría de los hombres no tienen ocasión de estar en casa durante el día, de disfrutar de algo tan corriente como ver el correo cuando llega. Yo fui uno de esos pocos afortunados. Supongo que podría decirse que llevaba una vida tranquila, y creo que eso sería bastante exacto. Quizá incluso fuese una vida anticuada. Me declaro culpable de que me gusten la música clásica y la ópera, y no la clase de música que se expone en primera fila en los estantes de las tiendas de discos. Por eso creo que yo era la última persona de la que nadie podía esperar que se viera implicada en todo esto. Hoy, al escribir estas palabras –¿cómo es que los acontecimientos se desarrollaron con tanta rapidez?–, todavía se me hace difícil creer el modo tan inocente como empezó todo. O, en realidad, del modo tan deliberado como empezó.

Los últimos cinco inviernos han sido especialmente fríos en Pennsylvania, con mucha más nieve en el suelo de la que la gente puede recordar desde hace mucho tiempo. Pero el aire es sano y limpio, y hay una belleza especial en la vida del campus de una pequeña universidad rural del nordeste. Los ritmos son tranquilos y regulares mientras la cosecha de caras de nuevos estudiantes del curso que empieza sustituye a las de aquellos que se han graduado. En realidad era exactamente este plácido ritmo de vida lo que más me gustaba; así que cuando ocurría algo que trastornaba el pulcro orden del programa de la facultad, sobresalía como algo especial. Pero dejando eso aparte, la carta certificada que recibí aquel lunes por la mañana habría sobresalido como algo especial en la vida de cualquiera.

Era de un abogado de Washington que se identificaba como representante de una tercera persona en cuyo testamento yo había sido nombrado único beneficiario. Al parecer yo había heredado algo valioso de un pariente fallecido, cuyo nombre no se mencionaba en la carta del abogado, y el testamento estaba a punto de leerse; el abogado requería mi presencia en esa lectura. Para guiarme en la dirección correcta y convencerme de que hiciera el viaje a Washington, el abogado me enviaba un billete de avión de ida y vuelta. Lo único que yo tenía que hacer era llamar a las líneas aéreas y confirmar la reserva pagada de antemano. Si tenía alguna pregunta que hacer –y tenía por lo menos una docena–, el abogado me sugería que le llamase aquel mismo día.

Sarah, mi esposa, se mostró escéptica.

–No sé, John, me parece una treta –comentó mientras sostenía la carta en la mano–. Pero por otra parte el billete de avión parece auténtico. ¿Por qué no llamas primero a la compañía aérea para ver si es válido y luego te pones en contacto con ese abogado? Intenta hacerlo a cobro revertido, a ver si acepta la llamada. Luego podrás tomar una decisión.

Sarah y yo llevamos casados once años. Hace unos cuatro, ella y una socia abrieron junto al campus una pequeña librería especializada en el género de misterio. Le pusieron el nombre de Private Ice. En general Sarah es mucho más aguda que yo en asuntos de negocios y la tienda ha ido muy bien.

Miré a Sarah mientras se dirigía a lo alto de la escalera del sótano para llamar a los niños a cenar y me convencí de que la quería más que nunca.

–¿Ahora o después de cenar? –le pregunté.

–¿Qué?

–¿Llamo ahora o más tarde? Probablemente no esté en el despacho a estas horas. Quizá seamos millonarios...

–¿Tienes algún pariente rico del que no hayas oído hablar?

–¿Cómo voy a saberlo si nunca he oído hablar de él?

–Probablemente no se trate de dinero, sino de algún cuadro viejo o cualquier mueble polvoriento. La gente deja en herencia las cosas más disparatadas. Nunca se sabe lo que algunas personas consideran valioso.

–Puede que sea un Picasso –comenté.

–Bueno –dijo Sarah mientras les miraba las manos a los niños para ver si las tenían limpias, que no lo estaban–, quizá podamos venderlo, sea lo que sea.

Volví a mirar la carta.

–Desde luego si nunca he oído hablar de él, o de ella, podría tratarse de cualquier cosa –dije en mi tono lógico de profesor–. O de nada en absoluto...

–¿Por qué no llamas, John? No creo que pueda estar durante la cena con esa intriga.

Y llamé. La compañía aérea me confirmó que los billetes eran auténticos. Pero, desgraciadamente, la telefonista me dijo que no contestaba el número de Washington que yo le había dado, y que ella no podía dejar ningún mensaje en el contestador. Así que acabé por llamar directamente, no a cobro revertido, y le dejé un mensaje al abogado pidiéndole que me llamase.

Tenemos dos niños, Joshua y Oliver, de ocho y seis años, respectivamente. Aparte de Sarah, son las personas más importantes en mi vida. En cierta manera no me siento digno de ellos, como si me hubieran hecho un regalo de inmenso valor que en modo alguno mereciera.

En nuestra casa, la cena suele ser un acto ruidoso.

Cuando sonó el teléfono, diez minutos después, lo cogió Joshua. Como es el hijo mayor, se ha nombrado a sí mismo la voz oficial de la familia cada vez que suena. Al ir corriendo hacia el teléfono de la pared estuvo a punto de tropezar con un camión de juguete que su hermano o él mismo habían aparcado debajo de la mesa de la cocina.

Era el abogado, que respondía a mi llamada.

Se llamaba James Frederick Stanton, y me aseguró que su carta era auténtica. Sin embargo, aparte de lo que me decía en la misma, no estaba dispuesto a divulgar ninguna clase de información antes de la lectura del testamento, aunque me comunicó que me reembolsaría los gastos de hotel si era necesario que me quedara a pasar la noche en Washington.

–¿Quiere que le haga una reserva, solo como previsión?

–No, no es necesario –le dije–. Pero ¿no puede decirme nada? ¿Ni siquiera el nombre de ese pariente?

–El testamento especifica que debe hallarse usted presente físicamente para la lectura del mismo, señor McGowan. Y este es un caso especial en muchos aspectos. Estoy deseando verle a usted. ¿Le parece bien mañana?

–¿Mañana? –le pregunté con incredulidad–. ¿Pretende que esté en Washington mañana?

–Si le parece oportuno –dijo Stanton.

–Pues no lo creo. Tendré que arreglar lo de mis clases. No puedo levantarme sin más y coger el avión a Washington –le expliqué para dejar claro algo que, esperaba, resultaba evidente.

–Comprendo –dijo en tono tranquilizador la voz que había al otro extremo de la línea telefónica.

–¿Qué le parece el miércoles? –le pregunté.

–Muy bien –convino Stanton–. ¿Por qué no me llama cuando sepa la hora de llegada? Permítame que le indique cómo llegar hasta mi despacho; se encuentra a poca distancia en coche desde Dulles.

–De acuerdo –dije–, pero antes deseo hacerle una pregunta más, si no le importa. ¿Cómo ha dado conmigo?

–El miércoles –repitió Stanton–. Le contestaré a todas las preguntas el miércoles.

Sarah me miró con una expresión intrigada e inquisitiva en los ojos.

–¿Qué es lo que te hace tener tanta suerte? –me preguntó.

Y echó la cabeza hacia atrás como suele hacer cuando se le viene el cabello a la cara. Sarah tiene el cabello de un color rojo brillante: un cabello rojo lustroso, espeso, maravilloso, que ante mis ojos añade un acento de belleza suplementario a su atractivo.

–¿Tiene suerte papá? –preguntó Joshua dándole vueltas al tenedor con las dos manos entre los espaguetis, como si estuviera buscando petróleo en el centro del plato.

–Sí –dijo Sarah–, papá tiene mucha suerte.

La última vez que había estado en Washington había sido tres meses antes, cuando estaba acabando un capítulo de mi libro acerca de las estrategias de la Segunda Guerra Mundial. La Biblioteca del Congreso tiene una soberbia colección de material para los historiadores. Esperaba volver algún día al tema de la guerra y sus consecuencias, pero esta vez desde una perspectiva por completo diferente.

El viaje en taxi fue breve. Stanton me había dado indicaciones muy útiles. Tenía el despacho en una calle tranquila, en un viejo edificio de piedra marrón. Tuve la impresión de que el abogado llevaba mucho tiempo en aquel lugar. Cuando llamé al timbre exterior, vislumbré el vestíbulo a través del panel de vidrio que había junto a la puerta. Curioseando por el cristal, vi a un anciano que se aproximaba a la puerta para abrirla.

–¿El señor McGowan? –le oí decir.

–Sí –repuse.

–Pase usted, por favor.

El anciano me condujo en silencio hasta una pequeña habitación a la que se entraba desde el recibidor principal. Caminaba lentamente, y yo iba detrás. Hasta que volvió a hablar, cuando ya estuvimos sentados en el despacho, no me di cuenta de que se trataba de Stanton. Aunque quizá tuviera ochenta años, o más, poseía la voz de un hombre mucho más joven, la misma voz que yo había oído por primera vez a través de la línea telefónica unos días antes.

–Bienvenido a Washington, señor McGowan –dijo mientras contenía la respiración–. Últimamente me cuesta cada vez más esfuerzo funcionar –añadió, al tiempo que extraía un largo puro de color marrón oscuro del humidificador que descansaba en el pulcro escritorio–. No soy muy activo que digamos. –La mano le temblaba ligeramente mientras sostenía el puro entre dos dedos–. El primero del día es siempre el mejor. Estaba esperando a que usted llegase para encenderlo. Me saben mucho mejor últimamente, desde que me han prohibido fumar. Igual que un niño en una tienda de caramelos: ¡imagínese que no le dejaran comer caramelos!

Pude oler el puro sin encender; me recordaba algo que no acababa de tener claro.

–¿Ha tenido un viaje agradable?

–Muy bueno –dije.

–Muy bueno –repitió; y luego, al cabo de un momento, como si acabara de ocurrírsele, continuó hablando–: Perdone, ¿le apetece un puro?

–No fumo, pero gracias de todos modos.

–Ah, lástima –dijo al tiempo que rebanaba la punta del puro con una herramienta especial que se sacó del bolsillo del chaleco; luego lo encendió de forma ceremoniosa con una cerilla de madera, quemando el extremo todo por igual mientras llevaba a cabo las primeras aspiraciones–. Vivimos unos tiempos terribles, señor McGowan. Los médicos le han quitado a la vida todos los placeres. Nada de mantequilla, nada de grasa, nada de fumar. Todos los placeres tradicionales que dieron origen a la civilización en sus comienzos. Dígame, ¿adónde va el mundo? Todos estaremos sanos, moriremos mientras dormimos al llegar a los cien años, pero no recordaremos haberlo pasado bien nunca. Por mi parte prefiero un plato de alto contenido en grasa, alto contenido en colesterol, un helado de chocolate de sabor fuerte a cualquier hora, antes que un yogur descremado y sin sabor. Soy prisionero de mi generación, podríamos decir.

El humo que produjo al fumar llenó la habitación de nubes aromáticas. Lo estuve contemplando en silencio mientras él realizaba unas largas y profundas aspiraciones.

–No vendrá nadie más, señor McGowan. Usted es el único.

–Señor Stanton –comencé a decir, incapaz de contenerme ante su comportamiento, tranquilo y sin prisas–, quizá sería usted tan amable de despejar algunas de mis dudas.

–¿Qué le gustaría saber primero?

Dio una prolongada chupada al puro y exhaló educadamente el humo hacia un lado. Tuve la clara impresión de que había practicado esa conducta muchas veces con anterioridad.

–Pues...

–Prepárese para llevarse una fuerte impresión, señor McGowan. –Aguardé a que continuara–. El hombre de cuyo testamento vamos a ocuparnos es William McGowan, su padre.

No dije nada. Aquel hombre tenía razón: yo estaba impresionado.

–¿Le apetece una copa? –me preguntó.

Aunque aún no era mediodía, acepté el ofrecimiento de Stanton. Sirvió un trago para cada uno, en vasos muy decorados, de una botella con forma extraña que parecía ser de whisky escocés.

–Whisky de malta –dijo–. Treinta años. Solo para ocasiones especiales.

Habitualmente no suelo beber. Una vez me emborraché en una fiesta, antes de graduarme en la facultad, y no pude recordar después lo que había hecho o dicho en toda la noche. Me desagradó mucho el hecho de no acordarme de nada, de perder el control. Pero lo que me sorprendía esta vez casi tanto como lo que él me había dicho era que al parecer el alcohol me hacía poco o ningún efecto.

–Me gusta solo –observó–. Espero que a usted también.

Durante los diez minutos que siguieron, Stanton procedió a leer un testamento muy corto y a relatarme una historia que me mantuvo atornillado al asiento. Era la historia de mi padre, desconocida para mí desde la infancia. Según Stanton, mi madre, que había muerto unos años antes, conocía parte de aquella historia, pero no toda. Por qué nunca me había contado nada, el abogado lo ignoraba. Y tampoco me supo decir cómo había llegado ella a enterarse de aquellos detalles.

Me contó que a mediados de los años cincuenta, cuando yo era un niño, mis padres vivían en Chicago. Mi padre conducía un taxi en aquel entonces, cosa que yo nunca había sabido. Al parecer mi padre asistía a clases nocturnas para obtener la licenciatura en arqueología por la Universidad de Chicago. Según Stanton, en algún momento durante aquel período se dirigió a mi padre un profesor de la universidad que estaba organizando una expedición a Tierra Santa con el propósito de excavar unas ruinas recién descubiertas. A mi padre le emocionó la oportunidad de formar parte de aquel selecto grupo y, junto con el profesor y varios estudiantes más, partió para Israel.

Stanton me relató estos acontecimientos de un modo objetivo y calmado.

Me explicó que mi padre estaba trabajando en Israel cuando, un buen día, el profesor –que para entonces se había convertido en su mentor– le pidió que regresara a Estados Unidos. Mi padre regresó, efectivamente, y poco después localizó a Stanton en Washington.

Le dijo a Stanton que quería contratar sus servicios para hacer testamento. A Stanton aquello le pareció un poco extraño, puesto que mi padre era un hombre relativamente joven. Y lo que resultó aún más extraño, dijo Stanton, fue lo que mi padre le pidió a continuación. Sacó de la cartera de documentos un grueso sobre, se lo entregó al abogado y le explicó que contenía cartas personales. Mi padre quería que Stanton las guardase en lugar seguro y que a su muerte o bien en enero de 1995, lo que ocurriera antes, se las entregase a su hijo, que, naturalmente, en aquellos momentos era solo un niño.

Stanton me contó que mi padre le había pagado diez mil dólares en efectivo, los cuales, según le había asegurado, los había obtenido de un pariente rico. En aquella época, aquella cantidad suponía los ingresos de Stanton de todo un año, y había de emplearse para sufragar cualquier gasto durante los siguientes cuarenta años.

Al principio Stanton quiso rechazar a aquel cliente, no tener en cuenta el dinero que le ofrecía. Dudaba que el joven estudiante tuviera un pariente rico y no estaba seguro de desear verse implicado en algo que duraría tantos años. Pero había algo en Bill McGowan, algo que se hizo evidente mientras estaba allí sentado en el despacho del abogado, que hizo cambiar de idea a Stanton. Se dio cuenta instintivamente de que McGowan era honrado, o por lo menos de que los motivos que lo impulsaban a hacer aquello eran buenos. Quizá estuviera inventándose una historia para explicar la posesión de tanto dinero en efectivo, pero a Stanton le pareció que aquella era una forma inocente de faltar a la verdad con intención de hacer que el abogado lo creyera.

–Me cayó bien –dijo Stanton–. ¿Ha conocido usted alguna vez a alguien por quien inmediata e instintivamente haya sentido simpatía? Como resultado, quise ayudarle. Fue así de sencillo. Nunca he vuelto a conocer a nadie como su padre. Tenía un aura alrededor. Es imposible de explicar, incluso no se comprende a menos que lo vea uno con sus propios ojos. Estoy seguro de que usted quería a su padre, aunque probablemente le resulte difícil recordarlo. Usted solo era un niño, ¿no es cierto?

Luego Stanton sacó el testamento, del que yo –no mi madre– era el beneficiario. Se me dejaban las cartas como legado. Y puesto que estábamos en enero de 1995, Stanton se había puesto en contacto conmigo para leerme el testamento y entregarme las cartas.

Cuando el anciano abogado terminó de relatar aquella historia y de leer el testamento, le pregunté si podía tomarme otra copa. Me la sirvió. En esta ocasión me pareció saborear el whisky mucho más.

La historia que me había contado era absolutamente increíble, al menos eso me parecía, y estoy seguro de que Stanton podía ver la incredulidad escrita en mi rostro.

–Le aseguro, señor McGowan –dijo en respuesta a aquella no expresada incredulidad–, que todo lo que acabo de contarle es la absoluta verdad.

–Pero resulta difícil de creer.

–¿Qué parte? –me preguntó.

–Toda ella. Por ejemplo, ¿qué le ocurrió a mi padre? ¿Por qué desapareció? ¿De dónde sacó tanto dinero? ¿Por qué lo escogió a usted, aquí en Washington, cuando él era de Chicago? ¿Por qué le dio instrucciones a usted para que esperase todos estos años antes de ponerse en contacto conmigo? ¿Por qué a mí? ¿Y cómo supo usted dónde encontrarme?

–La respuesta a todas esas preguntas, y a muchas otras que estoy seguro no ha tenido ocasión de formular todavía, es la misma: no lo sé. Es decir, a todas excepto a la última –dijo Stanton con una sonrisa en los labios mientras miraba el extremo encendido del puro–. Verá usted –continuó diciendo–, digamos que he tenido a la vista siempre su paradero. Algo así como que he conservado al día su dirección postal.

–¿Durante cuarenta años?

–Durante cuarenta años.

Lo miré. Estaba contento consigo mismo, como si acabase de completar un crucigrama que le tuviera obsesionado, hubiera descifrado un código difícil o hubiera establecido contacto con una civilización extraterrestre.

–Soy un hombre paciente –dijo–. Quizá su padre presintió eso en mí. Y pagó muy bien mis servicios por poco trabajo, y por adelantado. ¿Qué más puede desear un abogado? No sea tan difícil de convencer, señor McGowan. Ha sido en realidad mucho menos trabajo de lo que usted imagina, y he tenido algunos casos inusuales durante estos años, aunque ninguno tan extraño como este.

Stanton y yo continuamos así durante un rato. Examiné el testamento, que era muy sencillo. En él mi padre declaraba que yo era su heredero, a quien dejaba las cartas que había depositado bajo segura custodia en poder de James Frederick Stanton, un abogado de Washington cuya dirección era la misma que yo visitaba varias décadas después.

–¿Y si yo hubiera muerto? –quise saber.

–¿Qué? –preguntó Stanton con sorpresa; quizá no había oído bien la pregunta.

–Quiero decir, ¿y si yo hubiera muerto antes de enero de 1995, en Vietnam, por ejemplo?

–¿Estuvo en Vietnam?

–No.

–Pues ya ve, muy bien...

–Pero supongamos... digamos en un accidente de coche. Podría haberme ocurrido cualquier cosa.

–Tiene usted razón; cualquier cosa que puede ocurrir, ocurre. Pero no en este caso. Quizá fue usted afortunado. ¿Tiene usted suerte, señor McGowan?

–¿Suerte?

–Es una cualidad muy infravalorada en la vida. Yo creo que existe, lo mismo que la inteligencia o un brazo fuerte para hacer un lanzamiento en el béisbol. O se tiene o no se tiene.

Yo le creía. Recordé que una vez leí que un general le había sido muy recomendado a Napoleón. «Sí, pero... ¿tiene suerte?», quiso saber el astuto corso.

El anciano abogado me pidió que me quedase en el despacho mientras él iba al piso de arriba a buscar lo que llamó mi «herencia». A su regreso llevaba consigo una caja de puros con una ancha banda de goma de color rojo alrededor de ella; comprendí por la expresión del rostro de Stanton que le preocupaba algo que todavía no había compartido conmigo.

–Señor McGowan –empezó a decir, al tiempo que, casi sin aliento, se sentaba con cierto alivio en el sillón que había detrás del escritorio–, quiero que comprenda usted que, como cliente mío, yo le debía a su padre lealtad y confidencialidad. Ahora que he cumplido mis obligaciones con él, me siento aliviado. Lo que estoy intentando decirle, señor McGowan, es que no creo que su padre actuara conmigo con entera honestidad. En realidad creo que me ocultó la mayor parte de lo que sucedió en Tierra Santa. Las preguntas que usted hace ahora son muy parecidas a las que hice yo hace muchos años, cuando su padre y yo estuvimos aquí sentados en este mismo despacho, y me las he hecho a mí mismo muchas veces en los años sucesivos.

Stanton hablaba con mucha parsimonia mientras colocaba con cuidado la caja de puros en el centro del pulcro y ordenado escritorio. La superficie del escritorio estaba vacía, con excepción de la caja de puros. Aunque entonces no me detuve a pensarlo, me resultó extraño que el escritorio de un abogado estuviera tan desprovisto de los montones de papeles que uno espera ver en semejante lugar. Pero el escritorio de Stanton no tenía declaraciones, informes ni memorandos; solo una caja de puros con una gruesa banda de goma roja alrededor.

–Siempre he sospechado que su padre estuvo involucrado en algún tipo de actividad peligrosa, quizá relacionada con el gobierno. ¿De dónde, si no, iba a haber sacado legalmente tanto dinero? ¿Mencionó su madre alguna vez algo sospechoso? ¿Acaso usted ha tenido alguna vez pensamientos que vayan por esos derroteros?

El viejo abogado mantuvo la caja delante de él; tenía las manos colocadas una a cada lado.

–Nunca –respondí–. ¿Cómo hubiera podido hacerlo?

–Verá, en cierto modo estoy llevando a cabo lo que muy bien puede que sea el último acto profesional de mi vida, señor McGowan. Puede que parezca que gozo de buena salud, pero le aseguro que los hechos demuestran lo contrario. No tengo lo que se dice un ejercicio de la profesión floreciente.

Al terminar este comentario empezó a toser, con una tos profunda y áspera que le duró lo que me pareció un tiempo anormalmente largo. Empecé a preocuparme. Cuando me disponía a decir algo, Stanton levantó lentamente la mano para rechazar cualquier ayuda. Así que me limité a permanecer sentado y a mirarle; me sentía confuso e inseguro, al tiempo que empezaba a experimentar por primera vez los efectos del par de copas que me había tomado. Luego, por alguna extraña razón, me acordé de mi madre y me pregunté qué habría sabido ella de todo aquello.

Cuando Stanton se recuperó, se volvió hacia la ventana y respiró profundamente unas cuantas veces antes de hablar.

–El tiempo pasa muy deprisa –dijo como si no se dirigiese a nadie mientras contemplaba por la ventana el frío invierno de Washington–. Recuerdo con toda claridad cuando su padre vino a visitarme. Desde aquel día no he vuelto a verlo.

Había una nota de pesar en la voz de Stanton que iba más allá de la nostalgia, como si echase de menos a un viejo amigo.

–Me ha dicho usted que tenía que ponerse en contacto conmigo a la muerte de mi padre o bien en enero de 1995, lo que aconteciera primero. ¿Cómo iba usted a enterarse de su muerte, de cuando muriera; en definitiva: de si había muerto? ¿Le dejó alguna dirección? ¿Se puso en contacto con usted alguna vez después de aquel día?

–Nunca, señor McGowan. En realidad no tengo manera de saber si aún vive –añadió mientras esbozaba una débil sonrisa–. Interesante, ¿verdad? –Stanton empujó con suavidad la caja de puros hacia el borde del escritorio y la puso más cerca de mí–. Esto ahora le pertenece a usted.

Miré lo que me ofrecía sin hacer ningún movimiento para acercarme, y luego, sin dejar de mirar a Stanton, me giré también hacia la ventana, que quedaba a mi izquierda.

–Sí –dije–, el tiempo pasa deprisa. Pero eso no es nada nuevo, ¿verdad?

–¿Nuevo? *¿Nuevo?* –repitió con auténtica sorpresa–. Joven, no hay nada nuevo, solo gente nueva que aprende las ideas viejas por primera vez. El pasado, el presente, el futuro... a veces me parece que todo es lo mismo, un único brebaje. Como un whisky de malta sin mezclar.

Miró su vaso.

Hacía mucho tiempo que nadie utilizaba la palabra «joven» para referirse a mí, pero de algún modo me pareció apropiada viniendo de aquel hombre que tenía sentado enfrente.

–Sabe usted, no puedo decirle cuántas teorías diferentes he sostenido durante estos largos años concernientes al contenido de esas cartas. Cuando revise el material, observará que en total son tres cartas. Dos de ellas van dirigidas a Barbara Allison, de Evanston, en Illinois, de su marido Philip. La tercera, con una caligrafía diferente, está dirigida a usted, John McGowan. –Stanton hizo una pausa y se volvió de nuevo hacia la ventana–. Las dos cartas dirigidas a la señora Allison están abiertas –continuó–, pero no las he abierto yo. Su padre me las entregó ya así. La tercera, la que va dirigida a usted, está sellada. Después de que su padre se marchase, las puse en esta caja de puros. Cubanos; ya no son legales, aunque sospecho que eso cambiará en breve.

Había una quietud en la habitación que no había advertido antes. Era como la densa quietud de la zona de recepción de una funeraria: pulcra, cómoda y muy dura. Stanton hablaba despacio, como si midiera con todo cuidado cada palabra antes de pronunciarla. El humo del cigarro llenaba todo el espacio. Haces de luz entraban por el alto ventanal, atravesaban el humo y se posaban en el escritorio. Me quedé mirando los remolinos que formaba el humo en aquellos caminos de luz y que luego desaparecían hacia arriba.

–Sí –repitió–. Muchas teorías.

Volví a mirar la caja, preguntándome qué hacer. Stanton no había acabado aún de hablar. Era un hombre de los que tienen que llenar el silencio de una habitación. Tuve la sensación de que aquel hombre había estado esperando mucho tiempo para llenar aquel silencio en concreto.

–Hay otra cosa –me dijo–. Supongo que es como una confesión. –La voz de Stanton pareció adoptar una resonancia adicional–. Aproximadamente un mes después de que su padre me diera estas cartas, hice todo lo que pude por encontrarlo. No me había dado instrucciones acerca de un encuentro futuro, pero por otra parte tampoco me había prohibido que averiguase su paradero. Se había mostrado bastante impreciso acerca de sus planes para el futuro, y me había insinuado que tenía que regresar a Tierra Santa. Pero la curiosidad pudo más que yo, y es posible que también se apodere de usted. Encontré el número de teléfono de una señora Allison en Evanston, venía en la lista a nombre de su marido; estuve a punto de llamarla, pero cambié de idea. En realidad no era de mi incumbencia y no era ético por mi parte seguir con aquello. Pero con el paso del tiempo, me pareció que su padre me había utilizado de una manera que en cierto modo era poco honrada. Por lo menos esa fue la excusa que utilicé para...

Stanton dejó de hablar y se miró las manos. Al cabo de unos instantes rodeó de nuevo el puro con los dedos y volvió la mirada hacia mí. Su voz reflejaba una ansiedad que parecía haber estado atormentándolo durante cuarenta años, y añadió:

–Leí la carta que va dirigida a usted. Lo siento; rompí la palabra que le di a su padre. Después de leerla volví a sellarla. Nadie más la ha visto. Le doy mi palabra. –Yo no sabía qué decir ni qué sentir acerca de lo que aquel hombre me estaba diciendo. Entonces él volvió a hablar y me preguntó algo sorprendente–: ¿Cree usted en Dios, señor McGowan?

No sé cuánto tiempo transcurrió mientras estuvimos allí sentados en silencio. Por primera vez me di cuenta de verdad de lo viejo que era Stanton. Supongo que hasta entonces no me había tomado tiempo para pensar en ello. Miré por toda la habitación, al parecer la misma habitación donde había estado mi padre, y me pregunté qué aspecto habrían tenido mi padre y él entonces. Yo tenía unas fotografías antiguas de mi padre, pero no habían tenido mucho significado para mí. No podía ir más allá de la imagen estampada en el papel para conocer al hombre que aparecía allí. Años atrás, en mi adolescencia, creo, había tratado de meterme dentro de aquellas viejas fotografías, había tratado de imaginarme al hombre, de hacer que él me hablase. Pero fracasé. Las fotos antiguas no son más que eso: fotos antiguas y nada más.

Vi los títulos profesionales de Stanton pulcramente enmarcados y colgados en la pared, rodeados de fotos suyas y los que probablemente serían su esposa y su hijo; una en el zoo, otra delante de una gran casa de campo cuya parte delantera estaba cubierta de hojas otoñales, y una gran fotografía de un Stanton mucho más joven y una muchacha. ¿Su hija? Estaban de pie en una base de un campo de béisbol. Ambos iban perfectamente equipados para la ocasión. Stanton esbozaba una amplia sonrisa y, como siempre, sostenía un largo puro en una mano.

Pensé en Sarah y en nuestros hijos, y en lo imposible que me sería abandonarlos en cualquier circunstancia... lo absoluta y positivamente imposible que eso sería para mí.

Y luego, unos sentimientos muy antiguos de abandono me vinieron a la mente de forma consciente, como una poderosa resaca que se me llevaba contra mi voluntad: una corriente que se apoderaba de mí y me arrastraba hacia abajo, al profundo pozo de la memoria y de la sensación de pérdida, los detritos de mi infancia. Todo lo que tenía no significaba nada, perdido como estaba en aquella corriente... perdido más allá de toda capacidad de emerger.

Hacía años que no sentía aquel miedo del abandono, de la pérdida, de despertarme en medio de la noche para ver una sombra en la pared y saber –¡saber realmente!–, más allá de todo razonamiento, que no viviría para ver amanecer. Y todo porque mi padre nos había abandonado; todo porque yo era un niño solo en el mundo, solamente con una madre que se ocupase de él. ¿Qué había hecho para merecer aquel destino fatal? ¿Por qué mi padre me había abandonado?

Sería justo decir que en lo más hondo de mi personalidad en desarrollo, a medida que me adentraba en la adolescencia y la juventud, aprendí a odiar el recuerdo de mi padre. Odiaba todo lo que me recordase a mí o le recordase a mi madre al hombre que nos había abandonado. Odiaba cualquier cosa que reflejase la existencia anterior de mi padre, incluso un acto tan simple como tener que cumplimentar un impreso en el que hubiese el apartado «Nombre del padre» mirándome desde el papel, para recordarme aquel hecho que nunca abandonaría mi vida. El odio duró en toda su intensidad hasta que, en algún momento de mi adolescencia, el recuerdo de mi padre dejó de ser una activa emoción de odio para convertirse en un frío estado de mera indiferencia y convertirse finalmente en una irrelevante reliquia de mi pasado relacionada con mi composición genética, siempre presente en mí, pero nunca formando parte de mi vida consciente. Y ahora todo ello volvía a mí como un mal sueño... como un dolor que yo recordaba.

Me di cuenta de que Stanton me había hecho una pregunta, algo que me sorprendía.

–¿Qué? –le dije por fin–. ¿Que si creo qué?

–En Dios.

–¿En Dios? –repetí en un tono parecido a un tambor, casi sin significado.

–¿Por qué no se toma usted unos momentos y lee la carta que le escribió su padre? –me sugirió–. Creo que debería hacerlo antes de considerar lo que hará a continuación.

Stanton abrió la caja, le quitó la banda de goma roja, que se rompió y se soltó cuando tiró de ella. La tapa abierta dejó a la vista tres sobres blancos. Stanton sacó uno de los sobres e, inclinándose hacia delante, lo colocó directamente ante mí. Lo trató con cierta formalidad y lo depositó al borde del escritorio como si se tratase de un objeto de gran valor.

–Siéntase en libertad para tomarse otra copa –me dijo mientras se levantaba para salir de la habitación–. Volveré cuando usted haya terminado.

Comencé a leer.

Chicago, 4 de marzo de 1955

Querido hijo: Este es mi tercer intento de empezar esta carta en dos días de angustia. He pensado y vuelto a pensar en todas las maneras posibles de comenzar, pero una y otra vez me he echado atrás, siempre con las mismas dos palabras: lo siento.

Lo siento por lo que estoy a punto de haceros a los dos, a tu madre y a ti. Lo siento por las incontables veces que no estaré ahí cuando me necesites, en las mil situaciones diferentes que ahora solo puedo imaginar, mientras creces y te conviertes en un hombre. Y siento no ser el marido que tu madre espera.

Por favor, créeme. Por favor, debes creer que hago lo que estoy a punto de hacer no porque no os quiera a tu madre y a ti, sino precisamente porque sí os quiero. Lo que tengo que hacer debo hacerlo solo, así que he ideado esta manera de tratar con ello, la única manera que me parece sensata. Si creo en lo que estoy haciendo, no tengo otra elección. Así que cuando leas esto, por favor, intenta comprenderme.

Hace aproximadamente un año, justo después de mi vigésimo quinto cumpleaños y cuando tu madre y yo llevábamos casados unos cinco años, se puso en contacto conmigo un profesor que en cierta ocasión me había dado clases de determinada asignatura en la universidad. Se llamaba Clement Anderson. En aquel momento yo me dedicaba a conducir un taxi en Chicago y estaba realizando un trabajo de posgraduado, pero me sentía muy inseguro acerca de lo que iba a hacer el resto de mi vida. Había crecido en medio de la peor depresión económica que este país ha conocido en mucho tiempo –espero que tú nunca veas una igual en tu vida–, pero había tenido la fortuna suficiente como para ganar una beca y asistir a una facultad de prestigio.

El doctor Anderson era profesor de arqueología, y dijo que me recordaba de las clases de esa materia y por mi gran interés en ella. Nos citamos en el campus para comer juntos, y Anderson me explicó por qué se había puesto en contacto conmigo. Al parecer la universidad y él tenían proyectado llevar a cabo una expedición a Tierra Santa con el propósito de excavar un yacimiento que se acababa de descubrir, y estaban reuniendo a varios estudiantes que quisieran trabajar en la excavación, trabajo por el cual les pagarían y que posiblemente los haría avanzar en su formación de posgraduados. Anderson quería saber si me interesaba unirme a la expedición.

Hablando con sinceridad, te diré que yo estaba más que interesado: me ilusionaba la perspectiva y así se lo dije. Pero también le dije que estaba casado y tenía un hijo de corta edad, y que no creía que fuera justo abandonarlos durante un tiempo que, por lo que él me había dicho, podría ser de hasta dos años. Al principio, Anderson lo aceptó sin muchos comentarios, aunque me dijo que si quería reconsiderarlo, la oferta seguiría en pie un par de semanas, puesto que aún no habían seleccionado a todos los miembros del equipo. Me sugirió que hablase de ello con mi esposa y lo pensase.

Bueno, hijo, ahí pensé que acabaría todo. Tu madre y yo estuvimos hablando del tema; en realidad ella quería que me fuera. Pero yo no podía imaginarme abandonándoos por un período tan largo. De todos modos, ¿quién ha dicho que conducir un taxi sea malo?

En realidad no volví a pensar en aquello hasta un par de semanas después, cuando volví a tener noticias de Anderson. Me dijo que aún quedaban unas cuantas plazas vacantes y se preguntaba si yo había cambiado de idea. Le dije que no, pero me sugirió que aun así nos viéramos para hablar de las novedades que habían surgido. Aquella tarde, cuando volví a reunirme con aquel hombre –esta vez en un despacho en el Loop–, mi vida cambió para siempre.

Me dirigí al despacho cuya dirección me había dado Anderson, y en él encontré a Anderson y a otro hombre. Anderson me dijo que el otro hombre era Joseph Bertucci. Lo describió como asesor del proyecto y experto en civilizaciones antiguas. Durante unos quince minutos Anderson me informó del objetivo de la expedición –todo aquello era cosa sabida para mí– y de las maravillosas oportunidades de que dispondrían después aquellos que participasen en los hallazgos, los cuales, me aseguró, entrarían en la Historia.

Al principio Bertucci no dijo nada, se limitó a sonreír o a asentir con la cabeza para mostrar su acuerdo con lo que Anderson decía. Verás, hijo, me estaban vendiendo algo, algo que yo no tenía claro, pero que cada célula de mi cuerpo me decía que era comprometido.

–Tiene un gran futuro por delante, Bill –me dijo Anderson–. No hay ni que hablar de lo que descubriremos. En realidad esta será la primera vez que alguien podrá observar de cerca aquella zona, quiero decir con tanto detalle. Entre las subvenciones de nuestra fundación y el respaldo de la universidad y del gobierno a este proyecto llevado a cabo por el profesor Allison, se le presenta un maravilloso futuro. No tendrá problemas de dinero. Y lo más probable es que cuando regrese se encuentre con un puesto de profesor adjunto. ¿Está de acuerdo en eso, señor Bertucci?

Bertucci asintió con la cabeza para indicar que estaba de acuerdo.

Anderson hizo un refrito de todos los argumentos que se le ocurrieron para convencerme de que aquello sería algo fantástico para mí. A decir verdad, hijo mío, para empezar no tengo espíritu aventurero, y a esto podríamos añadir que soy muy testarudo. En realidad cuanto más se empeña alguien en venderme algo –una vez que he notado que se trata de un mercachifle–, más me resisto. Y, maldita sea, ¡estaban empeñados en venderme algo que no tenía nada que ver con la arqueología!

Finalmente, en lo que parecía ser un intento desesperado, Anderson se acercó a la puerta del despacho y echó el cerrojo. Luego se volvió hacia mí. Durante un momento creí que iba a golpearme.

–Mire, muchacho –me dijo–. Este es un asunto muy complicado y no queremos confundirle. Hay muchas capas superpuestas en todo esto, ¿entiende lo que quiero decir? Señor Bertucci, creo que podemos confiar en Bill, aquí presente. ¿Qué le parece a usted...? ¿Deberíamos acogerlo en nuestro equipo?

–Me cae bien –respondió por fin Bertucci–. Tiene cara de hombre honrado, una cara americana. Sincera y leal. ¿Me equivoco, señor McGowan?

Anderson tomó asiento a un lado. Yo no estaba muy seguro de lo que iba a ocurrir a continuación. Me encontraba sentado en una silla; Bertucci estaba sentado al borde del escritorio y me miraba desde arriba, con la cara situada justo delante de la mía. Bertucci y yo teníamos aproximadamente la misma edad –éramos mucho más jóvenes que Anderson–, pero resultaba evidente que quien mandaba era él, de eso no cabía la menor duda. Intentó actuar como lo haría un hombre mucho mayor, quizá porque había llegado muy lejos en poco tiempo o quizá porque, como teníamos la misma edad, tenía que demostrar que él estaba muy por encima de mí.

Era un hombre de baja estatura e iba vestido elegantemente. Fumaba de una manera que estaba pasada de moda. Me dio la impresión de que aquel hombre tenía algo que demostrar.

–Este es un gran país –dijo–. Probablemente el país más grande que el mundo haya visto nunca. ¡Y eso es algo que ha costado mucho esfuerzo! De cualquier cosa que la gente desee, en este país hay más que en ninguna otra parte. Y nunca hemos perdido una guerra, ni pensamos perder ninguna. Recuerde eso, señor McGowan. Recuérdelo bien, porque este país es una encrucijada. Por una parte, por el lado derecho, continuamos por la senda de nuestras grandes tradiciones de libertad y democracia, esas grandes tradiciones por las que muchos hombres han luchado y han muerto desde la fundación de esta gran república. En esta parte vemos casas buenas y limpias, árboles, jardines y niños pelirrojos con pecas que juegan en la calle. Por la ventana de la cocina vemos a sus madres preparando la cena, mujeres bonitas, pero también mujeres muy fuertes, muy patrióticas. Esto es América, señor McGowan, en el lado derecho. Pero por la otra parte, por el camino de la izquierda, nos encontramos con un sendero retorcido, traicionero, amenazador y lleno de peligros. Edificios inhóspitos, fríos y grises, sopa aguada, rostros tristes, ningún niño. No hay libertad para vivir, solo libertad para morir. –Bertucci pronunció estas últimas palabras en un susurro ronco, como si fueran demasiado terribles para pronunciarlas en un tono de voz normal. Me miró directamente a los ojos–. Dos caminos, señor McGowan, dos opciones a las que como americanos nos enfrentamos todos y cada uno de los días. Y si nos equivocamos en la elección, no hay manera de volver atrás. Como si pusiéramos una bomba H bajo las calles de Washington y encendiéramos la mecha. Es una elección así de simple, señor McGowan. Pero al hacer esa elección... –Se echó un poco hacia atrás–. Gracias a Dios, tenemos cierta ayuda... unas cuantas manos que nos ayudan y que no están dispuestas a permitir que este país se vaya al garete. Pero sí están dispuestas a hacer cualquier cosa que sea necesaria, señor McGowan. No lo que sea posible, sino lo que sea necesario. No se confunda, los tiempos que corren son desesperados, y en tiempos desesperados hacen falta hombres valerosos. –Bertucci encendió otro cigarrillo y me ofreció uno a mí–. Bill –continuó–, ¿le gustaría dar un paso al frente y ayudar a su país en esta hora desesperada? ¿Es usted de esa clase de americanos?

Me volví hacia Anderson en busca de ayuda, pero este permaneció impasible. Bertucci emanaba ciertos aires de mando.

–¿Qué es lo que quieren de mí? –fue lo único que se me ocurrió decir.

Bertucci sonrió, se bajó de un salto del escritorio y lo rodeó hasta situarse al otro lado. Luego se dio la vuelta para mirarme de frente otra vez.

–Lo que estoy a punto de decirle debe permanecer como algo confidencial –me indicó–. No debe salir de esta habitación. ¿Entendido, señor McGowan?

Le dije que lo entendía.

Bertucci me explicó que, en efecto, él era un asesor, pero que estaba adscrito a una rama del gobierno que a su vez estaba en conexión con nuestro departamento de asuntos extranjeros. No llegó a expresar con exactitud –y eso añadió más misterio y autoridad a su posición– a qué rama y a qué departamento se refería. Su especialidad era desarrollar determinadas actividades de amplio espectro en aquellas partes del mundo donde el gobierno tuviera intereses vitales y donde esos intereses se vieran amenazados, ahora o en el futuro. Dejó claro que su autoridad para hacer planes y llevarlos a la práctica estaba autorizada al más alto nivel, y también que él solo asesoraba en aquellos proyectos que gozaban de máxima prioridad.

Ahora estaba trabajando en uno de esos proyectos en Oriente Próximo que comprendía la creación de una red de comunicaciones privada que uniera determinadas ciudades de aquella zona con una base en Estados Unidos, de modo que en el caso de que se produjeran hostilidades, las comunicaciones no se interrumpieran. Era este un programa de alto secreto que resultaba extremadamente complicado. Como parte del mismo, la expedición arqueológica, aunque auténtica, era la tapadera con la que operaban. Era importante que yo comprendiera eso. Los enlaces de las comunicaciones se crearían dentro de las excavaciones seleccionadas por el equipo. Era así de sencillo. Mi trabajo consistiría en actuar como conexión entre Anderson, otro hombre que estaba en Oriente Próximo y el líder del equipo en Washington, que era Bertucci. De vez en cuando, según lo exigiesen las contingencias, se me pediría que informase a Bertucci de los progresos obtenidos. De eso se trataba. El resultado de mi trabajo, me explicaron, sería muy beneficioso para mi país.

Y me pagarían; el dinero no era un problema, enfatizó Bertucci varias veces. Si después prefería continuar mis estudios, se me concedería una beca completa, más un sueldo y alojamiento. Por otra parte, si elegía continuar prestando servicios a mi patria, se me cualificaría para ocupar un puesto en el departamento de Bertucci.

Cualquiera podía ascender con rapidez, me aseguró, si era la clase de hombre adecuada. Dada la experiencia que yo habría adquirido en Oriente Próximo, podría empezar mi carrera con el pie derecho; Bertucci dio unos golpecitos con el pie debajo del escritorio cuando dijo eso.

–No con el pie izquierdo –puntualizó–. Lo mire como lo mire, señor McGowan, tendrá el mundo en sus manos.

Este mundo es un lugar muy grande, hijo mío. Estoy seguro de que cuando leas esto el mundo habrá cambiado considerablemente, por lo menos en apariencia. Es imposible predecir los cambios que se producirán en el futuro. Pero esto es lo que yo sé ahora, en 1955. Aunque para mi gusto Bertucci aparecía un poco envarado y burocrático, y bastante parecido a un personaje de novela de espionaje, su ofrecimiento resultaba muy atractivo, especialmente para alguien como yo, cuyas perspectivas inmediatas se circunscribían en aquel momento a lo que se veía a través de las ventanillas y las puertas de un taxi Checker. De todos modos, este es el país más grande del mundo y, con la bendición del Señor, seguirá siéndolo durante mucho tiempo en el futuro. Quién sabe, a lo mejor yo estaba predestinado a aceptar aquella oferta. Mi madre solía decir que la vida que yo llevaba era fruto de un encantamiento.

Basta decir que me zambullí de lleno aquella tarde, aunque estaba seguro de que solo me estaban mostrando parte del cuadro.

Eso fue hace aproximadamente un año.

Muchas cosas han pasado en estos últimos meses. Una de ellas, que tu padre ha envejecido mucho. Al parecer Bertucci y compañía estaban, en efecto, creando una red de comunicaciones que enlazara varias ciudades de Oriente Próximo entre sí y a través de otros enlaces con base en Estados Unidos. Pero lo que Bertucci no me dijo –en realidad fueron muchas las cosas que no me dijo– fueron dos cosas: primero, lo que sospechaban que se podría encontrar en aquella expedición; y segundo, qué fue lo que encontraron.

De eso es de lo que quiero hablarte, hijo. Piensa en esto como en nuestra cápsula del tiempo personal: una voz del pasado hacia el futuro, de una generación a la siguiente. O considéralo un descubrimiento que has hecho y que cambiará el rumbo de tu vida. No, no creo que esté exagerando en absoluto, porque eso exactamente es lo que ocurrirá.

Después de llegar a Israel me presentaron a un súbdito israelí llamado Ari; era un apodo. Ari era mi homólogo desde el punto de vista de las autoridades locales israelíes y, según me dijeron, también un fanático de la arqueología. Todo esto podía ser cierto, pero se omitía un detalle crucial respecto a Ari: que también era agente del Mossad, el servicio de inteligencia israelí. Poco después, cuando pasamos a Jordania –lo cual en sí mismo es una historia complicada, puesto que los dos países se encuentran oficialmente en guerra–, conocí a otros individuos a los que igualmente me presentaron como funcionarios del gobierno, aficionados a la arqueología o profesionales de una u otra clase que habían sido enrolados en nuestro proyecto.

Durante los seis meses siguientes, crucé repetidamente la región de un lugar a otro. Yo era mensajero, la mayoría de las veces llevaba mensajes codificados o separados en diferentes partes. Hasta entonces yo creía que esa clase de cosas solo sucedían en las películas. Nuestro grupo era extenso, se adentraba en Turquía e Irán, aunque llegaba mucho más lejos. Estoy seguro de que sabrás leer entre líneas. Espero que tu mundo sea un mundo mejor, pero al escribir esto sospecho de todos y de cada uno; Bertucci tenía razón: esto es una guerra, aunque, de algún modo, en medio del bombardeo estamos olvidando por qué luchamos. Si Dios nos está mirando, para empezar debe de preguntarse por qué nos puso en movimiento.

La mayor parte del tiempo trabajé con un pequeño grupo de americanos; solíamos operar en las ciudades. La verdad es que me lo pasaba muy bien. En cierto sentido me sentía como en casa y en mi elemento. Luego ocurrió algo inesperado.

Me encontraba en Tel-Aviv pasando un par de semanas. Ari y yo nos habíamos hecho buenos amigos, casi amigos íntimos, durante aquel tiempo. Una tarde, sin venir a cuento, me explicó confidencialmente el cuadro completo de nuestra misión. Me dijo también que, por lo que a él le atañía, las guerras futuras con los vecinos árabes de Israel eran casi inevitables, puesto que esos países persistían en sus deseos de empujar a los judíos hacia el mar. Los árabes se negaban a reconocer el hecho de que los judíos habían heredado aquella tierra desde tiempos inmemoriales, incluso con la derrota a manos de los romanos y de los sucesivos conquistadores. A lo largo de los siglos han continuado considerando Israel como su patria. Algún día, predijo Ari, los judíos volverán a conquistar el territorio perdido, en particular la antigua ciudad de Jerusalén, su hogar más sagrado y querido, emplazamiento de su antiguo templo.

Ari me contó esto con mucha naturalidad, no como si fuera una opinión suya, sino casi como un informe de acontecimientos que se avecinaban inexorablemente y que eran tan seguros como que mañana amanecerá. Disponíamos de tiempo libre y estábamos disfrutando de un día en la playa; tomábamos el sol del Mediterráneo. Ari estaba tumbado en la toalla y su larga complexión quedaba allí estirada. Tenía la piel muy bronceada sobre una tez que ya era de natural morena, y pude distinguir una larga cicatriz desde la clavícula hasta justo por encima del ombligo. Era delgada y pálida, y serpenteaba por la sección media de su cuerpo como un río que atraviesa una llanura amarronada.

Ari fumaba sin parar, incluso allí, al sol de mediodía sobre la arena caliente. Tenía adicción a los cigarrillos Lucky. Era un buen hombre y un buen amigo. Nunca le pregunté la causa de aquella cicatriz. Yo había aprendido a aceptar a las personas de aquella tierra tal como eran; había pocos israelíes que no tuvieran alguna cicatriz. La de Ari, sencillamente, resultaba más visible que las de la mayoría.

–He oído una historia que quiero relatarte, Bill. Quiero contarte esto porque he llegado a apreciarte y creo que es importante que lo sepas. No sé si la creerás o no. Será nuestro secreto, ¿de acuerdo? –Unos pájaros volaban en lo alto. Asentí con la cabeza–. Verás –continuó–, nuestro proyecto se ocupa de la red de comunicaciones secretas solo en parte. Lo de la red es auténtico, puesto que necesitamos esas líneas. De por sí es importante. Pero estamos embarcados en una búsqueda mucho más importante, amigo mío. Estamos buscando a Dios.

–¿A Dios?

–Sí... –Me quedé escuchando con mucha atención, sin saber qué pensar–. Hace algunos años, aproximadamente en la época en que se descubrieron los manuscritos del mar Muerto, un viejo beduino acudió a nosotros con una historia referente a la localización de reliquias perdidas que datan de la destrucción del templo de Jerusalén. El beduino afirmaba que él conocía la localización de esas reliquias y que de hecho las había visto. Afirmaba que predecían el futuro y que anunciaban la venida del Mesías en el tercer milenio. –Oí a lo lejos a unos niños que reían. Ari estaba muy serio mientras hablaba–.

Te digo esto –me confió– porque tú debes saberlo. El beduino afirmaba que esas reliquias profetizaban el fin del mundo: dónde, cuándo y cómo. –La risa de los niños se apagó cuando entraron corriendo en el agua–. Menuda historia, ¿no crees, amigo americano?

–¿Y tú le creíste?

–Desde luego –dijo Ari–, porque es mi padre. –Ari encendió otro cigarrillo y miró por encima de la azul extensión del mar. Por extraño que pueda parecer, vi reflejadas en sus ojos todas las esperanzas y temores de esa tierra, tan antigua y tan joven al mismo tiempo–. Verás –continuó diciendo–, mi madre es judía, y yo nací en un *kibbutz*, no lejos de aquí. Pero hay también otros habitantes. –Hizo un gesto y extendió el musculoso brazo hacia el horizonte–. Gente que ha estado aquí durante mucho tiempo. Esta es también su tierra. Antes de que se fundara el Estado de Israel, e incluso ahora, hay muchos ejemplos de amistad. Verás, mi madre y un viejo beduino... no tan viejo entonces... establecieron una de esas amistades. Una historia interesante... ¿a que sí? –me preguntó al tiempo que una sonrisa brotaba en su rostro.

–Sí –convine yo.

–Además, yo he estado en ese lugar.

–¿Qué lugar?

–El lugar donde mi padre vio por primera vez el bloque de piedra del templo.

Ari me contó que habían descubierto un gran bloque de piedra en Silo, a muchos kilómetros de Jerusalén. Se dictaminó que procedía de uno de los muros exteriores del templo de Herodes. La única parte del templo que ha permanecido hasta hoy es un muro que a los judíos les está prohibido visitar, puesto que queda en el sector jordano de la ciudad. Pero lo que resulta asombroso, desde luego, es su localización: ¿Cómo llegó allí el bloque? ¿Y por qué?

Ari me dijo que él había estado en aquel lugar en varias ocasiones. Al principio se consideró una curiosidad, en realidad de poca importancia. Pero luego, a medida que iba excavándose cada vez más la zona inmediata, descubrieron otras reliquias: pedazos de espadas y de escudos, tanto romanos como judíos, así como dos grandes escondrijos de monedas romanas. Más o menos por entonces, dos americanos mostraron interés por esta excavación: Allison y Anderson, además de alguien llamado Kurzon. Inmediatamente, según me dijo Ari, cualquier cosa y cualquier persona asociadas con las excavaciones de Silo adquirieron una gran importancia, y no pasó mucho tiempo antes de que el proyecto se viera envuelto en el secreto oficial. Cuando los americanos se vieron implicados, la información había que filtrarla cuidadosamente a través de muchas manos antes de darla a conocer.

El padre de Ari, el viejo beduino, había hecho un descubrimiento adicional, que le mostró a Ari cuando visitaron por última vez el yacimiento arqueológico.

En este punto Ari hizo una pausa en la narración como para poner en orden sus pensamientos.

–Hay una razón para todo –dijo; y volvió a hacer una pausa–. Incluso para tu presencia aquí, Bill, existe una razón.

Yo no estaba seguro de comprender lo que Ari quería decir.

Me contó que su padre había descubierto una gran urna, o una vasija, aproximadamente del tamaño de un pequeño horno para cerámica o de un horno de cocina. Me la describió como de forma circular y con una tapa desmontable. Encontró la urna enterrada a cierta distancia del bloque de piedra del templo. Sus amigos y él tardaron cinco días en extraerla cuidadosamente de su antigua sepultura y la levantaron con gran cuidado para sacarla a la luz. Era muy pesada. Cuando alzaron la tapadera hicieron un descubrimiento sorprendente: en posición vertical dentro de la vasija había tres tablillas de piedra. Entonces fue cuando el padre de Ari decidió ponerse en contacto con su hijo, pues estaba seguro de que él sabría qué hacer.

Ari me dijo que la primera vez que había visto las tablillas era de noche, puesto que había llegado al atardecer. Habían pensado visitar el yacimiento con la primera luz del día, pero el padre de Ari no pudo contenerse y llevó a Ari al lugar del hallazgo inmediatamente. Cuando llegaron, la excitación de Ari aumentó. Y cuando su padre quitó la tapadera, no pudo dar crédito a sus ojos. Las tablillas brillaban literalmente en la oscuridad. Irradiaban luz propia, una luz blanca que se elevaba al salir de la gran vasija y llenaba la zona inmediata alrededor del lugar donde ellos se encontraban de pie, como la luna llena en el cielo nocturno, me explicó Ari, o un foco de luz dirigido hacia el cielo.

–Era lo más hermoso que había contemplado nunca –dijo.

Finalmente, mientras su padre, sus compañeros y él mismo estaban de pie completamente pasmados en presencia de aquella luz, Ari metió la mano en la urna y tocó una de las tablas de piedra. Tenía un tacto templado, pero no muy caliente. Allí, en mitad de la noche, siglos y siglos después de haber sido colocadas en su secreto encierro, Ari y el resto de los hombres levantaron las tablas de piedra, las sacaron de la urna y las depositaron en el suelo ante ellos. Cada piedra irradiaba una luz brillante en la oscuridad que los rodeaba. Ari comprendió que cualquiera que se encontrase por los alrededores podría verlos a ellos. Sin embargo, al observar las tablas comprendió al instante que escondían un significado que iba más allá de su limitado entendimiento, porque en cada una de ellas se veía una escritura cincelada en la dura superficie de granito, que iba desde la parte superior hasta la parte inferior, cada una escrita en una lengua diferente.

–Verás, comprendí que estábamos en presencia de algo realmente extraordinario. He conocido el miedo en mi vida, Bill, pero el miedo que sentí en aquellos momentos era un miedo diferente. Era el miedo a lo esencial.

–Un hallazgo importante... –empecé a decir; pero Ari me interrumpió.

De pronto yo también sentí miedo.

–No, amigo mío, algo mucho más significativo... algo vital y vivo... un mensaje. Verás, en la parte inferior de cada tablilla, tallado en la superficie por alguna mano antigua, aparecía una palabra totalmente fuera de lugar y de contexto, una palabra que no estaba escrita en la misma lengua que las demás, eso sí lo supe... incluso los caracteres eran diferentes.

–¿Cuál era esa palabra? –le pregunté.

–MCGOWAN –repuso Ari; y tiró suavemente la ceniza del cigarrillo sobre la arena.

Cuando llegué a esa parte de la carta de mi padre, la dejé sobre el escritorio de Stanton y me acerqué a la ventana del despacho. El gris invierno de Washington estaba enmarcado en el vidrio de la ventana. Vi la vida tal como era en 1995, y sin embargo me vi arrastrado hacia la playa de Tel-Aviv cuatro décadas atrás.

Olí el humo del puro de Stanton y me di cuenta de que no tenía ni idea de cuánto tiempo llevaba él allí de pie.

De pronto sentí frío, un frío como el de la piedra.

–¿Ha terminado? –me preguntó.

El viejo abogado había vuelto a entrar calladamente en la habitación mientras yo leía, y no me había percatado de ello.

–Casi. ¿Usted ha leído esta carta? –le pregunté.

–Sí –respondió–. En realidad he vuelto a leerla esta mañana después de cuarenta años.

–¿Y qué sentido tiene para usted?

–¿Qué quiere decir?

–Quiero decir... ¿qué piensa usted?

–Creo que será mejor que la termine antes de darle una respuesta.

Stanton se sentó en un sillón junto a la ventana. Me di cuenta de que me miraba por el rabillo del ojo. Cuando volví a coger la carta de mi padre y continué leyendo en el punto donde la había dejado, me encontré de pie junto al escritorio –¿me habría levantado cuando Stanton entró en la habitación?–; miré fugazmente hacia Stanton y hacia las calles de Washington, que vi como una realidad y un ancla a las cuales podía regresar.

–¡No es posible!

–Quizá no... –dijo Ari.

–¿Quieres decir que mi nombre estaba escrito en esas tablillas de piedra?

–Eso es exactamente lo que quiero decir. Era tu nombre: McGowan.

–No es lógico.

–No; no es lógico en absoluto.

Ari me contó que cada una de las tablas medía casi un metro cuadrado y que la parte superior era arqueada, casi como la ventana de una catedral. La noche en que las vio por primera vez decidió ponerse en contacto con su superior, porque estaba totalmente perdido en cuanto a qué hacer a continuación. Ari me confió que hasta aquel momento no creía en Dios, pero que después de aquella noche, bueno... se quedó «definitivamente inseguro», según me explicó con una sonrisa. Durante los días que siguieron, su superior y otras personas se hicieron cargo de las piedras. Se determinó que estaban escritas en arameo, latín y hebreo. Las piedras fueron fotografiadas –para lo cual no hizo falta flash– y se hizo una transcripción completa de los textos.

El padre de Ari nunca volvió a verlas, ni recibió ni solicitó pago alguno.

Al parecer el texto de cada una de ellas era idéntico al de las demás, y la única diferencia consistía en el idioma. Y al final de cada una, en inglés, figuraba mi nombre: McGowan.

–¿Qué dicen las piedras, Ari?

–Vamos a dar un paseo por la orilla del agua. Será bueno pasear.

Ari tenía razón; era mejor pasear.

Ari me explicó que la historia que se contaba en las piedras estaba dividida en tres partes. La primera relataba con detalles gráficos la destrucción del templo de Jerusalén. Contaba una historia de muerte y horror causados a los judíos por los romanos. Hablaba del dolor de los judíos y de la insoportable angustia que aquello causó a los supervivientes, los cuales sufrieron por partida doble: una vez por la pérdida de su templo y de su patria, y otra por estar vivos, pues cada día se veían obligados a revivir su tormento.

Pero la segunda parte de la historia era diferente en cuanto al tono y al contenido. Narraba una historia de esperanza y la llegada del Mesías al cabo de dos mil años, al principio del tercer milenio. Describía al Mesías en términos generales, y con la descripción de este ser comenzaba el último segmento de la narración: los signos del Mesías y cómo aparecería este para traer la paz al mundo, pero también para poner fin al mismo. Este último segmento era el más breve y contenía información específica sobre esos signos y ciertos poderes inherentes a las piedras.

La transcripción que se hizo fue muy clara, me contó Ari, y traducía con precisión lo mismo en cada uno de los tres idiomas. Dos grupos, uno en Israel y otro en California, hicieron traducciones por separado. Las traducciones eran fieles, no cabía la menor duda.

–¿Es que había alguna duda?

–La hay ahora –repuso.

Nos detuvimos al borde del agua y contemplamos la tranquila belleza del Mediterráneo. Un ave solitaria volaba en lo alto, a lo lejos.

–Las piedras han desaparecido, amigo mío.

Al decir eso Ari echó a andar y se alejó de mí. Arrojó el cigarrillo al mar y poco después empezó a correr con tanta rapidez como pudo por la arenosa playa. Intenté alcanzarlo, pero me fui quedando cada vez más atrás. Aunque era un hombre corpulento, Ari movía su mole con un estilo considerable.

Me dijo que tuvo miedo cuando encontró las piedras, y eso me confundió: era un hombre que no temía a nada, eso estaba claro. Aunque, si él tenía miedo, yo también. Pero me daba cuenta de una cosa: tenía que averiguar todo lo que pudiera acerca de lo que Ari me había contado, aunque tardase más tiempo de lo que yo imaginaba. O aunque tardase el resto de mi vida. Me hallaba en medio de algo y no tenía ni idea de cómo había llegado hasta allí. Peor aún, no tenía ni idea de cómo salir.

Hijo, créeme, si hubiera podido imaginarme algo de aquello... desde luego no fue lo que de hecho sucedió. Me vi arrastrado hacia una historia muy antigua y comprendí que estaba destinado a formar parte de ella. ¿Cómo podía abandonar lo que era tan preciado para mí? ¿Cómo podía conservar lo que aún era más valioso para mí? Este es el motivo por el cual desaparecí de tu vida, de la vida de tu madre y de todo lo que conocía y amaba. Fue a causa de las Piedras del Mesías.

Stanton vio que yo había dejado de leer.

–Resulta obvio –dijo– que falta una parte de la carta de su padre. Cómo es de larga esa parte es algo que nunca sabremos, ni tampoco el contenido. Pero le diré una cosa: yo creo que su padre estaba a punto de describir algo que nos habría sido muy difícil de comprender. Algo muy poco corriente le sucedió ahí afuera, y a nosotros solo nos quedan esbozos y sombras de la auténtica sustancia. Quién sabe, quizá sea que terminó ahí la carta. No busquemos motivos donde quizá no los hay. La vida ya es bastante complicada de por sí, señor McGowan.

–¿Así es como usted la recibió?

–Sí.

–¿Entonces mi padre hacía viajes, iba y venía?

–Sí.

–Y por fin se marchó a Israel para quedarse. ¿Por qué?

–¿Quizá porque vería alguna cosa?

–¿Qué?

–Esa es la pregunta, ¿no cree?

Permanecí de pie mirando por la ventana.

–Sabe usted –le dije–, básicamente soy una persona racional, un historiador. Soy probablemente lo que usted llamaría un conservador. También soy marido, padre y a veces entrenador de fútbol para los niños. Pero poca cosa más. No recuerdo cuándo fue la última vez que fui a la iglesia. Esto no es lo que me esperaba, señor Stanton.

–¿No? ¿Y qué se esperaba?

–Otra cosa.

–Le envidio, señor McGowan.

Luego le hice la única pregunta que había estado dándome vueltas por la cabeza durante los últimos veinte minutos con un eco que yo no era capaz de controlar.

–¿*Usted* cree en Dios? –le pregunté.

–Eso es lo que yo le he preguntado a usted –me contestó Stanton.

–No, yo no.

–Es lo que sospechaba –dijo el viejo abogado.

Capítulo 2

El camino de regreso

Stanton tenía poco más que decirme después de la lectura del testamento y de que yo hubiera leído también la carta de mi padre y una de las cartas de Philip Allison a su esposa Barbara. Me volvió a confirmar que solo había visto a mi padre en una ocasión. Mi padre le había dicho que había conseguido el nombre del abogado en la guía telefónica. En cuanto a por qué mi padre había elegido a un abogado de Washington, por qué se encontraba mi padre en Washington o de dónde había sacado tanto dinero en efectivo, Stanton no podía aportar nada más. Por su parte, mi padre, cuando Stanton le había preguntado por qué lo había escogido a él, le había dicho que estaba buscando al mejor abogado, y que los mejores abogados se encontraban en Washington, ¿no era cierto?

–Lo raro es –dijo Stanton– que lo he hecho. Sea como sea, él estaba seguro de que yo lo haría... bueno, lo sabía.

Stanton me repitió que había hecho lo que había podido para averiguar el paradero de mi padre, aunque solo se había puesto a ello en una ocasión y sin demasiada diligencia. Al cabo de algún tiempo pasaban largas temporadas sin que se acordase de mi padre ni de las cartas. A medida que transcurrían los años y Stanton prosperaba en la profesión, el incidente quedó relegado a un segundo plano; solo volvía a abrirse de vez en cuando, como una flor perenne que floreciese cada año.

–Nunca llegó a salir del todo de esta habitación, por decirlo así. Su padre ha permanecido conmigo durante todos estos años. Era una persona muy especial, John. –Era la primera vez que el viejo abogado me llamaba John. Lo estuve observando mientras él permanecía tranquilamente sentado en el rincón de la habitación fumando el puro–. Sabe usted –me dijo al cabo de unos instantes–, hay algo que puede hacer usted por mí. Lo más probable es que ya haya adivinado de qué se trata.

–Sí –contesté sin saber en absoluto de qué podría tratarse.

–Me gustaría saber qué es de usted y de las piedras. Usted es joven, John. Yo tengo casi noventa años y mi salud se deteriora rápidamente. Esto –dijo levantando el puro casi como un trofeo– es mi único placer. Mi esposa murió hace quince años y nuestra hija también murió. Nicole fue la luz de mi vida. Era la única hija que tuvimos. En cierto modo solo me quedaba una cosa por hacer, y ahora la he hecho ya. –En la habitación volvió a reinar una extraña calma–. John, ¿sabe usted cuál es la tragedia más cruel de la vida? Seguir viviendo después de que a uno le llegue la hora. No creo que esta vida sea ya el lugar que me corresponde, y tengo curiosidad por conocer lo que aguarda más allá. Es el único misterio que queda para mí, aparte de lo que contiene esa caja de puros, el misterio que vio su padre.

–¿Le gustaría tener copia de las cartas?

–No –repuso–. No eran para mí. Yo solo soy un mensajero. Están dirigidas a usted. En realidad, no sé hasta qué punto creo en todo esto. Gran parte de ello se me ha mezclado en la cabeza con otros acontecimientos. Quizá tenga usted que vivir una vida dedicada solamente a una verdad; puede que fuera eso lo que su padre descubrió. Apenas recuerdo cómo era su padre, ¿sabe? Pero usted me lo recuerda mucho. Han pasado muchos años, pero creo que usted se le parece. Él y yo formalizamos un contrato. Creo que he vivido para cumplir mi parte del trato. Sí, creo que sí.

Sentí tristeza por aquel hombre al que apenas conocía.

–¿Estará usted bien? Quiero decir más tarde, después de que me haya ido.

–Todo lo bien que... sí, estaré perfectamente.

–Le enviaré una copia.

Stanton no me respondió. Se le cerraban los ojos mientras hablaba.

–No le importa que no le acompañe hasta la puerta, ¿verdad, John? –me preguntó al tiempo que dejaba el puro en el cenicero de la mesita que había junto al sillón que ocupaba–. Que tenga un buen viaje –me deseó mientras se le cerraban los ojos. Se quedó dormido en un instante.

Me acerqué a él y aplasté el puro en el cenicero antes de salir. Estaba preocupado por él.

No tuve un viaje agradable. Durante el vuelo de regreso no podía pensar más que en la carta de mi padre, en la carta de Allison y en cada uno de los individuos que me habían descrito con tanto detalle, personas que eran sombras del pasado, que se remontaban en el tiempo cuarenta años más atrás de lo que alcanzaban mis recuerdos o mis conocimientos.

No podía evitar pensar en todos ellos, más aún que en la asombrosa historia de las piedras y en su desaparición final. Lo que también me inquietaba era la parte que faltaba de la carta de mi padre. No creía que Stanton hubiera mentido. Estaba seguro de que me había entregado todo lo que le habían dado a él exactamente igual que lo había recibido. Y esto no hacía más que suscitar preguntas adicionales que me rondaban por la cabeza mientras leía y releía en el avión la carta de mi padre. Las otras dos cartas de Allison dirigidas a su esposa Barbara, al parecer mi padre no las había entregado. Yo todavía no había leído la segunda carta de Allison a su esposa. ¿Cómo era la descripción que Churchill hizo de Rusia? ¿Un acertijo envuelto en un misterio dentro de un enigma? Tres cartas en total que eran como breves reseñas de películas de alguna colosal producción estelar de Hollywood del pasado que incluyeran un reparto de millares de actores; sin embargo, para mis ojos solo era posible contemplarlas a través del limitado agujero de la cerradura del crítico, y por lo tanto solo se me mostraba un pedazo de la verdad atisbado en los bordes.

Luego me asaltó otro pensamiento: ¿y si fuera verdad? La excavación, mi padre, las tablas de piedra, Ari, Allison y Anderson, las profecías del Mesías. ¿Cómo podía ser posible?

No había mentido al decirle a Stanton que no creía en Dios, aunque, quizá para conseguir un efecto dramático, le di lo que tengo que decir con toda franqueza la respuesta más simple. En realidad la respuesta era mucho más compleja. Aunque era cierto que yo no creía en una deidad estereotipada que se sienta en las alturas y crea el mundo en unos cuantos días, juzga sus creaciones y gobierna el mundo, quizá por poderes. Todo lo que he aprendido de historia y de la intrincada matriz de fuerzas y personas que configuran nuestras vidas me ha dicho que no existe un ser así. Recuerdo el viejo chiste que circulaba más o menos en la época en que se diseñó el primer ordenador. El inventor del ordenador se sienta un día delante de este y le pregunta si existe Dios. Transcurridos unos minutos suena el zumbido de inteligencia artificial y aparecen estas palabras en la pantalla: «¡Ahora sí!». Un chiste. Pero había una doble vertiente en ese chiste: ¿era la computadora el nuevo dios, o lo era el inventor que la había creado?

Tengo que hacer una confesión: aunque no crea, hace mucho tiempo que estoy intrigado por la idea de Dios, y especialmente por el enorme atractivo que este concepto ha tenido sobre los seres humanos durante miles de años. No soy capaz de recordar la cita exacta, pero ¿no dijo Einstein algo así como que Dios no juega a los dados con el universo? Que las cosas suceden de un modo ordenado... no, que las cosas han sido «ordenadas» de un modo ordenado, con una inteligencia detrás del escenario. Quizá sea la idea que Einstein tenía de Dios la que yo estoy tratando de expresar: una mente que está separada de la nuestra y que existe más allá de donde alcanza nuestro conocimiento.

¡Oh, qué estaba haciendo!

Algo tan filosófico pierde todo significado y se convierte en cambio en una vaga noción del Bien y el Mal, como una teoría de comportamiento dependiente de nuestras interpretaciones individuales. Aunque para mí la carta de mi padre y la historia de las piedras no eran una teoría ni una filosofía, sino hechos reales y concretos que se apoderaban de mí.

Cerré los ojos e intenté dormir en el vuelo que me llevaba desde el aeropuerto de Dulles de regreso a Pennsylvania. Me tomé otra copa, una doble. Había tomado ya más alcohol en un día del que normalmente bebía en un mes. Pero la bebida me ayudó y me dormí.

Tuve un sueño.

En ese sueño nevaba, se veía un firme manto de copos de nieve que vestían la tierra con sábanas blancas. Vi altas montañas en el horizonte con los picos coronados de nieve. De pronto, por la magia del sueño, me vi de pie en la cumbre de uno de aquellos picos; ya no era solo un observador que lo miraba todo desde lejos, sino que me encontraba en la cima plana de una montaña, algo parecido a una pista de aterrizaje de aviones. Estaba solo y era muy pequeño, casi diminuto, y lo observaba todo desde una ventajosa posición en las alturas. Me acerqué caminando hasta el borde de la cima y me detuve allí para mirar hacia una interminable y vasta alfombra de frondosos bosques donde no había nieve, solo verdor. Levanté la mirada hacia arriba y vi el sol, brillante, redondo y grande en el cielo, como una antorcha.

Luego la nieve empezó a caer de forma cada vez más copiosa hasta cubrir todo lo que encontraba a su paso, incluida la montaña sobre la que me encontraba. La última imagen que percibí antes de que la nieve me cubriera por completo fue la luz del sol, que ardía al atravesar la nieve y se negaba a salir.

Al abrir los ojos y abandonar el mundo de los sueños, vi que el avión entraba en un banco de nubes semejantes a algodón de azúcar. Volví a quedarme dormido y no me desperté hasta que aterrizamos con un golpe sordo que me sorprendió.

En el trayecto en taxi hasta mi casa estuve considerando las distintas formas en que podía contarle a Sarah lo sucedido aquel fantástico día. También me pregunté si me convendría consultar con algún especialista. ¿Un sacerdote? ¿Un pastor? Tenía una vaga idea en la cabeza de que necesitaba algún guía que me ayudase. Quizá fuera que había bebido demasiado, cosa que era cierta, y eso afectaba a mi capacidad de raciocinio. Me encontraba sobre un terreno resbaladizo, y eso era una sensación nueva para mí. Todos esos pensamientos, y algunos otros, se me arremolinaban en la cabeza como el polvo que levanta una brisa súbita. Durante unos instantes me vi incapaz de controlar la respiración.

Cuando finalmente llegué al hogar, me encontré con una casa vacía y silenciosa. ¡Qué raro! Había estado tan absorto en mis pensamientos que se me había olvidado que ya era por la tarde. Sarah estaría trabajando en la librería y los niños se encontrarían con ella, que habría ido a buscarlos al colegio. Así que disponía aún de una hora antes de que llegasen.

Una de las cosas que mi padre decía en la carta me venía insistentemente a la memoria. Era el miedo que tenía, el mismo miedo que había sentido Ari al ver las piedras. Por favor, compréndanlo. No soy del tipo de personas conspiradoras. Ese es más bien el carácter de Sarah; su librería está repleta de novelas que tratan de una u otra conspiración. Pero claro, yo nunca me había visto enfrentado a nada parecido. Había hecho de la historia y de los temas históricos el trabajo de mi vida, y era un trabajo interesante. Pero yo no era detective, y no digamos un detective capacitado para desentrañar las claves de un misterio que tenía dos mil años de antigüedad.

Sí que creía, y sigo creyéndolo, que mediante el estudio de la historia se nos proporcionan importantes revelaciones acerca de nuestra existencia como seres humanos, como los dueños del planeta. Si no aprendemos de la historia, la repetimos, con todos los muertos en las guerras en la cuneta del camino como prueba de ello. Creo que es responsabilidad de los historiadores encontrar los hilos que mantienen unidas a las personas; porque, ¿no es ese el secreto de la humanidad, nuestro nexo común? Pero a medida que me iba haciendo mayor más hilos veía, y de ahí que creciera la paradoja. Es como si todas las cosas y todas las personas fueran especiales, como si en realidad un período no estuviera relacionado con ningún otro, como si, con excepción de las necesidades básicas que tiene el ser humano –tales como el alimento, el sexo, el amor, el poder, la ambición, y todas las demás necesidades que impulsan nuestro folletín humano–, no hubiera conexiones eternas, no hubiera un hilo universal que uniera la Roma del imperio, la Rusia imperial o el avance americano hacia el Pacífico. Repetimos todos los errores una y otra vez, haciendo un refrito con el mismo argumento histórico sin aprender nada. En resumen, he llegado a exhalar un enorme suspiro de frustración ante la imposibilidad de aprender nada que merezca la pena.

Sin embargo busco respuestas, a pesar de que no he llegado ni siquiera a comprender definitivamente las preguntas. Me siento como el hombre primitivo en las profundidades de una oscura caverna, ese hombre que, debido al lugar donde está sentado, no puede ver más que las sombras de la pared, que para él constituyen la realidad; no tiene noción de la vida que hay fuera de la caverna, de la verdadera realidad.

¿Acaso he estado estudiando sombras que danzan en la pared? ¿Podré alguna vez empezar aunque solo sea a comprender lo que hay fuera de la caverna?

Bueno, en realidad yo tenía un as en la manga para encontrar las respuestas, y ese as era mi esposa Sarah. Sarah es pelirroja. Tengo una teoría acerca de los pelirrojos, teoría que no tiene ningún sentido, lo admito, pero de la que no obstante he llegado a convencerme. Creo que poseen una intuición más aguda, más en sintonía con el universo, que la gente común y corriente. Cada vez que conozco a un pelirrojo o a una pelirroja, tiene ese poder especial. En el caso de Sarah se ve reforzado por su habilidad para separar el trigo de la paja. Sabe llegar al meollo de los problemas.

Cuando abrió la librería, yo sabía desde un principio que sería un éxito. Me gusta decirle que ella tiene cuatro empleos y yo solo uno: ella lleva la librería, lleva la casa, educa a dos niños –eso lo cuento solo como uno– y me evita a mí problemas. Reconozco que soy un hombre con mucha suerte.

Necesitaba desesperadamente hablar con ella.

Saqué las cartas de la caja. Dos de ellas iban dirigidas a Barbara Allison, de Evanston, en Illinois. No llevaban sello y era evidente que nunca las habían echado al correo. Aquello me inquietaba. ¿Por qué no había entregado mi padre aquellas cartas? Ignoraba si yo alguna vez descubriría los motivos.

No sé cuánto tiempo estuve con las cartas en la mano, volviéndolas de un lado y del otro repetidamente. Había vuelto a leer dos veces la de mi padre cuando oí el familiar parloteo de los niños en el exterior; se acercaban corriendo a la puerta principal. Sarah iba detrás de ellos.

–¡Hala! –le dijo Joshua a Oliver–, ¡qué lento eres!

Oliver miró a su madre en busca de ayuda.

–Es bastante rápido para su edad –dijo Sarah–, y puede que un poco más de lo que tú lo eras a la suya, Josh. Así que ten cuidado... los hermanos pequeños crecen rápidamente. ¡Hola!

Se volvió hacia mí.

Los tres entraron a la carga en la casa, se quitaron los abrigos, los tiraron en cualquier parte y se dirigieron inmediatamente a la cocina.

–Bueno, dime –me preguntó Sarah mientras desaparecía detrás de los niños–. ¿Somos ricos?

–Tenemos que hablar –le indiqué.

Los niños eran felices con los tarros de mantequilla de cacahuete y la gelatina de uva que su madre les había puesto delante. Les gustaba mucho hacerse sus propios sándwiches y, si se les dejaba en paz, lo hacían bastante bien. Sarah y yo nos retiramos al cuarto de estar.

Durante la hora siguiente le estuve contando todo lo que había sucedido aquel día y le concedí tiempo para que leyera la carta de mi padre y la de Allison que yo había leído. Los niños se encontraban ya arriba, en sus habitaciones; quizá estuvieran haciendo los deberes, pero lo más probable era que estuviesen jugando con el ordenador o mirando la televisión. El silencio que había en el piso de arriba los delataba.

Sarah no había dicho gran cosa durante aquel rato. Generalmente no se detiene demasiado a examinar las cosas, pero mientras leía las cartas –sobre todo la de mi padre– observé que se tomaba su tiempo.

–La gente ya no escribe cartas –comentó finalmente como si estuviera pensando en voz alta. Jugueteaba con el cabello mientras miraba las cartas, y luego comenzó a hablar reposadamente–. Si hemos de creer a tu padre, o por lo menos a ese Ari, fuera quien fuese, el nombre de McGowan fue grabado en unas tablas de piedra hace aproximadamente dos mil años por alguien que no hablaba inglés, probablemente siglos antes de que el nombre ni siquiera existiese; luego enterró las piedras en una urna, no lejos de un bloque de piedra que, según se cree, es una reliquia del segundo templo de los judíos que fue destruido por los romanos por aquel entonces. ¿Lo he comprendido bien hasta ahora? –Asentí con la cabeza–. Además –continuó diciendo Sarah–, esas tres tablas resplandecían en la oscuridad, tenían luz propia, como si estuvieran cargadas con una fuente de energía propia. Desde luego tendría que tratarse de pilas de larga duración, de las que duran y duran... Pero eso no es todo, John. Esas piedras predecían la llegada de un mesías y el fin del mundo. Y tienes una carta más de... ¿Cómo se llamaba...? ¿Philip? Llamémosla «Carta de Philip a los americanos», para mantener el tono bíblico. ¿Qué tal voy?

–¿No te lo crees? –le pregunté.

–No he dicho eso. Solo trato de sacar una conclusión. No es fácil, John. ¡Me has dado a leer una historia realmente disparatada!

–¿Qué conclusión?

Sarah hizo una pausa.

–Bueno, yo veo dos conclusiones posibles. O bien ese abogado de Washington, por motivos desconocidos, está fuera de sus cabales, te está tomando el pelo y ha maquinado un engaño tremendo, o bien estas cartas son auténticas y a tu padre, igualmente por motivos desconocidos, le engañó ese tal Ari, o le engañó Allison, o Anderson, o...

–¿Así que no te crees nada de esto? –le pregunté con exasperación.

–¿Tú sí?

–No estoy seguro, Sarah... Pero ¿un engaño? ¿Quién iba a tomarse tantas molestias?

–Mira, John, supongamos por un momento que... no, tomémoslo todo en sentido literal. Aceptemos que todas esas personas creen realmente lo que nos están diciendo. Admitiré que es posible que la gente entierre cosas y que esas cosas permanezcan enterradas miles de años, que es posible que algunas personas crean en Dios y en el Mesías, e incluso en el fin del mundo, y también admitiré que por algún misterioso proceso radiactivo natural unas tablas de granito puedan resplandecer en la oscuridad como linternas sagradas. Pero, John, mi queridísimo y crédulo marido, ¿cómo y por qué en nombre de Dios, y no lo digo en broma, iba a formar parte de todo esto el nombre de «McGowan»? ¿Acaso eres algún profeta desconocido que ha bajado a la Tierra?

–¿Hablas en serio? –le pregunté con inocencia, probablemente con expresión enferma en el rostro.

–¡Totalmente!

No podía estar de acuerdo con Sarah; pero, claro, Sarah no había visto a Stanton, ni la habían abandonado de niña. Lo que ella decía era cierto. Yo no era ningún profeta. Era un hombre corriente.

–Voy arriba a ver a los niños. Me parece que están demasiado callados –dijo.

Cuando Sarah salió me sentí en un estado de completo desaliento. Supongo que ya sabía de antemano cuál sería la reacción de mi esposa, aunque siempre me había quedado la esperanza de que ella encontrase algunos jirones de verdad en aquella historia. Pero luego me pregunté: *¿Por qué* deseaba yo que ella creyera? ¿Sería porque así fortalecería mi propia creencia?

Se hizo de noche a mi alrededor. Encendí una luz. Y entonces decidí leer la tercera carta.

Jerusalén, 16 de noviembre de 1954

Querida Barbara:

Estamos trabajando mucho en el yacimiento 4, que, como te he dicho, está en Silo. Albergamos la esperanza de descubrir una villa que data del período herodiano. Hasta ahora hemos tenido poca suerte.

Pero ha ocurrido algo.

Oímos rumores sobre un cementerio secreto adyacente a nuestra excavación. En realidad no es un rumor sino una historia que nos han contado unos beduinos que acampan cerca de aquí. Al parecer uno de los beduinos es algo así como un historiador oral. Habla hebreo y tiene buenas relaciones con los israelíes de la zona. Yo lo he visto y le he oído repetir un relato tras otro, que conoce por tradición oral. Los entona como si fueran canciones, puesto en pie en el centro de un círculo y rodeado por el público. Hay algo misterioso en él.

Dos de los relatos que cuenta tienen que ver con los judíos y el templo de Jerusalén. En ambos explica que allí se creó un grupo especial de sacerdotes cuya única responsabilidad era defender la palabra de Dios. En el primero de los cuentos que narra, la palabra de Dios se inscribió en las tablas de la Ley, o los Diez Mandamientos, que fueron entregados a Moisés en el monte Sinaí. Moisés aplastó estas primeras tablas contra el suelo cuando, al descender de la montaña, se encontró con que su pueblo estaba adorando el becerro de oro. Más tarde, Jehová creó un segundo juego de tablas para sustituir el primero.

Pero –y aquí es donde la narración difiere del texto tradicional que ha llegado hasta nosotros– tanto las tablas destrozadas como las nuevas se guardaron en el Arca, y estuvieron custodiadas por ese grupo de sacerdotes escogidos. Con el tiempo se encontrarían en el santuario de Jerusalén. Ahora gran parte de esta narración es conocida por los eruditos de la Biblia, aunque existen conjeturas acerca de ciertos detalles. No obstante, el cántico beduino dice a continuación que hubo todavía otro juego de tablas de piedra que fue amado y santificado mucho más que ninguna otra cosa por los judíos y protegido por los sacerdotes. Estas eran las tablas del Mesías, o las Piedras del Mesías, que también entregó Jehová a Moisés cuando los judíos andaban errantes por el desierto. Estas piedras –que eran tres– se guardaron «en la mayor intimidad», y su existencia solo fue conocida por un puñado de sacerdotes. Pero en un largo pasaje, que es a la vez lírico y aterrador, el beduino dice que «no hay secretos bajo el cielo para aquellos que buscan la verdad».

Este cántico fue entonado por el beduino en su lengua ancestral, y ha sido transcrito por un miembro de nuestro equipo. Ayer me mostraron una traducción. Aquí tienes la sección, tal como la he visto yo, que el beduino llama los signos del Mesías:

Él conocerá el mundo y sus costumbres, pues a menudo ha morado entre nosotros.

Será despreciado y ridiculizado.

Conocerá el poder de los milagros.

Aparecerá igual que el sol al amanecer sobre una tierra seca y sedienta.

Será visto ante el Muro.

Morará entre nosotros desde el principio de los tiempos hasta el fin de los tiempos.

Hablará con cada uno de nosotros a la vez, en todo el mundo.

Él devolverá la luz al mundo en el tercer milenio.

Él recogerá todas las almas, vivas o muertas, para regresar al jardín del Edén, el jardín de la Vida.

Él llegará por última vez cuando los judíos hayan regresado a Sión, cuando Sión y sus vecinos estén en paz, y cuando los dos grandes imperios de Oriente y Occidente se hayan reconciliado.

Él nos devolverá el poder de los sueños.

Él hará desaparecer nuestro conocimiento del Bien y el Mal.

Cuando hayamos regresado al jardín, el Señor decidirá el destino del mundo.

Durante el período de las guerras romanas el templo de Jerusalén fue destruido. Aunque yo no entendía una palabra del cántico del beduino, sí que sentí la terrible angustia, la pena tan amarga que se le reflejaba en la voz mientras cantaba la miseria y la derrota de ese pueblo y la destrucción de su templo. En la rendición, dos grupos de sacerdotes consiguieron escapar de Jerusalén y transportar con ellos las piedras sagradas; un grupo se dirigió al sur con las tablas de la Ley, y el otro a Silo con las Piedras del Mesías. Por desgracia el primer grupo fue capturado por los romanos. Se desconoce qué fue de esos sacerdotes. Pero el segundo grupo tuvo éxito y logró escapar y ponerse a salvo.

Barbara, tengo que decirte que me hallaba absolutamente hechizado escuchando a aquel hombre. Los ojos le brillaban con una luminosidad que nunca he visto antes. Asía el aire con las manos mientras entonaba las palabras del sino de los judíos. Describía grandes círculos con los brazos mientras apuntaba hacia las estrellas del cielo, y explicaba, como era su deber, el destino del mundo. Lloraba por los judíos.

Creí su historia; no solo como una leyenda, sino como una realidad histórica. Sé que esto te resultará chocante, porque soy un científico y he procurado guardar las distancias con las leyendas de esta tierra, que forman remolinos en el aire como tormentas de polvo. Sí, no tengo una manera mejor de explicarlo: algo espiritual se apoderó de mí, algo que encuentro difícil de describir con palabras. Mientras estaba allí sentado y miraba al beduino, escuchando en la noche, comprendí que me estaba convirtiendo en un hombre diferente, en miembro de un nuevo grupo. El beduino, desde luego, no es judío, pero a pesar de ello era la voz de un pueblo. De pronto me sorprendí pensando en lo irrelevantes que son las etiquetas, sea de judío, de beduino, de musulmán o de cristiano. Aquel no era un beduino que llorara por los judíos. ¡Aquel era un hombre llorando por los hombres! Esa era la cuestión. Aquel hombre era una criatura de Dios que lloraba por la destrucción de la casa de Dios. Estaba reviviendo el dolor de generaciones que no había sido aliviado por el paso del tiempo, el dolor que, según pude ver en una ráfaga de revelación, es el más profundo de todos: la separación de lo eterno.

¿Comprendes lo que intento decir?

Por favor, créeme, Barbara, cuando digo que no he perdido el juicio. Sé lo que piensas acerca de estas cosas pero, por primera vez en mi vida, ¡creo que me encuentro en mi sano juicio!

¡Tengo que compartir esto contigo, amor mío! ¿Cómo no hacerlo? ¿Cómo puedo vivir con este saber sin compartirlo con la única persona que significa más para mí que la propia vida?

El cántico del beduino cantaba el poder de las Piedras del Mesías. Su cántico declaraba que los judíos tenían un nombre secreto para Jehová, un nombre que los sacerdotes usaban en el templo solamente en los días más santos. Era un nombre que entraba en sus mentes cuando estaban en el interior del lugar sagrado, pero que los abandonaba cuando salían de ese recinto. Cuando era utilizado, ese nombre secreto otorgaba al que lo pronunciaba el poder de obrar milagros.

El beduino cantó la belleza que en otro tiempo había existido en la tierra seca y sedienta. Y por fin cantó un mensaje que estaba contenido en las piedras, un mensaje que describía el fin de los tiempos y la localización del jardín al cual todos regresaremos.

Quizá, como está escrito en alguna parte, haya una providencia especial que da forma a nuestros fines. No lo sé. He confiado en uno de los estudiantes de Chicago que hay aquí, le he contado todo lo que he descubierto en estos últimos meses. Se llama Bill McGowan. Le he tomado afecto. Su nombre... ¿es él el hijo que nunca tuvimos? Bill y yo hemos formulado la teoría de que los sacerdotes intentaron recrear un templo parecido en Silo, o quizá esperaban el día en que el Mesías llegaría. Todavía no tenemos suficientes pruebas para confirmar nuestras teorías.

Pero ¿cómo puede nadie creer lo que hemos sabido? Ojalá yo fuera más joven. Me contaré entre los muertos cuando el Mesías se anuncie a sí mismo. Quizá Bill esté vivo, quizá no. Bill tiene un hijo; se llama John.

Ayer desenterramos un objeto de granito redondo y liso que tiene aproximadamente el tamaño de una pelota de baloncesto; está elaborado a la perfección por su autor hasta conseguir darle la forma de una esfera perfecta. En él hay grabada una palabra: SARAH.

¿Qué te sugiere esto?

Con todo mi amor,
PHILIP

Mi madre me educó fuera de la religión. Nunca íbamos a la iglesia, que yo recuerde. Éramos protestantes, puesto que la mayoría de nuestros parientes eran metodistas. Pero esto no era algo en lo que yo pensase demasiado. Además, mi madre no hablaba nunca de mi padre, y hasta que estuve en la universidad no supe cuánto le había dolido a ella el hecho de que su marido la abandonase.

Por entonces yo había ido a visitar a mi abuela, que había contraído cáncer; la enfermedad acabaría con su vida. Vivía en Nueva York, no lejos de Columbia, donde yo estudiaba. En aquella época ya era un mal lugar para vivir, con gente que asomaba la cabeza y pedía dinero. Desde entonces ha empeorado mucho. Mi abuela por parte de madre había enviudado cuando todavía era joven. Tenía tres hijas, pero se las arregló para encontrar los recursos necesarios para criarlas a las tres y ponerse de nuevo a estudiar. Se hizo enfermera. Cuando una tarde fui a visitarla, todavía trabajaba a tiempo parcial en un hospital del barrio. Ella fue quien me contó cómo a mi madre se le rompió el corazón cuando comprendió que mi padre no volvería nunca.

Odié a mi padre por eso.

Ahora, al leer la carta que Allison le dirigía a su esposa, volví a pensar en mi abuela por primera vez en mucho tiempo. Mi abuela, mi padre, mi madre... En las últimas veinticuatro horas había dedicado muchos más pensamientos y concentración a esos fantasmas del pasado de lo que lo había hecho en muchos años. ¿Qué me estaba sucediendo?

En el piso de arriba encontré a Sarah dormida en nuestra cama, como en el país de los sueños. Había metido a los niños en la cama y se había acostado. No me había dado cuenta de lo tarde que era. Miré el reloj que había junto a nuestra cama; eran más de las once.

Intenté no despertarla. Apenas se movió cuando me metí en la cama y me puse a su lado. Me sentía cansado, muy cansado. Me quedé dormido enseguida.

Tuve otro sueño.

Me hallaba de pie ante un precipicio bajo el cual se extendía un valle. Había envejecido y estaba arrugado a causa de la edad. Había perdido el cabello. Pero no estaba seguro de que fuera yo. Creía que era yo, se parecía a mí, pero no estaba seguro. Estuve observando cómo aquella persona contemplaba el valle en silencio. Me sentía a gusto, feliz de estar de pie cerca del precipicio. Pero al mismo tiempo tenía miedo, puesto que me hallaba en el mismo borde. Luego pude ver cómo ocurría. En cada rincón del valle, en cada punto donde antes había un arbusto o un matorral, apareció un pequeño montículo de tierra, verde y redondo. El valle se convirtió rápidamente en una vasta superficie de montículos, una fila tras otra, y cada fila se movía a un ritmo unificado hasta producir un estridente sonido que se podía oír entre las nubes.

En el sueño trataba de sostenerme a mí mismo, de no dejarme ir, de no dejarme caer a las profundidades del valle. Me rodeé la cintura con los brazos, intentando pegarme al rocoso precipicio. Pero fue inútil. Aquel estridente y penetrante sonido se hizo más fuerte, los montículos se balanceaban y se multiplicaban y, como si una fuerza invisible tirase de mí hacia arriba, me vi elevado en el aire, flotando en lo alto por encima del valle.

Sin embargo, no tenía miedo.

Fui bajando cada vez más; me acercaba flotando a la tierra, como si me mantuviese a flote una red de seguridad. Cuando estuve a solo unos centímetros por encima del suelo vi todo el paisaje que se extendía ante mí. Tuve en la mano, como no la había tenido nunca antes, la belleza de la tierra, mientras mis pulmones respiraban profundamente. Comprendí que la vida era hermosa. Los montículos se fueron abriendo uno tras otro. Y surgieron mi abuela, mi madre y mi padre. Desde debajo una luz intensa, tan brillante como el sol, se elevó con ellos.

Y me desperté bañado en sudor.

Por la mañana llamé temprano y cancelé las clases de aquel día. Le dije a la secretaria del departamento que quizá estuviera ausente también al día siguiente, pues tenía un resfriado muy fuerte y algo de fiebre. No estoy seguro de que me creyera.

Cuando Sarah se estaba levantando yo ya tenía vestidos a los niños, listos para desayunar y marcharse al colegio. Estaban tomándose el zumo y los cereales cuando Sarah entró en la cocina.

Yo ya había tomado una decisión: tenía que averiguar más cosas.

–¿Qué es esto? –preguntó Sarah dejando escapar un enorme suspiro de incredulidad–. ¿Es mi cumpleaños? ¿Estamos en Navidad? ¡Buenos días!

Los niños, con la boca llena de copos de maíz, murmuraron algo que se parecía vagamente a un saludo. El café ya estaba hecho, y Sarah se sentó con una taza llena en la mano.

Tomaba el café solo.

–Confío en que no esperes que te dé una gran propina –me indicó.

–¿Has dormido bien?

–Como un tronco. ¿A qué hora subiste a acostarte? Ya estaba dormida. No oí nada. ¡Habrías podido llevarte la casa y no me habría enterado!

–Tenemos que hablar.

–Entonces, ¿somos ricos? –me preguntó.

–¿Somos ricos? –intervino Joshua.

–¡Ricos! –repitió Oliver, que probablemente no sabía el significado de la palabra, pero si la decía su hermano mayor era suficiente para él.

No creo que nunca me hubiera comportado de una forma tan eficiente como entonces. Sarah estuvo observándome llena de asombro cómo ayudaba a los niños a ponerse los abrigos y esperaba con ellos a la puerta a que pasara el autobús del colegio. Nuestra casa estaba cerca del pie de la colina, y los niños salían corriendo cuando veíamos que el autobús se detenía. Cuando llegó, desaparecieron como un relámpago.

Volví a entrar en la cocina y me senté al lado de Sarah. No se había movido del asiento que ocupaba.

–Antes de nada, tienes que leer esto. Es la otra carta de Allison. La leí anoche.

Le di la carta y me serví una taza de café. Ella terminó de leer enseguida.

–Sigo sin creérmelo. Alguien está intentando darnos gato por liebre.

–Pues yo sí creo –dije–. ¿Cómo iba nadie a saber cómo te llamas? Y aunque así fuera, ¿cuál sería el propósito? ¿Quién iba a inventarse una historia así?

Entonces le conté los dos sueños que había tenido.

–Te estás imaginando cosas –me dijo.

–Sí, así es. Me estoy imaginando toda clase de cosas, Sarah, y necesito que me ayudes.

–¿Qué estás pensando?

–Mira, tenemos que llegar al fondo de esto, o por lo menos yo tengo que hacerlo. He estado pensando en ello toda la mañana. He llamado para decir que no voy a trabajar, que estoy enfermo. Aunque solo haya un destello de esperanza de que esto sea cierto, ¿te das cuenta de lo que significa?

–¿Mi nombre grabado en una esfera? ¿Y se supone que esas cartas fueron escritas hace cuarenta años? Venga, John, no tenemos ninguna prueba.

–Quiero encontrar a su esposa. Quiero encontrar a Allison y a Anderson si es que todavía están vivos. Y necesito que me ayudes, Sarah.

–Bueno, me dedico al negocio de los misterios. No te preocupes, si existen o han existido alguna vez no será demasiado difícil dar con su paradero.

–¿Tú crees?

–Confía en mí, John. Tengo un par de ideas. Tú no eres el único que ha estado pensando en todo este asunto. Es intrigante, eso sí lo admito.

–¿Así que lo crees? –le pregunté.

–Creo que algo está pasando, como dice la canción, pero no sé qué es, por lo menos de momento. Deja que haga unas cuantas llamadas. Es temprano todavía, John. Y ya sabes que no puedo pensar correctamente a primera hora de la mañana. Y gracias por encargarte de los niños. Mientras tanto, y si es que te vas a tomar esto en serio, es posible que tenga una misión que encomendarte. –Era difícil distinguir qué era lo que Sarah creía y lo que no creía–. Se me ha ocurrido que tal vez hayas sacado una conclusión incorrecta de las evidencias –me dijo.

–Deja de hablar como un detective.

–No hablo como un detective –repuso Sarah–. Solo intento considerar los datos con lógica. Al menos en apariencia, todo es bastante ilógico.

–¿A qué conclusión incorrecta he llegado?

–El nombre que estaba en las piedras, McGowan; tu nombre, el nombre de tu padre.

–¿Y qué?

–Bueno, también yo me llamo así, ¿no? –La miré lleno de asombro. Desde luego lo que decía era cierto, pero a mí no se me había ocurrido que la referencia pudiera estar dirigida a ella–. Y ahora que tenemos una segunda pista, mi nombre de pila grabado en la bola de piedra, yo diría que las apuestas están a favor de que esas referencias estén dirigidas a mí, ¿no te parece? –me preguntó al tiempo que tomaba un sorbo de café.

–Quizá se dirijan a ambos.

–Quizá. –Traté de pensar en otras posibilidades, pero como siempre, Sarah me sacaba mucha ventaja–. Por supuesto podría referirse a todos nosotros, incluidos los niños. Puede que incluso se refiriera a otros McGowan. Quizá en otras esferas se encuentren grabados los nombres de otras personas. Si lo analizamos bien, nosotros no somos tan especiales, ¿no te parece? Intrigante. ¿No es lo que te había dicho?

–Sarah, supón que sea verdad... quiero decir, supón que de verdad sea cierto. ¿Qué crees que ocurrirá?

–¿Quieres decir si creo que el Mesías llegará y anunciará el fin del mundo?

–Sí.

–Tú eres una persona culta, John. ¿Te parece probable que suceda una cosa así?

–No habría pensado así hace unos días, pero ahora no estoy tan seguro.

–Entonces, suponiendo que el Mesías, o la Mesías, esté en camino, y suponiendo también que las piedras digan la verdad, ¿por qué, en nombre de Dios, íbamos a haber sido distinguidos *nosotros* entre todos los demás? –Miré a Sarah mientras ella daba la impresión de estar levantando un edificio que contenía todas las dudas que era capaz de imaginar–. Quiero decir –continuó– que ya es bastante ridículo tal como se presenta. Aunque una creyera en Dios, cosa que de por sí quizá suponga un gran esfuerzo de imaginación, ¿por qué alargar tanto el esfuerzo y andar jugando por todas partes con los nombres como si se tratase de una cena temática de un sábado por la noche dedicada a los misterios?

Noté un ligero matiz de enojo o de fastidio en la voz de Sarah mientras se colocaba un mechón de cabello, de color pelirrojo vivo, detrás de la oreja.

–No te alteres –le indiqué.

–¿Alterarme? ¿Quién está alterada? –me preguntó con énfasis mientras se bajaba del taburete para ir a llenarse otra vez la taza de café–. Quizá esté tomando demasiado café.

–¿Cuál es esa misión que tienes para mí? –le pregunté.

Sarah había vuelto a tomar el control.

–Bien, comencemos por determinar la validez teológica de lo que contienen esas cartas. Quizá no sean más que pequeñeces, tonterías, consideradas desde un punto de vista teológico. Como la ciencia ficción y esas cosas, que solo resultan conocidas para los científicos, aunque en este caso lo sean para los teólogos. Oh, no me estoy expresando con claridad... pero me parece que ya me entiendes. ¿No es así? –me preguntó mientras esbozaba una débil sonrisa.

–Creo que sí. Pero ¿de qué serviría eso? ¿Cómo van a saber los teólogos si es cierto o no si ha sido un secreto tan bien guardado durante dos mil años?

–No lo sabrían, pero por lo menos tendríamos otra opinión.

–¿La opinión de quién?

–Busca un experto en la universidad, un profesor de teología, un pastor, un ministro, un gurú... alguien que pueda hacer algún comentario sobre lo que sabemos hasta ahora. Necesitamos la opinión de un experto, John. La religión es algo que se sale de nuestros caminos habituales, ¿no es cierto?

–Tengo el presentimiento de que esto no tiene nada que ver con la religión –le comenté.

–Comprendo... –dijo Sarah.

–¿Y tú qué vas a hacer? –le pregunté.

–Voy a intentar encontrar a Barbara.

De momento yo no sabía quién era Barbara.

–Si es que aún está viva; es decir, de este lado del cielo. ¡Quién sabe en lo que nos estamos metiendo!

Sonó el teléfono. Ninguno de los dos nos movimos al principio, absortos como estábamos en nuestros pensamientos. Después de que sonase unas cuantas veces, Sarah lo cogió.

–¿Dónde está Joshua ahora que lo necesitamos? –preguntó.

Observé que Sarah escuchaba con mucha atención la voz que había al otro extremo de la línea telefónica. Tapó con la mano el auricular y en silencio esbozó el nombre mientras me miraba: «Stanton».

–Sí, dígame –preguntó; y luego permaneció callada durante lo que a mí se me antojó un tiempo interminable. Lo único que hizo fue escuchar sin dejar de mirar su taza de café–. Sí, gracias por llamar, señor Stanton. Se lo diré a mi marido –dijo por fin.

Y colgó.

Tomó un sorbo de café.

–Interesante novedad –dijo; y luego se quedó en silencio.

–Bueno, ¿qué pasa? –le pregunté levantando la voz a causa de la exasperación.

–Era Stanton. Quería recordarte que le envíes una copia de las cartas. Me ha dicho que yo podía darte el recado. ¿Sabes lo que me resulta raro, John? Me ha dado la impresión de que en realidad no le importaban nada las copias, ni tampoco hablar contigo. Tenía otra cosa en la cabeza. Le ha costado un poco decírmelo. Qué raro es todo esto –concluyó Sarah mientras daba otro sorbo al café.

–Vale –dije–, me rindo. –De nuevo se me notó un dejo de frustración en la voz–. ¿Qué crees que tenía el viejo en la cabeza?

–Quería que recemos una oración por su esposa y su hija, en el momento adecuado... y en el lugar adecuado. Las echa mucho de menos.

–¿Que quería qué?

–Eso es lo que me ha dicho. Quiso pedírtelo a ti cuando estuviste en su despacho, en Washington, pero no lo hizo. Dice que se le olvidó, pero no le creo. Dice que hace años que no ejerce la abogacía.

–¿Una oración por su esposa y su hija?

–Sí.

–¿Y por qué habríamos de rezar por ellas?

–Eso no es todo, John. Me ha dicho que le gustaría que rezásemos esa oración en Jerusalén... si vamos a Jerusalén.

Miré a Sarah con incredulidad.

–Jerusalén, en Israel –aclaró.

–¡Ya sé dónde está Jerusalén, Sarah!

–¿Y ahora quién es el que está alterado?

–¡Yo no estoy alterado! –le aseguré. En realidad me sentía terriblemente airado contra Stanton, contra Sarah, contra todos y contra todo.

–Ojalá yo también hubiera conocido a Stanton, John. Me ha gustado el sonido de su voz.

–Bueno, la próxima vez que recibamos una carta certificada de un abogado desconocido de Washington en la que se nos informe de que alguien ha muerto, tienes mi permiso para echar a correr con la pelota.

No sé por qué me sentía tan fastidiado, incluso enojado, cuando salí de casa aquella mañana. Sarah solo intentaba ayudar para que los dos llegásemos al fondo de aquel asunto. Sin embargo yo estaba enfadado, enfadado por el modo como aquellos acontecimientos del pasado tiraban de mí como si me estuvieran arrastrando hacia atrás, hacia cosas que desde hacía mucho habían desaparecido en el polvoriento desván del tiempo.

Fui en coche hasta el campus, sin preocuparme, cosa extraña, por la posibilidad de que, puesto que se me suponía enfermo, algún miembro de mi departamento pudiera verme. Lo que me inquietaba era la convicción que había tenido durante mucho tiempo como historiador de que lo pasado pasado está, acabado y cerrado. Argumentemos, si se quiere, que el pasado fue el prólogo, pero desde luego no un hecho continuado que, de algún modo, saltara en el tiempo hasta el futuro para influir en acontecimientos que aún no habían ocurrido. Ese era el gran salto de la civilización sobre la superstición: nuestra capacidad como personas racionales, modernas, para distinguir los hechos reales de las interferencias o de las meras creencias. Y esta convicción de que lo pasado pasado está, se veía ahora desafiada de un modo muy sutil.

Me vino a la mente una especie de parábola que uno de mis profesores solía contar repetidamente en la clase de historia a modo de introducción. Trataba de un hombre de las cavernas, nuestro antepasado común, que una mañana abandonaba la cueva y se iba de caza. Mientras buscaba comida, vio a lo lejos a otro hombre de las cavernas al pie de una montaña. De pronto hubo un alud y el pobre hombre que se hallaba al pie de la montaña quedó aplastado bajo el peso de los guijarros que caían. Nuestro hombre de las cavernas, el observador, se dijo en voz alta: «Oh, qué pena, mira lo que le ha pasado a Ug». Y continuó tan campante su camino. Eones después –continuaba el profesor– se produjo otra escena. En esta un descendiente del cavernícola también salió de caza, y también presenció casualmente cómo uno de sus compañeros moría aplastado por un alud. En esta ocasión, sin embargo, este cavernícola más moderno pensó: «Oh, qué pena; me pregunto qué habrá hecho Ug para merecer una muerte tan horrible. Los dioses deben de estar enojados con él».

–Hechos por deducción, hechos por deducción –solía decir el profesor–. Traten de no precipitarse al sacar conclusiones. Recuerden, no son más que unos pobres observadores del mundo natural. ¡No traten de imaginar lo que tienen los dioses en mente!

Muchas veces he recordado esa lección y yo mismo la he utilizado a menudo en mis clases cuando los estudiantes trataban de encontrar el significado de los hechos con demasiada rapidez. Pero ahora, al encontrar el despacho que iba buscando ya no estaba tan seguro. «¿Qué? –me pregunté–. ¿Qué habría hecho Ug para merecer una muerte tan horrible?»

Se llamaba Martha Schmitt y era profesora de religión comparada. La última vez que habíamos hablado había sido en una cena un año antes, pero la conservaba en un lugar destacado entre mis recuerdos como alguien que quizá pudiera arrojar un poco de luz sobre lo que decían las cartas. Yo había consultado un libro que ella había escrito unos años antes, una obra que trataba sobre el desarrollo de la historia escrita y cómo esta había quedado afectada por la creencia en lo sobrenatural. (El libro había ganado un importante premio literario y había sido muy controvertido en su momento, ya que en una de sus conclusiones afirmaba que todas las decisiones eran emocionales, aunque más tarde los hechos las justificasen.) Había disfrutado muchísimo trabajando con ella, y quizá precisamente por eso me había animado a recabar su ayuda.

Recordé que sus colegas y el personal de administración se referían a ella como la señorita Schmitt. Era una refugiada que había escapado de Alemania en los años treinta, junto con su padre y otros destacados académicos. Su padre era autor de un libro de química, un texto clásico de consulta muy conocido. Ambos llegaron a Pennsylvania y establecieron su residencia permanente cerca del campus. La señorita Schmitt había vivido allí desde entonces.

Mientras estaba sentado en su despacho pude ver que, desde luego, los años le habían dejado huella. Sin embargo todavía conservaba cierta chispa en la mirada. Hablaba con la claridad y precisión que son frecuentes en aquellos que aprenden inglés como segunda lengua y deben utilizarlo con corrección en un contexto académico. También conservaba un fuerte acento alemán.

Llevaba el cabello recogido en un pulcro moño. Quizá en otra época hubiera sido de un color castaño claro, pero ahora era gris por completo. Llevaba permanentemente alrededor del cuello unas gafas modernas de diseño sujetas con un elegante cordón dorado.

Había llevado conmigo las cartas, y me quedé esperando mientras ella las leía. Cuando llegó a los signos del Mesías tomó algunas notas en un bloc. Yo no sabía cómo reaccionaría aquella mujer, pero fuera cual fuese su reacción se estaba tomando muy en serio aquellas cartas.

–Me interesa mucho esto del cántico del beduino y lo que él llama los signos del Mesías. Es un dogma bastante corriente, sobre todo en teología occidental, que el Mesías vendrá o bien que ya ha estado aquí y volverá de nuevo. Esos son tópicos, John. Y los signos, como los llaman, se encuentran presentes en muchas tradiciones, aunque con algunas interesantes variaciones.

–¿De modo que, en su opinión, esto podría ser auténtico?

–¿Auténtico? Oh, sí, es auténtico, pero la pregunta es demasiado ingenua. ¿Hasta qué punto son auténticos? Por ejemplo, lo concerniente al regreso al jardín del Edén me parece bastante claro, como si pudiera tratarse de una localización geográfica específica, tal como se describe en el relato judeocristiano del jardín del Edén. Pero me resulta difícil concebir a billones de personas coexistiendo de algún modo todas juntas en semejante Central Park bíblico. ¿Habrá escrito esto un ser humano o habrá sido producto de la inspiración divina, como indica el cántico del beduino? La predicción que se refiere a la aparición del Mesías sobre una tierra seca y sedienta también parece bastante específica, casi como una dirección. Tengo que admitir, John, que nunca antes me había encontrado con nada parecido a esto. En realidad es algo nuevo; no hay nada que se le parezca en la literatura existente.

–¿Es posible? –le pregunté; y de inmediato me di cuenta de lo necia que era mi pregunta.

–¿Qué quiere usted, que le diga que cualquier cosa es posible y que lo dejemos ahí? ¿Cree usted en los ovnis que se ven en el desierto, o en visitantes procedentes de otros mundos que labran intrincados dibujos geométricos en las ancestrales arenas de Perú? Puedo enseñarle fotografías de formas fantásticas, enormes y muy hermosas, que en realidad solo ponen al descubierto la belleza que albergan vistas desde las alturas. Estas esculturas de tierra con triángulos, trapezoides, pájaros, ballenas y arañas tienen kilómetros de longitud y siglos de antigüedad. Nadie sabe qué significan en realidad. Así que: ¿se trata de una antigua forma de arte o bien de visitantes del espacio exterior que aún hoy continúan enviando mensajes, utilizando para ello nuestro planeta como una especie de pizarra gigantesca?

–¿Es posible eso? –repetí.

–Permítame que comience con un postulado que a usted puede resultarle un poco ajeno dado su punto de vista profesional de historiador.

–No se preocupe, señorita Schmitt. Esas cartas ya me han cobrado peaje. Ya no estoy seguro...

–Muy bien, John. Considere esto: hay un nivel de verdad, vitalmente importante para los seres humanos, que se encuentra más allá del mundo natural demostrable y explicable. En realidad esta verdad es a menudo más importante y esencial para los seres humanos porque es una verdad eterna, inmutable, que no queda nunca a merced de las diferentes teorías históricas y, perdóneme, John, del capricho de los científicos o del observador de cuerpos celestes. Esta verdad, en cierto sentido, es nuestro alimento espiritual. –Quise decir algo, pero ella continuó hablando–. Estas Piedras del Mesías me resultan excitantes, John. ¿Tiene usted idea de qué ha sido de ellas?

–Ninguna en absoluto.

–Nunca había oído hablar de ellas hasta ahora, pero el mundo es un lugar de constantes sorpresas, ¿no cree?

–Antes no lo creía así –repuse.

–Solo encuentro una cosa comparable a esto, y es la creencia mormona en la existencia de unas placas de oro descubiertas y traducidas en el Nuevo Mundo por un hombre llamado Joseph Smith. Esto ocurrió en el siglo diecinueve.

–¿Es posible que hayan existido esas placas?

–Desde luego, todo es posible. ¡Ahí tiene, ya lo he dicho! Como recordará usted –esta frase era una de sus favoritas, y también para mí; se utiliza a menudo en las aulas para dar información fingiendo que el conferenciante se limita a refrescar la memoria a los alumnos, cuando en realidad lo que hace es sacar a colación algo completamente nuevo–, las placas cuentan la historia de los israelitas que fueron guiados por la divinidad desde Jerusalén hasta América, donde Jesús se les apareció y les impartió sus enseñanzas.

–Sí, recuerdo esa historia –le indiqué–. Tengo mucho respeto por los mormones. Howard Hughes solo aceptaba mormones como guardaespaldas, ¿no es cierto?

–Quizá supiera algo que nosotros ignoramos.

–Fue un hombre muy rico y excéntrico –dije.

–Sí... esas piedras me producen gran excitación... Imagínese por un momento que fuera cierto –continuó diciendo con lo que solo puedo describir como una calma misteriosa, como si de pronto estuviera viendo algo realizado en el pasado. Parecía mirar más allá de mí, con la mirada puesta en la puerta del despacho que quedaba a mi espalda. Durante unos instantes sentí el impulso de girarme para ver si había alguien allí, pero no lo hice; habría sido de mala educación–. ¿Acaso no aprendemos casi a diario cosas nuevas acerca de antiguos viajes? ¿No hacemos nuevos descubrimientos en lo que antes se creía eran tierras inexploradas? ¿No vemos brotar nuevas teorías sobre el universo con una regularidad espantosa? Damos por sentado que los científicos tienen razón, pero ¿quién puede decir que cada uno de los días del Creador no fueran cientos de billones de años? ¡Somos demasiado arrogantes, John, y sufrimos por ello! –Se colocó las gafas y volvió a estudiar las cartas–. Colón no descubrió América, John. ¡El pobre hombre llegó cientos de años tarde! ¡No me sorprendería nada si supiera que la primera cosa que encontró fue un McDonald's cuyo propietario y director fuera un marinero noruego!

–Entonces ¿por qué...?

–Escuche esto –me pidió; sacó un volumen negro muy gastado de entre los muchos que había en el estante situado por encima del escritorio–. Es de la Biblia mormona, que se llama *El libro de Mormón*. Es uno de mis favoritos. Déjeme ver –dijo mientras buscaba entre las páginas–. Ah, sí, aquí hay un pasaje típico. Permítame que se lo cite: «Y entonces los reuniré procedentes de las cuatro partes de la tierra y cumpliré la alianza que el Padre había hecho con todo el pueblo del linaje de Israel».

–Sí, lo sé. Pero ¿no hay una enorme diferencia entre los relatos de la Biblia y los hechos históricos? La historia de hombres y mujeres que viven, respiran y dan forma a los acontecimientos no es lo mismo que las visiones poéticas de los profetas y los sacerdotes, por muy hermosas que sean.

–No, John, no estoy segura de que exista tal diferencia. Acabo de citar textualmente ese pasaje para establecer un punto de partida. Podría haber citado otros pasajes, incluidas algunas variaciones sobre el tema que se encuentran en las religiones orientales; el tema es que la fe, el alimento al que me he referido, es un puente tendido en el tiempo; que la necesidad de creer es universal y, lo más importante, que incluso dentro de la fe tenemos que enfrentarnos con hechos físicos tan reales como los átomos y los neutrones. Queremos alcanzar la plena realización en nuestras vidas, John.

–Tenemos necesidad de saber, ¿es eso?

–En efecto, así es en gran medida... una auténtica necesidad. Forma parte de nuestros genes, está dentro de nosotros. En realidad no queremos aceptar un mundo que no tenga un orden establecido. Supone demasiada confusión. Lo que queremos es pulcritud. Somos seres emocionales, John.

–Todas las decisiones son emocionales...

–Y más tarde se justifican con los hechos –dijo ella–. ¿Así que lo recuerda?

–Sí, lo recuerdo.

–Se nos reunirá y la alianza se cumplirá. ¿Puede algo estar más claro? De manera que usted me pregunta si es posible o no. ¿Es posible?

Casi me avergoncé de la infantil simplicidad de mi respuesta.

–Sí, señorita Schmitt.

Volvió a colocar el volumen en la posición adecuada encima del estante.

–Bueno, por lo menos ahora sabemos cuál es la respuesta correcta. Este es el comienzo del verdadero saber.

–Yo no sé nada en absoluto.

–Eso también es un comienzo; pero en realidad sabe muchísimo, John. Ojalá yo fuera más joven. Con mucho gusto emprendería el viaje con usted.

–¿Qué viaje?

–El viaje hacia las respuestas.

–No sé...

–Por supuesto tendrá que determinar la validez de las Piedras del Mesías por sí mismo. Nadie puede hacerlo por usted. Pero la verdad llega con lentitud, John, como una rana en el agua.

–¿Una rana?

–Es un experimento muy antiguo... ¿No lo conoce? Si colocamos una rana en agua hirviendo, el animal inmediatamente da un salto y sale del agua. Tiene demasiado calor. Pero si colocamos la rana en agua tibia y vamos aumentando lentamente la temperatura hasta que hierva, la rana no salta. Se queda allí sentada. Desgraciadamente eso significa la muerte de la rana. Bueno, quizá no haya sido una analogía muy acertada, John.

–Eso espero.

–La muerte nos da miedo... y nuestros días no duran para siempre –dijo ella.

Sentado en el despacho, escuchándola, quedé hechizado por la simplicidad de las cosas que contaba. Es cierto que vivimos en un mundo cínico, pero aquella mujer había adquirido una sabiduría que, como la rana, saltaba sobre el mundo para aterrizar en otra parte. Y sin embargo noté en ella un profundo sentimiento de pérdida, un vacío emocional que no sabría definir. Quizá fuera el modo como habló de la brevedad de nuestras vidas, con un inconfundible matiz de pesar latente en la voz.

–¿Le apetece algo de beber? –me preguntó–. Tengo aquí una cafetera eléctrica. Me la regaló un viejo amigo el año pasado en Navidad. Puedo preparar café para los dos. Me siento muy orgullosa del café que hago. Con achicoria de Nueva Orleans. ¡No es amargo, no se preocupe!

–Sí, gracias, me apetece.

–Estupendo... solo tardaré unos minutos. Tengo los filtros por aquí, en alguna parte. Hace un día precioso, ¿verdad? Siempre me ha gustado la vista que tengo desde esta ventana.

¿Qué estaría intentando decirme?

–¿Por qué no mira por la ventana, John? Luego dígame lo que ve.

–¿Que mire por la ventana?

–Sí, dígame qué es lo que ve. –Colocó el café en el filtro de papel y con mucho cuidado vertió de una botella la cantidad exacta de agua–. No lo haré demasiado fuerte, si no está acostumbrado.

Pensé en Sarah y en otras personas.

La vista que se divisaba desde la ventana era la de un campus en la estación invernal. Los árboles deshojados extendían las delgadas ramas sin orden ni concierto hacia la fría tierra, pero también hacia el despejado cielo. El gran cuadrilátero del centro del campus estaba desierto, a excepción de unos cuantos estudiantes que caminaban presurosos para cambiar de clase.

Era una escena del frío de Pennsylvania. Durante unos instantes tuve un extraño pensamiento: sentía gratitud por estar allí.

–¿Qué ve?

Le describí lo que veía.

–En realidad lo que describe no está ahí –me indicó.

Sirvió el café en dos tazas y las colocó sobre dos platitos. El juego parecía de porcelana fina.

–¿Azúcar o leche?

–Solo –repuse.

–Bien, así es como me gusta a mí también.

Era el café con mejor sabor que hubiera probado nunca.

–Dígame a qué se refiere, señorita Schmitt. Siento curiosidad.

–Nuestro mundo, nuestro universo, es una fábrica de hechos tangibles que funciona como una máquina perfecta. Pero exactamente con la misma facilidad podría *no* haber existido. Imagínese aunque solo sea una ligera alteración de un solo átomo en la molécula de agua, o la menor variación de nitrógeno en el aire que respiramos, o cualquier desequilibrio en nuestro ADN. Todo esto es la distancia, del grosor de un cabello, que nos separa de la no existencia. Y algo aún más significativo: imaginemos que la explosión del Big Bang no hubiera tenido lugar. Con toda facilidad hubiera podido *no* ocurrir. Un día, nos dicen, todo desaparecerá. ¿Hacia dónde? Todo lo que usted ve no estará ahí. ¿Se convertirá todo en la nada, John? ¿Puede usted imaginarse *la nada*? –Lentamente dio un sorbo de café, y lo saboreó–. Es un pensamiento desolador, John. Durante los últimos siglos le hemos tomado las medidas a nuestro mundo ayudándonos con una vara de medir científica que calcula la colisión fortuita de átomos en la oscuridad, el choque nocturno de partículas de polvo en algún rincón del desván del universo. ¿Es eso lo único que somos, John, solo unos ensamblajes en cierto modo interesantes de átomos que chocan entre sí en un rincón de un vasto universo? ¿Es eso lo único que nos separa de la negrura del exterior? Yo creo que no; pero lo que es más importante, necesitamos creer. Sé que la ciencia nos ha aportado muchas cosas que son buenas. Pero en el análisis definitivo, John, la ciencia no nos explica nada acerca de las verdades eternas, solo nos deja hechos tangibles y más hechos tangibles. ¿Ve lo que intento decir? Yo no puedo explicar el significado de los árboles que vemos por esta ventana, ni la presencia de los estudiantes que pasan entre los edificios. Nosotros, como seres humanos, necesitamos saber *el porqué*, no solo *el qué*, porque *el qué* es solo temporal, cambia, mientras que *el porqué*... ¡Bueno, es porque hay achicoria en el café, por eso!

Aquella mujer era una persona hermosa, eso era lo único que yo era capaz de pensar. No tenía nada que decir.

–Por supuesto estoy de acuerdo en que tenemos instintos básicos... yo también he visto la película. Instinto para el alimento, para el sexo, para el dinero, para el poder... la lista es bien sabida, y se vuelve a analizar en cada generación de acuerdo con la última tendencia de la moda. Pero también tenemos otro instinto, igual o más elevado que los demás, y ese otro se niega a ser silenciado bajo la pesada manta de hierro de los hechos científicos. ¡Sí, John, una manta de hierro ha descendido sobre nosotros! –La señorita Schmitt disfrutaba el momento, saboreaba el eco de la famosa frase de Churchill–. Yo llamo a ese instinto el instinto de regresar, de volver a conectar con nuestra esencia, de comprender, de sentir que estamos hechos de la misma sustancia que esos árboles de ahí afuera, que somos uno solo con el seno del universo. ¿Me comprende, John?

–El camino de regreso –apunté.

–¡Exactamente! Ese es nuestro sendero. Debemos dejar de predicar ese sermón que habla de mirar hacia delante, como si la progresión hacia el futuro llevase a la felicidad, a la sabiduría o a la verdad. Espero no estar volviéndome demasiado sensiblera en mi vejez, John, pero sus Piedras del Mesías han... han... –Sostenía con delicadeza la taza en la mano y se la llevó a los labios–. Podrían hacerme sentir joven otra vez, John. Me pregunto cómo me he hecho vieja tan deprisa. ¿No podemos reunir sabiduría en la vejez, quizá es demasiado tarde? ¿Solo nos interesa soñar con nuevos ordenadores y viajes de vacaciones a soleados lugares?

–No sé –le contesté, pues no sabía qué otra cosa decir.

–Hemos perdido el camino que conduce al palacio de la sabiduría. No conocemos el camino de regreso. ¿Pueden sus Piedras del Mesías guiarnos en la dirección correcta? –me preguntó.

La señorita Schmitt y yo permanecimos un rato sentados en silencio. Resulta algo muy difícil... estar sentado en silencio. Nuestro mundo está lleno de ruidos, y hemos llegado a convencernos de que tenemos que llenar todo vacío que se presente con nuestras voces, con la radio o con la televisión; casi todo sirve, cualquier cosa, con tal de no vernos abrumados bajo la carga de un ensordecedor silencio. Pero existe una belleza especial, y yo estaba empezando a comprenderlo, una paz especial en el silencio que va más allá de las palabras o de los atavíos de este mundo. ¡Pero, oh, qué difícil es no hablar!

–En mis clases cuento la anécdota del granjero cuya casa se inunda. ¿La conoce, John?

–No, me parece que no.

–¡Oh, pues debería usted conocerla! Vale la pena contarla. Verá. Es un granjero que vive en un valle. El granjero es un hombre temeroso de Dios. Un día empiezan a caer densas lluvias e inundan el valle. El nivel del agua sube peligrosamente alrededor de la casa, tanto que pasa por allí una barca navegando. El capitán de la embarcación se pone en pie y le grita al granjero: «¡Salga! ¡Salte, sálvese!». Pero el granjero rehúsa. «No –responde–, el Señor proveerá.» Pero la lluvia continúa y el agua sube cada vez más hasta inundar la casa y amenazar la vida del granjero y de su familia. Ve otra embarcación y de nuevo lo llaman. «¡Salga! ¡Salte, sálvese!» Pero el granjero rehúsa de nuevo y replica: «No, el Señor proveerá». Bien, ya se imagina lo que viene a continuación. Todo el valle queda inundado y el granjero y su familia mueren ahogados. Arriba, en el cielo, el granjero se encuentra con su Hacedor. «¿Dónde estabas? –le pregunta angustiado el granjero–. ¿Dónde estabas cuando te necesitaba?» El Señor mira al granjero con gran tristeza en los ojos. «¿Que dónde estaba? –replica . ¿Cómo que dónde estaba? Envié dos embarcaciones a salvarte, ¿no es cierto?»

Cuando me marché del despacho de Martha Schmitt aquella tarde y salí al campus en pleno invierno, me estuve preguntando acerca de lo que aquella mujer había dicho y cuánto se diferenciaba de lo que yo había creído durante los años de vida adulta. Y me pregunté también cómo sería el camino de regreso. El cuadrilátero del campus estaba casi vacío de estudiantes, pues un viento frío barría el espacio abierto. Allí se alzaba el árbol que había visto desde la ventana del despacho. Era un roble viejo y nudoso que había sido testigo silencioso de los cambios de estación durante décadas. Como si fuera la primera vez, me acerqué emocionado al árbol y toqué la rugosa corteza. El árbol estaba vivo; estaba hecho de la sustancia original de la vida; ambos, él y yo, estábamos hechos en el seno del universo. Al tocar el roble me estaba tocando a mí mismo. ¿Cómo podría explicar aquella sensación de gozo, de puro júbilo, de identidad con aquel silencioso árbol? ¿Era eso el gozo de la vida? Las palabras del poeta resonaron en mi cabeza como una rima que recordaba débilmente de la infancia:

> Los pasos resuenan en la memoria
> por el pasadizo que no recorrimos
> hacia la puerta que nunca abrimos
> que llevaba al jardín de rosas.
> Mis palabras resuenan así en tu mente.

Capítulo 3

Por el pasadizo

Sarah encontró a Barbara Allison, que vivía en una residencia de ancianos a las afueras de Chicago.

–¿Cómo lo has conseguido?

–Debo admitir que he tenido que hacer bastantes llamadas telefónicas –respondió–. No quiero ni pensar en la factura del teléfono. Pero no deja de asombrarme cuánta información llega a darte la gente por teléfono sin que tengas siquiera que salirte de la comodidad de tu propia casa. Asusta.

–De acuerdo. Como siempre, estoy debidamente impresionado, señora Holmes. Le ruego que me diga cómo lo ha logrado.

No soy, ni mucho menos, tan aficionado a los misterios como lo es Sarah o como yo mismo debería serlo al estar casado con una mujer que es propietaria de una librería especializada en misterios. Durante los últimos años, desde que Sarah y su socia decidieron comprar la tienda –su socia es una mujer divorciada y madre de tres hijos y cuyo ex marido es el director de educación física de la universidad–, mi esposa ha tenido la rara oportunidad de combinar su amor por los misterios con el deseo de dirigir un negocio con éxito. Cuando el lugar apropiado se encontró disponible, su amiga y ella se entusiasmaron ante la oportunidad de comprarlo. La mayoría de sus clientes son miembros del profesorado y estudiantes. Muchas veces me he preguntado cómo tienen tiempo para leer todas esas novelas de misterio cuando deberían estar estudiando cálculo, gramática francesa o, como en mi caso, investigando material para escribir un artículo, en lugar de leer esas cosas.

–Supuse –empezó a decir Sarah– que el doctor Allison debía de estar afiliado a una universidad, probablemente la de Chicago. Pero resultó que no se trataba de la universidad de Chicago, sino de la de Columbia, en Nueva York. También supuse que su trabajo debía de tener el respaldo de alguna clase de beca, lo cual resultó ser cierto. Hice una comprobación por ordenador de todas las becas y estudios de los años cincuenta en arqueología, centrándome en estudios judeocristianos en Oriente Próximo y ello me reveló que varios de ellos habían sido dirigidos por un tal doctor Philip Allison, de Columbia. Allison había cursado estudios en Columbia. Trabajaba en estrecha colaboración con un colega, el doctor Karl Kurzon, de Chicago. Fueron dos de los que partieron hacia Jerusalén y alrededores a mediados de la década de los cincuenta.

–¿Cómo has encontrado a su esposa?

–Seguí la pista de las personas que se encuentran a cargo de las asociaciones de alumnos de las facultades y les dije que era Barbara Allison y que hacía tiempo que no recibía correspondencia. Les expliqué que estaba pensando en hacer un pequeño legado. Pregunté si serían tan amables de comprobar la dirección a la que me habían estado enviando el material. La señorita que estaba en la oficina, la que me atendió, era una empleada eventual, supongo que era una estudiante, y estuvo muy amable. Me leyó la dirección que figuraba en el ordenador a la cual habían estado enviándolo todo desde hacía algún tiempo, una residencia para ancianos situada en Evanston. Las universidades siempre están buscando dinero. Podrías estar muerto y seguir en sus listas durante años. El caso es que la muchacha me preguntó si me había cambiado de domicilio. Le dije que no, pero que en adelante tendría más cuidado al mirar la correspondencia... quizá era que en la vejez me estaba volviendo olvidadiza. Fue una buena excusa... y ella lo sintió por mí. Me dijo que lo comprendía, puesto que trabajaba como voluntaria en una residencia para personas de la tercera edad un par de días al mes.

Sarah y yo estábamos en la cama. Los niños dormían.

–Quizá haya algún asesinato que la policía aún no ha resuelto y para el que les vendría muy bien tu ayuda –le dije–. Estoy impresionado.

–Pues no lo estés. Todavía no creo del todo en este embrollo, y sin embargo... –Me pregunté en qué estaría pensando–. Barbara Allison resultó ser toda una mujer. Todavía no estoy segura de cómo interpretar nuestra conversación.

–¿Has hablado con ella?

–Pues claro. Tuve que ponerme de acuerdo con la enfermera para llamar a una hora en que ella estuviera en la habitación. Fue después de comer. No hubo problema. El auténtico problema fue cómo abordar el tema.

–¿Cuál?

–Todo el asunto, John, que es bastante absurdo. Y lo último que yo quería hacer era confundir a una viejecita que vive en una residencia de ancianos y que quizá haga mucho que pasó sus mejores tiempos. –Noté que empezaba a llover. Oía el repiqueteo de las gotas en el tejado. En el campo la lluvia siempre se oye más por la noche–. Pero resultó que Barbara Allison tenía la mente tan clara como una campana. ¡Recordaba al detalle las expediciones de su marido hasta los años treinta! Se conocieron en una expedición a la selva lluviosa de Brasil. Se enamoraron y se casaron.

–¿Era ella una de sus estudiantes?

–¡Nada de eso! Había publicado sus propias obras. Su nombre de soltera era Barbara Alexander, y había escrito unos cuantos libros sobre sociedades primitivas que tuvieron bastante éxito y fueron muy bien recibidos. ¡Uno de ellos fue traducido a dieciséis idiomas!

–¿Cuánto tiempo estuviste hablando con ella?

–Casi una hora. Como te he dicho, me da miedo la factura del teléfono. Pero estamos resolviendo un caso, ¿no? Comoquiera que sea, es una mujer poco corriente.

–Pues...

–No lo digo solo porque escribiera libros, o porque fuese una «mujer feminista» que se adelantó a su tiempo ni por nada parecido. No es a eso a lo que me refiero.

Empezó a llover con más fuerza. Se oía cómo la lluvia, empujada por el viento, estallaba contra el costado de nuestra casa. En el piso de arriba, en nuestro dormitorio, la lámpara de la mesilla de noche debía de brillar como un foco diminuto en la oscuridad de nuestra apartada casa de campo.

Le conté a Sarah la sesión que había mantenido con Martha Schmitt, pero ella volvió a llevar la conversación al tema de Barbara Allison.

–¿Le hablaste de las cartas? –le pregunté.

Sarah me miró con expresión seria e impasible en el rostro. Estaba sentada en la cama, con dos mullidas almohadas colocadas detrás de la espalda. El largo cabello rojo le flotaba por encima del blanco algodón de las fundas de las almohadas. Me daba cuenta de que sus pensamientos iban en muchas direcciones a la vez mientras me hablaba.

–No tuve necesidad de hacerlo –me dijo–. Esa mujer sabía de su existencia.

–¿Qué? Si no se echaron al correo... Mi padre se las dio a Stanton. Nosotros las tenemos.

–Sí –reconoció Sarah.

–Entonces, ¿cómo...?

–Hay una parte de esta historia que solo empecé a comprender a mitad de nuestra conversación telefónica –me explicó Sarah–. Es como si nos hubieran ofrecido un avance de lo que ha de venir, solo un pequeño tráiler de la atracción principal, que todavía no ha comenzado.

–No estoy seguro...

–Barbara Allison conoció a tu padre, John. Tuvo ocasión de conocerlo en los años cincuenta, antes de que él regresase por última vez a Tierra Santa.

–¿Cómo sabes eso?

–Porque ella me lo dijo. –Sarah tiró de la manta hacia arriba. El pelo le flotaba sobre la almohada como delicadas plumas rojas desplegadas sobre el blanco lienzo de un pintor. Estaba muy hermosa en medio de la noche–. No he hecho más que pensar en esto durante todo el día, John. No he podido ocuparme de nada, lo único que he sido capaz de hacer ha sido acostar a los niños. Puede que parezca una locura, pero sentí un apego inmediato hacia Barbara, me sentí más próxima a ella de lo que me he sentido con ningún desconocido durante mucho tiempo. Tuve la impresión de que esa mujer esperaba mi llamada. Para ella no fue ninguna sorpresa el hecho de que yo la llamara. Era como Stanton, que está esperando. ¿Comprendes? Solo que, por la voz, pareció aliviada de que por fin hubiera ocurrido. ¿Sabes por qué?

–Me da miedo adivinarlo.

–Sabía que me llamaría Sarah.

–¿Por la inscripción de la esfera?

–Sí.

–Y sabe lo de las Piedras del Mesías.

–Sí.

–¿Y lo de los signos?

–Sí.

–¿Sabe dónde están las piedras?

–No estoy segura. –Oí de nuevo la lluvia–. Le dije que iríamos a verla, John.

–¡Bromeas!

–No.

–¿Cuándo?

–Mañana.

–¿Mañana?

–Todo esto es un gran embrollo, John. Quienquiera o lo que quiera que se encuentre detrás, ha conseguido captar mi atención. No tengas miedo, amor mío.

–¿De qué?

–De descubrir quién lo ha hecho –respondió Sarah; y cerró los ojos y se metió debajo de la manta.

Apagué la luz y al cabo de unos minutos yo también me dormí. Sea lo que fuere lo que soñé aquella noche –si es que soñé–, no lo recuerdo, excepto que me desperté al romper el alba y ya no pude volver a dormirme. Noté que la lluvia había cesado. Oí a Sarah duchándose en el cuarto de baño. No me sorprendió: mi mujer estaba tomando cartas en el asunto.

Conseguimos una niñera que cuidara de los niños por la noche y tomamos el primer vuelo hacia Chicago. Yo había vuelto a llamar al trabajo para decir que estaba enfermo, y la secretaria de nuestro departamento me siguió pareciendo escéptica acerca de mi prolongado resfriado. Sarah había hablado con su socia y había contratado una dependienta a media jornada para sustituirla en la librería.

En el vuelo a Chicago apenas hablamos, lo que resulta bastante curioso. Íbamos sentados el uno junto al otro en la parte de atrás del avión, hojeando las revistas que repartieron en el vuelo. Sarah no conocía Chicago, y yo hacía varios años que no había estado allí.

Tomamos el tren para Evanston.

Barbara Allison vivía en una residencia para ancianos situada en una zona apartada y tranquila, no lejos de la estación de ferrocarril. El taxista que nos llevó conocía el lugar. Sin embargo, cuando llegamos tuvimos que esperar para verla; estaba recibiendo terapia y no se encontraría disponible para poder vernos hasta al cabo de una media hora.

Esperamos en un salón cómodo y bien abastecido de los últimos números de las revistas populares. Grandes miradores permitían que la luz entrara a raudales y llenara la habitación de luminosidad. Las paredes estaban cubiertas de cuadros pintados con vivos colores que representaban graneros en otoño, caminos rurales y una exposición de calabazas en una gran extensión de césped. Sarah supuso que eran obra de los residentes.

Mientras esperábamos vi a una anciana a la que estaban ayudando a caminar; cojeaba y se ayudaba de un bastón, y entonces me asaltó una idea curiosa. Aquella mujer hacía todo lo posible por caminar, y descansaba la mayor parte del peso sobre el bastón. Iba vestida con una bata, una prenda delgada de algodón para todo uso, estampada de pétalos azules. Parecía que no era de su talla, le iba demasiado ancha y demasiado corta. Llevaba unas zapatillas blandas que chirriaban y se arrastraban sobre el suelo liso y pulido del recibidor. Era difícil adivinar qué edad tendría: ochenta, noventa o más. Iba encorvada, tenía la parte superior del cuerpo doblada hacia delante y el rostro dirigido hacia abajo, por lo que miraba al suelo mientras caminaba arrastrando los pies. Tenía el pelo muy lacio y escaso, completamente canoso. Como estaba parcialmente calva, se le veía el cuero cabelludo, que era de color rosa. Al lado de la anciana caminaba una empleada, una mujer corpulenta que la sostenía por el brazo y esperaba pacientemente a que diera el paso siguiente por aquel pasadizo hacia su destino.

Las estuve observando atentamente y me pregunté si mi madre habría sido así. Ella también había estado en una residencia para ancianos en Florida, con su hermana. Yo solo había estado allí una vez, pero lo recordaba muy bien. ¿Por qué no habría ido a visitar a mi madre con más frecuencia? Al contemplar a aquel par de mujeres avanzar lentamente hasta perderse de vista, se me ocurrió de repente que durante aquellos dos últimos días a mí también me estaban guiando, exactamente igual que a aquella anciana la ayudaba la enfermera. Y todos los que me guiaban compartían un aspecto físico muy definido: también ellos eran viejos, como Stanton, como Martha Schmitt y ahora como Barbara Allison.

Me encontraba perdido en aquellos pensamientos; no quería estar allí.

–¿En qué piensas? –me preguntó Sarah sacándome de mi cavilación.

–En nada –repuse.

Era una respuesta bastante pobre. Estaba pensando en muchísimas cosas.

–Como yo –dijo ella.

–¿Tiene sentido todo esto?

–Esperemos un poco más antes de formar un juicio –me recomendó Sarah.

Por fin nos acompañaron a una habitación del segundo piso situada en la parte delantera. Me pareció como si entrase en una cápsula del tiempo, como transportado hacia las cámaras del pasado. El verano anterior habíamos llevado a los niños a la colonia Plymouth, donde algunos actores, ataviados con trajes de época y simulando vivir y trabajar en una plantación reconstruida, representan el papel de colonos. A los niños les encantó, sobre todo a Joshua. Representó el papel de presentador de televisión delante de aquellos decorados para nuestro propio reportaje en vídeo. Ahora volvíamos a ser turistas, ¿no?

Empezaba a sentir frío, aunque el edificio estaba bastante caldeado. Durante unos instantes me estremecí, reaccioné del mismo modo en que lo hacemos cuando, según cuentan las viejas comadres, alguien camina sobre nuestra tumba. Sarah se dio cuenta y me sonrió.

–Ya lo sé –me susurró mientras caminábamos detrás de la joven enfermera voluntaria que llevaba una bata de rayas y que nos precedía hacia la habitación.

A veces Sarah y yo casi podemos leernos el pensamiento. Me pregunté si ella también tendría frío.

La joven nos hizo pasar a la habitación y nos indicó un sofá. Una anciana estaba sentada en un cómodo sillón de orejas delante de nosotros. Parecía dormida, o por lo menos tenía los ojos cerrados. A diferencia de la residente que habíamos visto antes, esta mujer iba vestida con un traje de chaqueta azul y llevaba una rosa roja prendida en la solapa. Percibí el perfume que llevaba, fragante, no empalagoso. Tenía las manos cruzadas sobre el regazo. Llevaba las uñas muy cuidadas. Eran las manos de una mujer mucho más joven. Se veían suaves y delicadas.

Cuando la joven salió de la habitación y cerró la puerta tras de sí, los gruesos zapatos de suela de goma chirriaron ligeramente y el sonido despertó a la anciana.

–¡Oh! –exclamó sobresaltada–. ¡Parece que me he quedado dormida! Debéis de ser Sarah y John.

–Sí –respondió Sarah–. Ayer hablé con usted. Cuánto me alegro de verla.

–¡Y yo me alegro de veros a vosotros! ¿Os apetece tomar algo? ¿Habéis comido? Puedo pedir que nos traigan alguna cosa... no es ninguna molestia, podemos llamar –repitió con renovada energía y auténtica hospitalidad.

–Es muy amable por su parte, pero hemos comido en el avión –le indicó Sarah.

–¿Habéis tenido un buen viaje?

–Sí –repuse yo.

–Echo de menos viajar en avión –dijo Barbara–. Es una de las pocas cosas que verdaderamente echo de menos. Viajar, viajar a donde sea.

–¿Y a usted le apetece tomar algo? –le preguntó Sarah.

–Oh, no, ya he comido. No volveré a comer hasta las cinco y media. Cada tarde a las cinco y media. ¿Podéis imaginaros lo que es cenar cada día a las cinco y media? No a las cinco, ni a las seis, sino siempre a las cinco y media.

–No –dijo Sarah.

–Bueno, en realidad no me gusta quejarme. Soy una mujer con suerte, desde luego. Quizá tenga el cuerpo un poco oxidado, puede que le falte algo de aceite o de combustible, pero el motor aún funciona bien. No sé qué haría si me faltase eso –comentó–. Probablemente me pegaría un tiro. –Sarah se giró hacia mí–. Oh, bueno, solo estaba bromeando –continuó Barbara–. Esta especie de humor macabro forma parte del proceso de hacerse viejo.

–Nos alegramos mucho de verla –dijo Sarah.

–Sí –dije yo.

–¿Por dónde os gustaría empezar? –nos preguntó Barbara–. Por favor, llamadme Barbara. Supongo que debéis de tener mil preguntas que hacerme.

–Sí –respondimos los dos a la vez.

–Estupendo –dijo Barbara.

Al cabo de unos cuantos segundos Sarah se lanzó de lleno.

–Háblenos de su marido –le pidió.

–Sí, ese sería un buen tema por donde comenzar, Sarah. Siempre me ha gustado el nombre de Sarah. Es muy sólido. Pero comencemos por el principio, como dijo Alicia o alguien en el famoso libro. –Sarah y yo, sentados en la habitación de Barbara, éramos personajes en nuestra propia versión, tan real como la vida misma, de *Alicia en el País de las Maravillas*–. Como te dije por teléfono, de joven fui investigadora. El campo que despertaba mi interés eran las sociedades primitivas. Cuanto más primitivas, mejor. Había adquirido esa afición desde niña. Tenía un hermano que había nacido con una inteligencia limitada. ¿Está de moda ahora decir «discapacitado»? Bien, se llame como se llame, el resultado es el mismo. Podía hacer muy pocas cosas por sí mismo cuando se hizo mayor. Era un niño en el cuerpo de un adulto. Mi madre le daba unos trapos, y su tarea consistía en limpiar la casa. Ese ejercicio repetitivo lo mantuvo muy ocupado durante años. No sabíamos mucho de esas cosas entonces. Al verle desarrollarse de ese modo, empecé a sentirme fascinada por las personalidades humanas, pero en sus etapas tempranas, primitivas. ¿Está bien esto? ¿Es lo que queréis saber?

Sarah y yo asentimos.

–Sí –dije yo.

–Veréis, últimamente no tengo ocasión de hacer mucha vida social. Las cosas se acumulan. No tengo a quién contárselas. Tuve una vida muy ocupada, ¿comprendéis? ¡Estoy tan contenta de que hayáis venido! Creo que, en realidad, hace tiempo que os esperaba.

–¿Podría explicarnos eso? –le pidió Sarah.

–Lo intentaré, pero no sé si seré capaz de explicarlo todo a vuestra entera satisfacción. ¿Os apetece un pirulí? –nos preguntó Barbara.

–No, gracias –respondí.

–Sí –dijo Sarah al tiempo que cogía uno–. Muchas gracias.

–¿Quieres darme uno a mí también, querida? –le pidió Barbara señalándole la caja de colores que descansaba junto a la lámpara. Sarah le dio un caramelo–. Verde –indicó mientras chupaba el caramelo con deleite–. Me gustan los verdes. –Tras una pausa volvió a cruzar las manos en el regazo y comenzó a hablar de nuevo–. Hay cierta leyenda que se cuenta en uno de los antiguos tratados místicos. La leyenda es una especie de comentario sobre un famoso pasaje bíblico, que estoy segura de que reconoceréis: «Y dijo Dios: hágase la luz». Según esta leyenda, que trata de esta luz que hizo Dios, fue la primera luz, la luz original, si queréis. Es la luz de la que procede cualquier otra luz, una especie de antorcha de Prometeo. Pero también es la luz que hay dentro de nuestros ojos, la chispa de nuestro ser. Es la luz que Dios le mostró a Adán, el primer hombre, en el Paraíso terrenal, la luz que iluminó el Paraíso y le permitió a Adán ver el mundo de un extremo al otro, pero también lo vio dentro de su mente, desde el principio de los tiempos hasta el final de los días. ¿Comprendéis?

–Comprendemos –repuso Sarah apresurándose a poner una mano sobre la mía para impedirme hablar, cosa que yo no tenía en absoluto intención de hacer.

–Esa era la luz que el Eterno le mostró al rey David y a Moisés cuando este estaba de pie en lo alto de la montaña y se le mostró la tierra prometida, en la que no le estuvo permitido entrar.

»También era la luz que Dios le dio a Moisés cuando este se encontraba en la cima del Sinaí para recibir los Mandamientos. En este relato, Moisés, después de haber visto el rostro de Jehová, se ve obligado a llevar por siempre un velo sobre su rostro para proteger a sus compatriotas israelitas de la cegadora luminosidad de la luz de Dios.

»*Esa fue la misma luz* –continuó Barbara poniendo énfasis en aquellas sencillas cinco palabras de una en una, como si fueran las cadencias de una melodía que le tintinease en el oído, una melodía familiar para todos–. En 1954 Philip descubrió unas de esas piedras, o tablas, durante una excavación en Tierra Santa, en Silo. Se refirió a ellas como las Piedras del Mesías por la sencilla razón de que trataban de la venida del Mesías y del juicio final a que Dios someterá al mundo. De algún modo, Philip y sus colegas estaban involucrados con el gobierno: en aquellos días todo el mundo era espía. Visto ahora parece una tontería, ¿verdad? Philip llevaba años oyendo rumores; creo que sospechaba lo que había allí. Pero fue tu padre, John, quien me contó primero lo que había ocurrido. Veréis, a Philip le impidieron que informase de la noticia de su descubrimiento. Tu padre me dijo que las autoridades habían corrido una cortina sobre el asunto. Creían que el hallazgo pondría en marcha una reacción en cadena, y que sería difícil de controlar. No sé, quizá tuvieran razón. No lo sé. Eran otros tiempos. Sin embargo, Philip estaba decidido a que por lo menos yo me enterase, así que me envió a tu padre con el mensaje y unas cartas. –En este punto sonrió–. Dejé que tu padre se quedase con las cartas después de que las hube leído. En cierto modo eran tan suyas como mías. Quería dejárselas a su hijo. Sabía que no viviría para ver al Mesías, pero tú sí, y también tu esposa, que se llamaría Sarah. Se os dejó a vosotros el que contarais la historia.

»Nunca volví a ver a Philip ni a tu padre. Pero he estado esperando.

–¿A nosotros? –le pregunté.

–Según tu padre, John, mi marido había postulado que las Piedras del Mesías se le entregaron a Moisés en el Sinaí al mismo tiempo que los Diez Mandamientos. Y fue a esas tablas, a las Piedras del Mesías, a las que Jehová confió la luz original, la luz del mundo. Philip también creía que las tablas habían sido depositadas en el templo de Jerusalén y que allí se guardaron durante generaciones. No fue hasta la conquista de Judea por los romanos, hace unos dos mil años, que se trasladaron a Silo, donde en otro tiempo se había albergado el Arca de la Alianza. Por eso los sacerdotes del templo las llevaron allí, a Silo, y enterraron las piedras, porque era una manera de conectar con su pasado, de volver al principio. Ya entonces, supongo, las personas buscaban sus raíces. Allí quedaron enterradas para posteriores generaciones... para ti y para tu esposa, John, pero también para mí, para Philip y para todos los demás, para cuando las necesitásemos. Creo que ya te dije, Sarah, que se necesita un gran acto de fe.

–Pero ¿por qué nosotros? –le preguntó Sarah.

–¡Oh, no se trata solo de vosotros! –contestó Barbara con vehemencia.

–En las piedras estaba grabada la palabra «McGowan», y el nombre de Sarah se encontraba en otra piedra, en la esfera –intervine.

–Sí –admitió Barbara–. Pero ¿recordáis cuál es uno de los signos del Mesías? Que él hablará con *cada uno* de nosotros en todo el mundo, a la vez. Parece ser que así es como se está cumpliendo.

–¿Quiere decir que nosotros no somos los únicos que hemos sido...?

No fui capaz de encontrar la palabra apropiada.

–¿Contactados? ¿Elegidos? –sugirió Barbara.

–Sí –convine.

–John, cuando conocí a tu padre él era un hombre joven. No sé si mi marido lo eligió a él para que viniera a verme. Quizá hubiera otros más apropiados para hacerlo. Pero tal como fueron las cosas, tu padre tenía una familia a la que se vio forzado a abandonar. No fue una decisión fácil para él, de eso estoy segura.

–¿Por qué? –le pregunté–. ¿Por qué lo hizo?

Barbara separó las manos y señaló hacia nosotros.

–Por vosotros –dijo–. Y probablemente por su Dios. No sé si alguna vez llegaremos a saberlo. Como una carrera de relevos, ya veis. Ahora vosotros tenéis el testigo, pero estáis mucho más cerca de la meta. Yo no pude tomar parte en la carrera. Me entregaron el testigo, pero no lo cogí. Es difícil de explicar, pero supongo que en aquel momento yo no creía. Y Philip lo sabía. Puede que sea por eso por lo que nunca volvió. Puede que supiera que yo nunca me marcharía. No lo sé. Pero lo que yo sí sabía era que nunca se olvidarían de mí, que alguien más vendría a visitarme. Un McGowan o una Sarah. ¿Tenía razón?

Comprendí que Sarah quería cambiar de tema. Ambos nos dimos cuenta de que había lágrimas en los ojos de Barbara.

–Sí, Barbara, tenía usted razón. ¿Puede hablarnos de él, del padre de John? –le pidió Sarah.

–No demasiado. Cuando vino a visitarme, casi lo estaba esperando. Hacía cerca de un año que no veía a Philip, y sus últimas cartas estaban llenas de comentarios extraños acerca de aquellas expediciones. Un par de veces me llamó por teléfono, pero siempre que me pedía que fuera a reunirme con él yo cambiaba de tema. Quizá fuese por eso por lo que me envió a tu padre, como una forma de mantenerse en contacto conmigo, o quizá también como una manera de despedirse de mí.

–¿Qué le sucedió a él... a su marido? –le pregunté.

–En realidad no lo sé. Podría deciros lo mismo que me dijeron a mí, pero en el fondo da igual; no lo sé.

Barbara pronunció aquellas últimas palabras como si se sumiera en una especie de aturdimiento, como si le hubiera venido a la cabeza un recuerdo que solo hubiera comprendido en parte y estuviera al mismo tiempo intentando aferrarlo todo, como un nombre que no lograse pronunciar.

–Barbara –la llamó Sarah.

–¿Sí? –contestó la anciana.

–Díganos cualquier cosa que recuerde. Necesitamos saber. Por favor, inténtelo.

Barbara volvió a cruzar las manos, casi a cámara lenta. En aquellos ojos castaños vi reflejadas las imágenes de Stanton y de Martha Schmitt, y quizá también la mía y la de Sarah en los años venideros. Aquella era una ventana nueva que se abría ante mí.

–Tu padre tenía unos veinticinco años. Pero cuando yo lo vi parecía mucho mayor. Me dio las cartas de parte de Philip para que las leyera. Me contó lo que sabía. Creo que tu padre y mi marido estaban creando una especie de seguro, como una carta en cadena, para asegurarse de que el mensaje llegaría a su destino cuando llegase el momento. El año sería el 2000.

–¿Qué mensaje?

–El de que el Mesías viene de nuevo. Por favor, querida, abre ese cajón –le pidió a Sarah; y señaló hacia una mesita que había junto a la cama. Sarah se acercó hasta allí y abrió el cajón. Sacó algo que parecía un álbum de fotografías y se lo puso en el regazo a Barbara–. Tú estás empezando a comprender. Parece que las mujeres comprendemos las cosas antes, ya sabes qué quiero decir. Es nuestro legado –añadió dirigiendo una sonrisa a Sarah–. Pero eso no es necesariamente una bendición.

–¿Nuestro legado? –le preguntó Sarah.

–Te vas a reír –dijo Barbara.

–No, le prometo que no –le aseguró Sarah.

–Incluso ahora me resulta difícil creer. Supongo que es mi carácter natural, dubitativo y testarudo. Pero he aprendido mucho en estos años. Lo que quiero decir al hablar de nuestro legado, es que esa es una de las cosas que he aprendido. Creo que Eva nació con un espíritu inquieto porque Dios sabía que el mundo necesitaba espíritus inquietos, porque si todos fuéramos plácidos no se habría hecho ningún avance. Eva siempre estaba investigando. Era muy curiosa. Así que ahora todas nosotras investigamos, pero también estamos confusas y dubitativas.

Yo miraba el álbum que sostenía Barbara, cuyas manos descansaban en los bordes blancos del mismo. Era cuadrado y le ocupaba la mayor parte del regazo. Colocó las palmas de las manos sobre la tapa y extendió los dedos casi en una especie de bendición silenciosa, como si estuviera acariciando una reliquia de familia.

–Este es el álbum que me trajo tu padre y que me dejó –añadió poco después–. Dijo que era para mí, pero también para otros que vendrían después. Siempre le he tenido un gran cariño.

–Habrá sido una gran carga para usted, ¿verdad, Barbara? –le preguntó Sarah.

–Oh, sí y no –repuso la anciana–. Saber por fin, ser conocedora de las cosas, es algo muy valioso. Yo nunca renunciaría a eso. Ahora me acompaña todos los días de mi vida. Solo faltan unos cuantos años para que él venga de nuevo en el tercer milenio, ¿sabéis? Pero yo perdí un marido como tú perdiste un padre, John. Supongo que toda ganancia lleva consigo una pérdida. No sé. Lo único que sé es que la gente vive y muere, y eso es lo único que todos tenemos en común. Todos queremos las mismas cosas. ¿Acaso en el fondo de nuestro corazón no somos siempre niños? ¿No es verdad que nunca somos completamente adultos y capaces? ¿Acaso no tenemos dudas todos nosotros? ¿Acaso no necesitamos que nos animen? –Miré a Sarah. Aquello era más que un simple embrollo, mucho más. Yo tenía que hacer lo posible por conocer los pensamientos de aquella mujer–. Pero tienes razón, Sarah –continuó diciendo Barbara–, ha sido agridulce. Supongo que he estado sola demasiado tiempo. La memoria juega malas pasadas. ¿Quién sabe lo que ocurrió en realidad? ¿Sabéis de lo que me acordé ayer? ¿Recordáis la película *Ciudadano Kane*? Philip y yo la vimos tres veces. Pues bien, hay una escena en la que a uno de los personajes, se me ha olvidado cómo se llamaba, uno que es un viejo, le están haciendo preguntas sobre Kane, le preguntan qué recuerda de los viejos tiempos. Como se sabe por la historia, él recuerda muchísimas cosas, hasta el más mínimo detalle. Luego dice algo extraordinario acerca de lo que la gente recuerda, lo que da forma a sus vidas. Nos cuenta que tomó un ferry un día, de joven, para ir a trabajar y vio a una preciosa muchacha sentada enfrente de él. La chica lleva un vestido blanco y una sombrilla también blanca. No hablan. Ni pronuncian una palabra. Ella se apea, él se apea, y nunca vuelven a verse. Esa fue la única vez que él la vio, fijaos, solo esa vez. Pero cuando ya es viejo nos dice que no ha pasado ni un solo día sin pensar en ella, en aquella muchacha que solo vio una vez en un ferry muchos años atrás.

»¿Comprendéis? ¿Cómo podemos evaluar lo que una persona recuerda? Así es como yo he pensado en aquel joven que era tu padre, y en mi marido, a quienes no volví a ver. ¿Podéis imaginar lo difícil que ha sido para mí? Por favor, tomad esto, estaba destinado a vosotros, a los dos –dijo tendiéndonos el álbum–. Es tan vuestro como mío.

Sarah y yo nos levantamos enseguida y aceptamos el álbum, sosteniéndolo los dos por los bordes mientras retrocedíamos unos pasos y volvíamos a sentarnos en el sofá. También Barbara se recostó y pareció relajarse en el sillón.

–Seguro que querréis mirarlo ahora –dijo suspirando profundamente–. Por favor, yo cerraré los ojos un poco, si no os importa. Si queréis cualquier cosa, café o lo que sea, no soy una madre judía...

Cerró los ojos y se adormiló.

Sarah se puso en pie y colocó una almohada entre la cabeza de Barbara y el lado del sillón.

–¿No deberíamos salir de la habitación? –me sorprendí diciendo casi en un susurro.

–Quedémonos; yo estoy más cómoda aquí.

Nos sentamos el uno junto al otro y pusimos el álbum sobre nuestras rodillas. Volvimos la portada para abrirlo. Sarah me cogió la mano. Me di cuenta de lo fría que estaba.

La primera página del álbum mostraba un dibujo de lo que parecía ser el interior de un barco de esclavos. Era una visión desde arriba que miraba hacia las entrañas del buque, donde se metía a los esclavos para la travesía del océano. Había visto imágenes así antes. Los esclavos estaban alineados en filas, encadenados entre sí, la cabeza de uno con los pies del siguiente, para aprovechar al máximo el espacio. Era un cargamento humano. En aquellos dibujos, que ilustraban el tráfico de esclavos desde África hasta el Nuevo Mundo, los esclavos estaban colocados, como se solía describir siempre, igual que sardinas.

Pero este dibujo, aunque muy parecido, era diferente en un aspecto que resultaba extraordinario: aunque la vista era desde arriba –miraba hacia abajo desde cierta distancia en lo alto, desde fuera del barco– el rostro de cada uno de los esclavos era diferente y particular, un retrato en miniatura, como una microfotografía, que mostraba los ojos, las orejas, la nariz, las facciones.

Sarah y yo podíamos distinguir aquellos rostros como si fueran personas reales, cada una de ellas una persona diferente, como la impresión de la huella del pulgar sobre una hoja virgen de papel blanco. Nunca antes habíamos visto nada parecido, ni nosotros ni nadie. No parecía posible.

El dibujo –si es que aquello era un dibujo– llenaba la página por completo, de borde a borde. Ninguna palabra escrita, ningún pie de página.

Volvimos la hoja.

Y vimos un segundo dibujo.

Este representaba a una mujer, una esclava de poco más de veinte años, de pie en el estrado de una subasta. Estaba desnuda hasta la cintura. La brillante luz del sol se reflejaba en las lágrimas que le caían de los ojos. Un niño de unos cinco años se encontraba de pie junto a ella, y le daba la mano. Sarah y yo observamos con cuánta fuerza se la apretaba –mientras nosotros también nos cogíamos de la mano–, temerosa de que las cosas escaparan de su control. Este, también, era más que un dibujo; era una expresión de la emoción humana que podíamos sentir como si estuviéramos junto a ella.

El rostro de la madre y el del niño mostraban la misma intensa cualidad de vívido detalle. Podíamos ver la fina textura de la piel, sentir su suavidad, experimentar el sudor que les caía de la frente mientras aguantaban el fuerte sol de mediodía en el estrado de la subasta.

Volvimos la página del álbum.

Apareció ahora un tercer dibujo de la misma mujer y el mismo niño. Pero en esta ocasión se encontraba junto a ellos un hombre que con una mano tiraba brutalmente del niño para separarlo de su madre y con la otra azotaba a la mujer con la fusta de montar mientras ella imploraba y suplicaba desesperadamente que la vendieran junto con su hijo.

Sarah y yo pudimos comprender –y sentir– la historia que se desplegaba ante nosotros como si estuviéramos presenciando la escena en persona. Aquel era un medio nuevo, difícil de describir, difícil de resistir. Existía en el papel, pero el propio papel parecía apoderarse de nosotros, parecía hablarnos. En silencio, Sarah volvió la hoja y leímos estas palabras: HISTORIA DEL REGRESO. Las tres palabras estaban trazadas a mano en la página con una caligrafía arcaica, pero las letras eran puntiagudas y claras. Sobresalían de la página en tres dimensiones, con profundidad. Como los ojos de los esclavos, cada una de las letras irradiaba luz propia y formaba parte de todo el conjunto. Sarah pasó con delicadeza los dedos por la página, rozando apenas las palabras. La miré mientras hacía aquello. Barbara estaba dormida en el sillón.

En la página siguiente, y en otras, Sarah y yo fuimos leyendo la historia que vivía en aquellas páginas, la «historia del regreso» que había vivido con Barbara todos aquellos años y que ahora lo hacía con nosotros. Las palabras estaban escritas con una letra que yo reconocía pero que no era capaz de situar del todo.

Luego, al comenzar la narración, supe por qué:

Querido hijo:

Has encontrado a la esposa del doctor Allison, como estaba seguro de que sucedería. Nunca he tenido mayor certeza de nada en la vida. También has encontrado este álbum que yo hice para ti y para Sarah, que debe de ser tu esposa. Es un nombre muy bonito, Sarah, y estoy seguro de que es una mujer hermosa. Espero que algún día nos conozcamos. Deseo con toda el alma llegar a conoceros a ella y a ti, hijo.

Lo que estás a punto de leer es un relato que me ha sido confiado, pero de un modo que antes debo explicar. Si puedes pensar que se trata de una visión, con eso probablemente bastará, pero en realidad esa no es toda la explicación. Porque ¿qué es una visión? ¿Sigue la gente creyendo en las visiones? Al decir que me ha sido «confiado» quiero decir que ha pasado a formar parte de mi conciencia, como mi nombre o mi dirección, e incluso más: es como mi conocimiento acerca del mundo, el cual me dice que si cojo una piedra y la lanzo hacia arriba, volverá a caer al suelo. Este es un hecho físico que conozco. Lo mismo ocurre con el relato que estás a punto de leer:

también es un hecho físico que conozco, que nunca se podrá cambiar ni borrar de mi ser. Es un relato que me fue revelado una noche en Jerusalén mientras dormía bajo las estrellas, poco antes de mi vuelta a casa. Ello transformó mi vida y la encauzó en la dirección que ha tomado para el resto de mis días.

Así que espero que haga lo mismo contigo, hijo mío, al convertirse en parte de tu vida. El modo como fueron dibujadas las imágenes, por qué irradian luz del modo que lo hacen... creo que podrás llegar a darte cuenta. Yo no soy un artista, pero estoy seguro de que algo o alguien me guió la mano.

Deseo que te encuentres bien.

Ninguna firma. Ningún nombre.

Sarah y yo estuvimos leyendo los párrafos escritos que teníamos ante nosotros como niños absortos en su cuento favorito. Cada una de las palabras resonaba, formando una imagen que nos arrastraba cada vez más hacia lo profundo del pasadizo del tiempo, hacia nuestro inevitable destino.

Empezamos a leer el texto.

Él conocerá el mundo y sus costumbres, pues ha vivido muchas veces entre nosotros. Será despreciado y ridiculizado. Vivirá entre nosotros en todos los períodos de nuestras vidas, desde el principio de los días hasta el fin de los tiempos.

Estas son las palabras de los signos del Mesías, transmitidas de generación en generación hasta nuestros tiempos. Él siempre está con nosotros.

Y así fue cuando vio a la mujer y a sus hijos vendidos en subasta como esclavos, porque él también fue un esclavo que esperaba turno para que lo vendieran. El viaje en el barco va más allá de toda descripción, pues él yacía encadenado en una fila con otros hombres y mujeres a los que habían capturado; también había niños y niñas. A algunos los conocía, a otros no. Los gemidos llenaban constantemente el vientre del barco mientras subía, bajaba y se agitaba de un lado a otro por el océano. No había lágrimas, ya no: solo gemidos de profundo dolor y de miedo que llenaban la oscuridad. Dormían sobre sus propios excrementos y comían en sus propios excrementos.

Peor que cerdos, porque ellos eran seres humanos con mente y conciencia, con esperanzas y conocimiento del bien y el mal, dotados con la chispa de la luz del Creador.

Él ya había conocido ese miedo en otras vidas. Había experimentado antes, en otras vidas, aquella dolorosa sed de agua; pero era como si aquella fuese la primera vez; siempre era como si fuese la primera vez. Los gemidos. ¿Cómo era posible que la quintaesencia de la creación se viera transformada en semejante amasijo de corazones que sufrían?

Aquel era un regreso al mundo que él hacía mucho tiempo había temido: ser humillado así, ser despreciado, le enseñaba valiosas lecciones. Debía recordarlas cuando llegase la hora, debía recordar qué se sentía estando encadenado o estirado sobre aquel tablón duro. Debía recordar aquella sed de agua. Debía recordar que le habían echado de comer como a un animal, que lo habían mantenido con vida para venderlo, encadenado y alimentado solo para obtener de ello un beneficio. Lo recordaría. ¡Oh, Dios, cómo lo recordaría!

¿Podría haber algo peor que aquella espantosa travesía sobre el oscuro océano? Cerró los ojos y viajó por el tiempo hasta la cima de su montaña.

Muchos días después lo sacaron de la cavidad interior del barco de esclavos y lo hicieron andar hacia el muelle. Muchos de sus compañeros esclavos habían muerto. ¿Qué harían con los cadáveres? ¿Cuántos de ellos eran niños?

Estaba de pie esperando a que lo vendieran en subasta. Se encontraba detrás de una madre con cinco niños a su lado. ¿Los habrían capturado con él en África? ¿O los habrían añadido a aquel grupo por algún otro motivo? ¿Los habrían traído desde una plantación de la cercana Maryland? No estaba seguro. Se sentía demasiado débil. Nadie lo diría.

Él fue testigo de todo lo que aconteció.

Dos de los hijos de la mujer fueron vendidos a un amo, dos a otro. A todos ellos los estuvieron empujando y manoseando en el estrado de subastas los posibles compradores. Dos niños, dos niñas. Les abrieron la boca y les contaron los dientes. Los compradores les tiraron de las manos para comprobar su fuerza. Les apretujaron los miembros.

Aquellos niños y niñas eran hermanos nacidos de la misma madre, la cual tuvo que aguantar y presenciar su marcha. Nunca volvería a verlos; ella sabía en el fondo de su corazón que nunca volvería a verlos. Oh, él podía sentir en su propio corazón el sufrimiento inmensurable que ella soportaba, aunque permanecía callada y no podía hablar. Oh, él le permitiría hablar cuando a ella le llegase el turno... ¡El mismo cielo contendría la respiración! Ella sería la primera en hablar, pues él era su testigo.

Luego le llegó la vez a ella, y la vendieron a un hombre que llevaba un alto sombrero negro y que sostenía una fusta de montar en una mano. Las botas que calzaba eran negras. Alrededor de la cintura llevaba un cinturón de cuero grueso y ancho, fuertemente abrochado con una hebilla de plata. Tenía barba gris. Y unas manos fuertes. Las uñas sucias y con el borde dentado. ¡Oh, él recordaría a aquel hombre cuando le llegase la hora!

Pero la mujer se agarraba a su último hijo, el más pequeño, que no la soltaba. Ella gritaba y suplicaba por el que quedaba... imploraba por aquel único hijo... ¡solo aquel último hijo! Pero el hombre se negó y le dio una patada para separar al niño de su madre, empujando al uno, empujando a la otra, separándolos a la fuerza sin compasión.

Él fue testigo.

Vio a la madre, poco más que una niña, tirada medio desnuda en el suelo. Vio las lágrimas en los ojos de la mujer, lágrimas calientes que le corrían por las mejillas, lágrimas saladas que caían una detrás de otra a la tierra; y, oh, otra vez aquel gemido de pérdida, de dolor, de interminable sufrimiento. La vio alejarse de aquel hombre arrastrándose a cuatro patas mientras la azotaban en el suelo; ya no era la madre de sus hijos; ahora era algo que vivía debajo de las piedras, en medio del polvo. ¡Y sin embargo la mujer habló! Él recordaría las palabras de aquella mujer hasta el fin de los tiempos: «Oh, Jesús, ¿cuánto tiempo? ¿Cuánto tiempo tendré que sufrir de este modo?».

Él ya no era el carpintero; eso había sido antes. Ahora no era más que un esclavo como ella, testigo del sufrimiento de la mujer. Pero hasta el fin de los días él recordaría aquellas lágrimas. Las recordaría y haría que las recordásemos cada uno de nosotros. Se prometió a sí mismo, en lo más profundo de su corazón, que aquello no quedaría impune.

En cierta ocasión él había sido mujer. Comprendía el sufrimiento de las mujeres y no podía soportar el recordarlo. Pero ya no era tan fuerte.

Sus días eran amargos e interminables, sin descanso. Trabajaba y vivía en una plantación de tabaco. Veía niños de pecho atados a la espalda de sus madres mientras éstas trabajaban en los campos. Aquellos niños empezaban sus vidas en los campos y morían en los campos. Allí los amamantaban. Él pasó su vida entre ellos. Cada día trabajaba desde las primeras luces del día hasta el anochecer, con el capataz siempre cerca. Una vez se quedó rezagado y sintió el látigo sobre la espalda. Aquel fue un día especialmente duro.

Al acabar el día volvía a su cabaña, cansado hasta más allá de la desesperación, con los brazos como enormes pesos que era incapaz de levantar. Y ahora tenía que moler el maíz y preparar la cena, así como las gachas que comería en el campo al día siguiente para mantener las fuerzas, para trabajar otro día.

Tenía una familia.

Aquella fue la suerte que le tocó como esclavo de una plantación de tabaco en el año del Señor de 1849.

Había sido esclavo antes y sabía de aquel sufrimiento.

Había vuelto una vez más para estar entre nosotros, para ser testigo de nuestras vidas.

Y así, aquel cálido día sobre el estrado de la subasta, él cambió uno de los cimientos del mundo. Podía ver más allá del tiempo, más allá de los confines del universo, más allá de la distancia mayor que pueda alcanzar la imaginación, para declarar este cambio: que desde aquel día en adelante, ese día que todos anhelamos, regresaremos todos al Paraíso para el Juicio Final; volveremos todos nosotros, vivos o muertos, excepto tres: aquel que asesine, aquel que viole –había experimentado ese terror en otra vida– y aquel que compre o venda a otro ser humano. Solo para estos tres, incluido ahora el último, no habrá camino de regreso. Sus almas serán molidas hasta quedar convertidas en polvo y sufrirán el más severo de los castigos, que es la separación del Eterno por toda la eternidad.

Estas cosas me fueron dadas a conocer en Jerusalén mientras dormía una noche bajo las estrellas. Me fueron confiadas para que yo os las relatase a ti, hijo mío, y a Sarah. Se me hizo comprender y sentir el sufrimiento de la mujer sobre el estrado de subastas, y el del testigo de ese sufrimiento, y también el del hombre que la azotó, porque él también sufrirá en los días venideros. Me fue confiado para que comprendiera la metamorfosis del Mesías, los seres que él ha sido, siempre entre nosotros, siempre en cada uno de nosotros. La verdad de su existencia es compleja, porque él es como una semilla plantada en cada generación que crece hasta la madurez en nuestras vidas. Él es el conocimiento de lo divino en nuestros corazones al cual debemos regresar. Él no tiene un solo nombre, ni un solo color, ni un solo ser, aunque es uno solo. Él es todos los nombres y todos los seres. Él es la luz que hay en nuestros ojos. Y él vendrá de nuevo en vuestra época.

No creo ni por un momento que yo sea el único de mi generación a quien se le ha confiado esta revelación. Cuando vi brillar las Piedras del Mesías en todo su resplandor comprendí que yo no era el único. Más personas deben de saber lo que yo sé. ¿Comprendes?

Pasó sus últimos días en los campos. Estaba enfermo, ardiendo de fiebre. Chorreaba sangre. Tenía un gran absceso en un lado del cuello. La cabeza le palpitaba y un fuerte y estridente sonido, como gritos en la distancia, llenaba su mente. Casi podía oír los llantos de las mujeres y de los niños en la distancia del tiempo y del espacio, pero no podía distinguir ninguna palabra de aquel extraño lenguaje. Pero ¡oyó un silbido, tan penetrante como el de un tren que recorriese el túnel del tiempo, que le rompió el corazón!

¿Qué vida estaba viviendo? ¿Qué época era aquella? ¿Qué plantación era aquella? En tales momentos de dolor las diferentes encarnaciones a menudo se le hacen confusas y se entremezclan. Debe reunir todas sus energías para recordar el lugar y los nombres, y especialmente los rostros. Era con los rostros con lo que relacionaba sobre todo las tribulaciones. ¡Oh, había tantísimas caras! ¿Quién habría pensado que hubiera tantísimos rostros? ¿Tantos, a pesar de haber solo dos en el Paraíso? Parecía que hacía mucho tiempo... el Paraíso... la luz que brillaba de un extremo del mundo al otro, del principio del tiempo al final de los días, la última puesta de sol cuando de nuevo reinase la oscuridad... sin fin, silencio... aquel fue otro viaje entre nosotros. ¡Mirad el Paraíso, los árboles, el dolor!

–¿Cuánto tiempo –preguntó la madre– deberé sufrir de este modo?

–No mucho –contestó él sin dirigirse a nadie más que a sí mismo–. No mucho.

Había una anciana en el campo junto a él que le aplicó un trapo fresco y suave en el divieso del cuello. Ella le vio la espesa mancha roja que tenía en los pantalones. «También es una esclava –pensó él–. También tiene un amo. Debo recordar esto.»

–Paz –dijo ella mientras tarareaba una antigua canción que él recordaba de la infancia. Comenzó a mecerlo moviendo el cuerpo hacia atrás y hacia delante y lo sostuvo en sus brazos sobre el suelo. A él le colgaban las piernas por encima de las de ella. ¿Sería su madre?

–¡Oh –exclamó él–, cuánta belleza hay en el Paraíso!

La mujer cantaba la canción y lo vio morir. Estuvo llorando sin consuelo durante todo aquel día y toda la noche.

Sarah y yo leímos aquellas últimas palabras y nos sorprendimos moviendo los labios: habíamos estado leyendo en voz alta.

El álbum, aún abierto, descansaba sobre nuestros regazos. Tenía todavía en mi mano la mano de Sarah, pero ya no estaba fría. Me volví hacia ella y vi manantiales de lágrimas en sus ojos. Separó su mano de la mía y cerró despacio el álbum.

–Esto es nuestro ahora –comentó–. Estará para siempre en nuestros corazones, lo sé.

–Sí.

–John –dijo Sarah–, tenemos que ir a Jerusalén. No nos queda otra elección.

–Ya lo sé –respondí.

–Tenemos que encontrar las piedras.

–¿Tú crees que están en Jerusalén?

–No, sí... ¡No sé! –dijo. Se limpió los ojos con un pañuelo de papel–. Me habría gustado conocer a tu padre. Era un gran hombre.

–Sí –convine–. Somos ricos, ¿verdad?

Sarah esbozó una asombrosa sonrisa.

–Entonces, ¿ahora crees?

–No, sí... ¡Ya no lo sé! Lo único que sé es que tenemos que llevar esto a dondequiera que nos conduzca, y todos los caminos señalan hacia Jerusalén. No sé si las piedras están allí, pero...

–Entonces, ¿por qué quieres ir allí? ¿Y nuestras vidas, nuestros hijos?

–No te preocupes, no ocurrirá nada malo. Puede que solo tengamos que esperar. Quedan solo unos años, ¿no?

–¿Sarah...?

Barbara se había despertado. Nuestras voces debieron de despertarla. Levantó la cabeza y la almohada cayó a su lado sobre el suelo. Tenía las mejillas arreboladas.

–Lo siento –dijo al tiempo que abría los ojos.

–¿Se siente mejor ahora? –le preguntó Sarah mientras recogía la almohada y la colocaba sobre el sofá.

–Oh, sí –dijo Barbara–. Hago esto unas cuantas veces al día. No puedo evitarlo. ¿Habéis leído el álbum?

Le respondimos que sí.

–Puede que esto suene como algo disparatado –nos confió Barbara–, pero creo que yo fui esa mujer... la que tu padre describe que vendieron en el estrado de subastas. Antes yo no creía en la reencarnación, al principio no, pero he leído una y otra vez ese álbum, muchísimas veces, y creo que yo fui aquella esclava. Puedo recordarlo, aparte de leerlo. Para mí es una realidad. Sé que suena disparatado, pero es lo que siento. Estamos en este mundo más de una vez, igual que él.

–¿Quiere conservarlo? –le preguntó Sarah.

–Oh, no, es vuestro, estaba dirigido a vosotros –repuso Barbara–. Todas hemos sido esa mujer en un momento u otro. A veces me toca a mí, a veces te toca a ti. No estoy diciendo que pueda probar nada de esto. En cierto modo es como una creencia primitiva... lo sabemos porque lo sabemos. Mis ideas han cambiado con los años, ciertamente. Philip murió pensando que yo no creía... «Demasiado culta», solía decir al hablar de mí. Y tenía razón. Pero ahora... ahora, estamos cerca del fin, ¿no es cierto, Sarah?

–¿Cuánto tiempo falta? –le preguntó esta.

–Yo creo que será en el año dos mil, más o menos. ¿Quién sabe si hemos estado contando correctamente? Hemos cambiado muchas veces los calendarios. Pero creo que será pronto. Y entonces él vendrá de nuevo; o, para hablar con más precisión, se nos dará a conocer. Él se encuentra aquí, desde luego; eso podéis comprenderlo, ¿no es verdad?

–Barbara –intervine–, ¿dónde cree que puedan estar las Piedras del Mesías?

–¿Las piedras? Hay mucho mal en el mundo, muchísimo. Creo que de algún modo las piedras nos protegen. Puede que actúen como un poste indicador en la escena del crimen. Creo que en un tiempo estuvieron en Polonia. Ahora quizá estén en Jerusalén... esperando. Yo solo he visto parte de la historia, y para mí ya es tarde.

Permanecimos con Barbara el resto de la tarde. Luego regresamos a casa, después de dejar el álbum en el sofá, junto al sillón de la anciana.

Era suyo.

Capítulo 4

Milagro en el Mayflower

Sarah había cambiado. Parecía más callada, más contemplativa, siempre estaba pensando. Durante el vuelo de regreso a casa no dejó de mirar fijamente por la ventana del avión, sin hablar apenas. En absoluto estaba enfadada, solo ausente. Cuando yo conseguía que me prestase atención se giraba un poco hacia mí, pero estaba como aturdida.

Creo que siempre he estado enamorado de Sarah. A mis ojos ella siempre me ha recordado el cuadro de Toulouse-Lautrec *La chica del pelo rojo*. Es un retrato de perfil de una hermosa joven, que de hecho no se parece a Sarah –me refiero en el aspecto físico–, pero que tiene la misma poderosa cualidad. Es una belleza que se adentra profundamente por debajo de la superficie hasta llegar al alma de la persona. Pero también es fortaleza, sinceridad. He ahí una persona que no teme a la oscuridad, sino que si la ve, entra en ella.

Para mí, Sarah siempre ha sido esa persona especial, probablemente desde el mismo día en que nos conocimos. Ahora íbamos juntos en un viaje que nos llevaría a lugares desconocidos. ¿Empecé diciendo que esto era un misterio? Si lo hice, solo acerté en parte: era la vida misma la que era un misterio, y yo no sabía si había de tener miedo o abrazarla con la emoción de lo desconocido.

Había accedido a que fuéramos a Jerusalén, pero tengo que confesar que seguía teniendo mis dudas. Era cierto que el álbum nos nombraba, y no me explicaba el aspecto que tenía todo aquello, pero nos disponíamos a dar un gran paso, algo que con Sarah nunca habría ni siquiera considerado. Desde que en nuestra luna de miel, once años atrás, realizamos el primer viaje a París, habíamos viajado juntos a muchos lugares. Pero esto era diferente por completo.

Barbara nos había conmovido profundamente aquella tarde. Antes de que nos fuéramos se durmió de nuevo en nuestra presencia, pero Sarah y yo no nos levantamos inmediatamente para irnos. Habría sido una falta de consideración irnos sin más.

Estuvimos examinando el álbum de nuevo. Los dibujos no habían perdido nada del increíble realismo del que hacían gala. La gente permanecía nítida y real, en miniatura; las lágrimas que se veían en los rostros de los esclavos casi reflejaban la luz que había en la habitación de Barbara. Sarah fue tocando con ternura cada una de las páginas, aunque también con cautela. Aquellas no eran hojas de papel corriente.

–Se me ha ocurrido una idea –dijo Sarah–. Algo que he estado pensando.

–¿Acerca de Jerusalén?

–No, acerca de Bertucci.

–¿De quién?

Se me había olvidado.

–El hombre del gobierno que se reunió con tu padre junto con el doctor Anderson. Si todavía vive, deberíamos hablar con él. Puede que nos acerque unos pasos más a las piedras. La verdad es que no estoy segura de qué podremos averiguar nosotros solos, John. Quizá solo tengamos que esperar... estar en el momento apropiado en el lugar apropiado, y esperar.

Transcurrieron unos minutos. Una empleada de la residencia se asomó a echar un vistazo. Vio que Barbara estaba dormida y se retiró en silencio.

Miré con atención a aquella anciana. Había tenido una larga vida, una vida única en muchos sentidos. Se le había concedido contemplar lo que se extendía más allá del horizonte de nuestras vidas mientras respiramos. Yo estaba empezando a comprender lo que había dicho: que hay mucha gente viva hoy día a los que se les ha permitido contemplar lo mismo. Pensar que la vida termina –para siempre– cuando morimos es tan ridículo como pensar que una semilla muere cuando se siembra en la tierra, o que un pájaro muere cuando desaparece por encima de la colina.

Sarah y yo nos contábamos entre aquellos que podían comprender lo que nuestros antepasados habían sabido siempre, y lo que nosotros habíamos olvidado en nuestro afán por inventar máquinas de hilar y chips de ordenador: que la vida es un tránsito, no un final. Los grandes inventos no eran la penicilina, el poder volar, ni siquiera la exploración del espacio. Estas cosas no han alterado *quiénes* somos como seres humanos. Los grandes descubrimientos tratan acerca de la verdad de nuestro ser, de la razón de nuestra existencia. «¡Tiene que haber una razón!», decía siempre Joshua cuando yo le leía cuentos por la noche al acostarse; y tenía razón. Habíamos perdido de vista la razón por la cual estamos aquí.

Barbara nos ayudó a comprender eso.

Durante mi vida de adulto he evitado temas como la búsqueda de la raíz del Bien y del Mal, juicios que un historiador nunca puede hacer impunemente. Tuvimos un presidente hace poco que una vez calificó a nuestros adversarios como el imperio del mal. En aquella época me había unido a las risas que suscitó aquella observación pero ahora comprendía que estaba equivocado. Ellos eran malos, y lo único que el presidente estaba haciendo era constatar ese hecho. Era sencillamente una verdad, exactamente igual a la que Sarah y yo estábamos descubriendo ahora, otra verdad a la que Martha Schmitt se había referido como el «alimento» de la vida. Este era el sustento que mantenía nuestra esperanza después de siglos de guerra y destrucción. Nuestra búsqueda del Eterno era tan instintiva que negarla era tan necio como que un pez negase su necesidad de agua, o un pájaro su dependencia del aire para volar. Ahora me daba cuenta de la validez de esa verdad, aunque todavía me veía arrastrado, como aquel niño esclavo, en direcciones opuestas.

¿Le ocurriría lo mismo a Sarah? ¿Tendría razón Barbara al decir que las mujeres se dan cuenta antes de algunas cosas, y que ese es su legado? Aquellas eran preguntas que no dejaban de darme vueltas en la cabeza.

Cuando Barbara se despertó nos estuvo hablando de su trabajo con sociedades primitivas en los años treinta. Había sido una época muy emocionante para ella, nos explicó. Nos preguntó si teníamos hijos. Asentimos. Dijo que nos envidiaba y que lamentaba no haberlos tenido. Le encantaban los niños, pero, cuando vio que Philip no regresaba, no se vio a sí misma casándose de nuevo.

–Estuvimos casados diez años –nos dijo–. Yo, en gran medida, renuncié a mi libertad. Intentamos tener un hijo, pero no vino. Oh, nos dieron muchas explicaciones, pero ¿a quién le importa? Yo tenía mi trabajo. Todos perdemos algo al vivir. ¿Os parece que me lamento? Por eso siempre me fascinaron las sociedades primitivas. Están muy cerca de la naturaleza, ven nacimientos y muertes cada día. Forma parte del orden natural de las cosas. Ellos entienden la pérdida.

–¿Es la naturaleza o es otra cosa? –le preguntó Sarah.

–¡Ah, Sarah, estás empezando a caer en la cuenta! –respondió Barbara con animación.

–Algo por encima de la naturaleza –puntualizó Sarah.

–Sí –dijo Barbara con un súbito brote de energía–. Los hombres primitivos están más cerca de las fuentes de la vida; hay menos distancia entre ellos y la luz de Dios. Nosotros, por desgracia, somos demasiado listos, ¿no es cierto? Tenemos teorías, pero en realidad comprendemos poco. Se nos olvida que la sabiduría de esos pueblos primitivos ha sobrevivido mucho más que nuestras relativamente recientes... ¿cómo diría yo...? ¿Trivialidades? Somos demasiado listos, el doble de listos. Hemos enterrado nuestros aspectos primitivos y lo estamos pagando.

Quería hacerle tantas preguntas que no sabía por dónde empezar. Por ejemplo, ¿por qué creía ella que era probable que las Piedras del Mesías estuvieran en Polonia?

–Sí, creo que podrían estar allí, John –dijo ella. Me quedé allí sentado lleno de asombro. No había llegado a formular la pregunta... solo la había pensado–. Pero mira a tu alrededor –continuó diciendo Barbara–, creo que verás un cambio. Hay algo que flota en el aire y la gente puede presentirlo. Algo se avecina... siempre ocurre cuando hemos tocado fondo. Nuestras necesidades son más profundas porque nuestras vidas están más vacías. Estamos menos seguros de nosotros mismos. Incluso estando aquí puedo verlo: sale por la televisión todos los días. Hemos perdido muchísimas cosas. Es hora ya de recuperar el sentido de quiénes somos en realidad.

Yo estaba intentando desenmarañar demasiados hilos a la vez. Me había acostumbrado a una secuencia mucho más lógica de los acontecimientos. ¡Qué persona tan asombrosa era Barbara! Al mirarla, solo lamentaba una cosa: no haberla conocido cuando ella era más joven. Sentía dejarla.

Pero nos marchamos y, como antiguos peregrinos, tomamos el vuelo de regreso a Pennsylvania.

Aquella noche, de nuevo en casa, Sarah y yo acostamos a los niños y nos sentamos a la mesa de la cocina con las cartas delante de nosotros. Era hora de desenredar algunos de los hilos.

Primero volvimos a leer todas las cartas. Comentamos los recuerdos que teníamos de los extraordinarios dibujos y de la carta que mi padre nos había dirigido, que estaba en el álbum. Analizamos detenidamente nuestros encuentros con Stanton y con Barbara. Repasamos lo que yo recordaba de lo que Martha Schmitt me había dicho. Lo repasamos todo una y otra vez y llegamos a una única y sencilla conclusión: por alguna razón Sarah y yo habíamos sido elegidos –quizá junto con otros más– para dar testimonio de la llegada del Mesías en el año 2000.

Nosotros lo creíamos... ¿no?

Pero ¿dónde estaban las piedras?

¿Dónde se suponía que encontraríamos las piedras?

Sarah había permanecido en silencio durante un rato. Hacía

garabatos con un lápiz en un bloc sin dejar de juguetear con un mechón de cabello rebelde; luego me miró.

–¿Por qué no ladró el perro? –me preguntó–. Dime, ¿por qué no ladró?

–¿Qué perro? –le pregunté.

–Es una frase clásica de un relato de Sherlock Holmes. Verás: Holmes dedujo que en una coyuntura crítica de ese relato en particular, un perro debería haber ladrado, pero no lo hizo. No hubo ladridos. Debería haberlos habido, pero no los hubo, y esa era la cuestión, esa era la pista. ¡Lo que le interesaba a Holmes era precisamente esa ausencia!

–¿Y aquí qué falta? –le pregunté.

–Bueno, supongamos, solo por hablar, que el doctor Allison, el doctor Anderson, Ari y tu padre dicen la verdad... acerca de lo que descubrieron en los años cincuenta, de su tremendo poder espiritual, de su fantástico significado para la humanidad. ¿No lo comprendes, John?

–¿Comprender qué?

–¡Que ellos no ladraron! ¿Por qué mantenerlo en secreto? ¿Por qué no anunciarlo a voz en grito desde las azoteas? En cambio, mira lo que hacen, o lo que hace tu padre: se toma la molestia de escribir cartas, de dejar pistas, haciendo un misterio de algo que debería haber sido mucho más sencillo. Ya entiendes lo que quiero decir. Es demasiado complicado, por usar las palabras de Barbara. La solución sencilla habría sido proclamarlo al mundo, celebrar una conferencia de prensa, escribir un libro, escribir cinco libros, como hizo Moisés, enseñar a todo el mundo esos fantásticos dibujos... gritarlo a los cuatro vientos: ¡El Mesías ha estado aquí, está aquí, viene de nuevo! –Sarah sostenía las cartas en la mano como prueba de su tesis. Luego continuó hablando–. Pero no. No se nos concede esa simplicidad. En lugar de eso lo que se nos da es complejidad, una maraña, un misterio. ¿Por qué no ladró el perro, John?

–Porque era demasiado pronto –repuse.

–¡Exactamente! Tu padre y los arqueólogos se encontraron con el mayor descubrimiento de todos los tiempos... ¡pero lo hicieron demasiado pronto! Era una cápsula del tiempo cuya hora aún no había llegado. ¡Había llegado con cuarenta y cinco años de adelanto! ¿Quién los habría creído de haberlo hecho público? Imagínate, intentar ir por ahí diciéndole a la gente que viene el Mesías, que el mundo está llegando a su fin... ¡mira lo que te ocurre a ti, John! Piensa en los primeros cristianos. Ellos probablemente también creyeron que el Reino de Dios estaba al alcance de la mano. Mira lo que les ocurrió.

–Pero ellos tenían la prueba.

–¿Quién tenía la prueba?

–Los cristianos... mi padre, los arqueólogos... ¡Los dibujos, las propias piedras! Eso no podría rebatirse.

–Las piedras desaparecieron –puntualizó Sarah.

–Pero ellos las vieron, ¿no?

–Sí, ciertamente; y en especial un hombre que tenía poder para hacer algo al respecto.

–¿Quién?

–Bertucci. –Sarah se colocó un mechón de cabello pelirrojo detrás de la oreja–. Bertucci debía de saber lo que el equipo había encontrado. Puede que estuviesen metidos en alguna misión clandestina. Puede que fuera cosa de la CIA, ¿quién sabe? Cosas más disparatadas han ocurrido. Pero trata de recordar cómo eran aquellos tiempos, John, a mediados de los años cincuenta. La gente tenía miedo incluso de su sombra. Comunistas, platillos volantes, hombres procedentes de Marte, bombas H. ¿Te acuerdas de aquellas películas donde salían hormigas gigantes, masas viscosas, seres que salían de lagunas negras? Aquellas no eran fantasías de ciencia ficción para niños, John. Aquello era el reflejo de los temores que tenía la gente. Ahora, y en realidad esto sucede por primera vez, todo el mundo podría hacer explosión en un instante y convertirse en un hongo gigantesco simplemente con apretar un botón. ¿Puedes imaginarte el miedo y el pánico que se habría extendido en aquella época si se hubiera anunciado y confirmado que se había descubierto algo tan real y poderoso como las Piedras del Mesías? Ya sabes lo que hizo el gobierno para ocultar las colisiones de ovnis en el desierto de Arizona a fines de los años cuarenta.

–¿No fue en el desierto de Nuevo México?

–¡Fue en todas partes! –exclamó Sarah–. ¡La gente los veía hasta en sueños!

–¿De manera que tú crees que Bertucci, o sea el gobierno, ocultó lo que habían encontrado en Tierra Santa y que aún continúa escondiendo la verdad?

–No lo sé, eso en cierto aspecto no importa, ¿no es así? Si lo que hemos averiguado es cierto o no, pronto lo sabremos. De todos modos, ¡somos *nosotros* quienes lo hemos averiguado! Tenemos que agradecerle eso a tu padre.

¡Allí estaba mi padre de nuevo! ¿Cómo era posible que alguien que había estado absolutamente fuera de mi vida durante tanto tiempo pudiera volver a aparecer de repente con tanta fuerza? Me estaba llevando de la mano, como a un niño.

–Tu padre deseaba que lo descubriésemos por nosotros mismos, ¿no? –me preguntó Sarah.

–De acuerdo –accedí–, aceptemos de momento que Bertucci, como representante del gobierno... por cierto, ¿del gobierno de quién? ¿Del nuestro? ¿Del de los israelíes?

–Puede que de los dos, puede que de otros. ¿Importa eso en realidad?

–La madre de todas las conspiraciones... ¿es eso lo que estás sugiriendo, Sarah?

–Hay otra cita famosa que me viene a la memoria debida al mismo famoso detective.

–¿Holmes?

–El propio Sherlock, querido John, quien en cierta ocasión dijo que cuando uno elimina todas las soluciones que resultan imposibles, lo que le queda, por improbable que parezca, tiene por fuerza que ser la verdad.

–Pero ¿qué estás diciendo?

–Digo que alguien no quería que el mundo se enterase de lo

de las Piedras del Mesías, y lo más probable es que siga sin quererlo, y tiene que ser alguien, o un grupo de personas, con suficiente influencia como para lograrlo. Y te diré aún más: creo que tienen la prueba.

–Sigue.

–Los hombres y las mujeres pueden resistirlo casi todo, excepto la tentación, como dice el refrán. ¿Te acuerdas de Pandora, John? Somos humanos: tenemos que mirar lo que hay dentro de la caja. Alguien sabe que las piedras existen y puede probarlo.

–¿Bertucci?

–Creo que andamos cerca, John.

–¿Hasta qué punto andamos cerca?

La idea de Sarah era sencilla. Creía lo que nos decían las cartas y, sobre todo, creía a Barbara. No podía negar las luminosas imágenes del álbum que habíamos tenido en nuestras manos. Pero también creía que había otros que estaban al corriente de lo de las piedras. Lo que proponía era que nosotros nos pusiéramos en contacto con diferentes departamentos del gobierno y, sencillamente, les preguntásemos sobre el descubrimiento que había tenido lugar en Israel a mediados de los años cincuenta y que en la actualidad se guardaba bajo custodia en sus archivos. Íbamos a golpear los matorrales a ver si de ellos salía reptando alguna serpiente.

–Seguro que en alguna parte habrá alguien que reaccionará –me aseguró Sarah.

–¿Y si no es así? –le pregunté–. Han pasado cuarenta años, Sarah. Aunque hallen un expediente en alguna parte, aunque las piedras existan en algún lugar, ¿por qué iba alguien a acordarse de ello? Además, es posible que todos hayan muerto.

–¿Como Stanton? ¿Como Barbara? Tenemos que empezar por algún sitio, ¿no te parece? Puede que nos estén ayudando a lo largo del camino, John. Tú no eres el único que tiene sueños... no, no me lo preguntes, no recuerdo los detalles, solo la impresión. De todos modos, será más fácil hacer las llamadas desde aquí que desde Jerusalén.

–De modo que vamos a ir, ¿no? –le pregunté titubeante.

Los garabatos de Sarah ocupaban una página entera: rostros sonrientes, rostros humanos, globos, estrellas, cruces. Desde luego era una dibujante con talento.

–En otra época –dijo sin dejar de mirar su obra– rezaríamos y diríamos que estamos en manos del Señor. Quién sabe, quizá lo estemos.

–Sarah, solo tengo una pregunta más que hacerte.

–¿Solo una?

–¿Por qué Polonia?

Habíamos interrogado a Barbara, pero ella había rehusado explicar su críptico comentario. Nos dijo que encontraríamos la respuesta como habíamos encontrado las otras piezas. A su tiempo. A ella le había venido en un sueño, y los sueños eran muy personales, ¿no?

¿Lo eran? ¿O, por el contrario, eran otra cosa, una especie de diálogo entre nuestro espíritu y el Creador? ¿Era esa otra de las cosas que habíamos perdido en el psicoanalítico humo de los últimos cien años?

Me estaba haciendo falta un respiro, y lo obtuve.

Era sábado, y todas las oficinas del gobierno en Washington y alrededores estaban cerradas hasta el lunes. Teníamos un par de días para pensar, para poner a punto nuestro plan de acción. Una de las cosas que me venían dando la lata durante los últimos días era la velocidad a la que se estaban desarrollando los acontecimientos. Como ya he dicho, me sentía mucho más cómodo con una sucesión de los días regular y ordenada, probablemente porque era un académico y seguía un programa regulado y predecible. En mi vida privada –mi escritorio, mi despacho, mi talonario de cheques– era bastante desordenado con las cosas. Pero en cuanto a las clases era un quisquilloso, sobre todo en lo referente a la puntualidad. Por cada día de retraso con que se me presentaban los trabajos rebajaba un punto la nota. Ello no me granjeaba muchas simpatías, pero hacía que, desde luego, los trabajos me fueran entregados puntualmente.

Además, durante el fin de semana Sarah y yo teníamos ciertas rutinas con los niños de las que no podíamos evadirnos. En realidad estábamos deseando llevarlas a cabo; eso nos quitaba otras cosas de la cabeza aunque solo fuera por unas horas y ponía de nuevo algunas trivialidades a veces divertidas y fútiles en nuestro esquema mental de las cosas.

Más tarde, el mismo sábado por la mañana a la hora del desayuno –mientras los niños aún dormían–, Sarah se preguntó qué impacto produciría el Mesías en Joshua y en Oliver. ¿Terminaría así su vida de niños? ¿Qué les ocurriría? Era una idea que daba miedo, así que dejamos de hablar de ello.

Me di cuenta de que había recorrido un buen trayecto en los últimos días. Mi visita al despacho de Stanton parecía ya muy lejana. Yo no era ya el pensador racional, pragmático y académico que no ve más allá de la punta de la nariz. Ahora era un profeta moderno, un vidente, un explorador apocalíptico cuyos momentos de vigilia estaban llenos de conversaciones sobre dibujos mágicos, luminosas Piedras del Mesías y un esclavo de Maryland que no era en realidad tal esclavo.

Todo esto me estaba sucediendo a mí, a nosotros, no por nada que hubiéramos hecho, sino a causa de alguna fuerza externa a nosotros que estaba dirigiendo el tráfico; nosotros, sencillamente, estábamos en la carretera. Cerré los ojos y di un sorbo del café que Sarah había preparado. No era capaz de asimilar lo que estaba ocurriendo en toda su magnitud. ¿Lo lograría alguna vez?

En cierto sentido me estaba riendo de mí mismo, porque sabía que no era ningún profeta. Si de algo tenía sobreabundancia no era de visión, sino de orgullo; es decir, de orgullo mezclado con una fuerte salpicadura de duda que solo me confesaba a mí mismo en momentos de intimidad.

Me tocó a mí llevar a los niños a una fiesta de cumpleaños que se celebraba en la misma calle, un poco más abajo. Sarah se excusó diciendo que tenía que investigar algunos temas en la biblioteca de la universidad.

–Es solo una conjetura, John. Ocúpate tú de los niños.

A mí me gustaba ocuparme de los niños, pero habitualmente me encontraba con que no disponía de tiempo suficiente para ello. Aquel día, como sucedía a menudo en un día de enero en aquella parte del bosque –literalmente bosque, pues nuestro jardín se extendía sobre una hectárea junto a una carretera comarcal–, el suelo estaba cubierto con nieve vieja que esperaba nieve nueva.

Tardé unos quince minutos en ayudar a los niños a que se pusieran los abrigos, las botas, los gorros y los mitones, y luego, en el último minuto, Oliver recordó que el regalo de cumpleaños que Sarah le había comprado para su amiguito estaba arriba, en el armario del pasillo. Por fin, puntualmente a pesar de todo, dejé a los niños, con el regalo en la mano, en la fiesta. Cuando volví a casa decidí intentar apartar ciertas cosas de la cabeza y relajarme. Mucho tiempo atrás, cuando iba al instituto, uno de mis profesores preferidos me recomendó que me fuera al cine antes de un examen importante para así quitarme de la cabeza la preocupación, y solía darme resultado.

Así que metí en el vídeo una película. Era E.T. Los niños habían estado viéndola, probablemente por centésima vez. La cinta estaba por la mitad.

La casa estaba tranquila de una forma desacostumbrada. Relajado y solo, me dormí ante el televisor.

Tuve un sueño.

Si me lo hubieran preguntado unos días antes, habría dicho que yo nunca soñaba, o que no solía recordar los sueños. Pero eso había cambiado. Los sueños se habían convertido precisamente en otro canal de conciencia para mí.

En el sueño me había convertido en un anciano al final de mi vida. Pude verme sentado en una roca, a la entrada de una cueva. Era muy bajo y llevaba puesta la ropa sencilla de un campesino, quizá de un granjero. Vi que calzaba sandalias. Tenía una barba rala y fina con unas cuantas canas y llevaba uno de esos grandes sombreros en forma de cono que en los campos de China y Vietnam utilizan para protegerse el rostro de la lluvia y del sol.

Estaba sin aliento después de haber subido caminando hasta la cima de la colina donde me hallaba sentado. Me di cuenta de que era la hora del crepúsculo y de que no había nadie más por allí. Me encontraba débil, muy débil, cuando me levanté y eché a caminar hacia la boca de la cueva. Daba unos pasos pequeños y caminaba ligeramente encorvado hacia delante. Al parecer los años no habían sido clementes conmigo.

A la entrada de la cueva encontré una vieja lámpara de aceite que colgaba de un gancho en la pared. Estaba encendida y proporcionaba una luz tenue en la oscuridad circundante. La desenganché con suavidad y la sostuve con el brazo extendido delante de mí mientras me adentraba en la negrura.

Me daba cuenta de que yo –el anciano– tenía miedo. Temblaba mientras caminaba. ¿Sería de frío? ¿Estaría enfermo? Dentro de la cueva la temperatura era más fría y había humedad. El anciano oyó los sonidos de un animal a lo lejos, un rápido batir de alas, y vio el destello de unos ojos atravesar por delante de él cuando algo parecido a un murciélago se refugió en la seguridad de una cavidad cercana.

Pero continuó su camino. Sentí alivio y también ansiedad al ver que continuaba. Aquello no era una ociosa excursión nocturna a cualquier rincón desconocido de una montaña.

Podía notar lo que el anciano sentía con tanta presteza como oía los latidos de mi propio corazón. Yo era, en efecto, el anciano, no solo en un sueño, sino en la vida, quizá en una vida anterior. Esto se me ocurrió mientras lo veía adentrarse en la cueva, y comprendí que era cierto.

Luego, cansado y tembloroso –le resultaba difícil respirar–, el anciano salió a una gran cámara abierta en las profundidades del seno de la montaña. Levantó más el farol para ver mejor, y al hacerlo vi que una sonrisa asomaba a su rostro.

Allí había otros faroles sin encender colgados de la pared. Se hallaba en una especie de habitación redonda, sin rastro de vida. Allí no había nada; es decir, nada excepto un monje que estaba sentado en una gran roca situada a un lado de la pared de la cueva.

El anciano sonrió al ver al monje, que a su vez también era un anciano, incluso más viejo de lo que era yo en aquel sueño. Estaba sentado en un sillón de piedra y contemplaba el vacío silencio de la cueva. Parecía estar esperando. ¿A mí?

Encendí todas las lámparas, una tras otra, hasta formar un círculo alrededor del monje. La habitación resplandeció con fuerza mientras yo avanzaba hacia el monje y me sentaba en el frío suelo delante de él, mirando hacia arriba. Durante algún tiempo permanecimos sentados en silencio; yo sabía que era en silencio como empezaríamos a hablar. Y sabía lo difícil que resulta permanecer callado, especialmente cuando hay algo que es necesario decir. Le demostraría al monje que sabía estar callado. Pasaría aquella primera prueba.

No hablaría yo el primero. Mi sola presencia ya era una declaración. Esperaría. Él sabría cuándo era conveniente empezar. Ya había estado antes en aquella situación. Tenía más experiencia que yo. Luego, cuando por fin habló, me sorprendió el sonido de su voz. Era profunda y cálida, no vieja y decrépita como la mía.

–Tenemos un largo recorrido hasta lo alto de la montaña –me dijo.

–Sí.

Yo apenas podía hablar.

–Espero que encuentres lo que buscas. Hay muchos que buscan en estos tiempos.

–Yo te busco a ti, maestro.

–Somos viejos. ¿Qué quieres de la vida que aún no hayas encontrado?

–No busco la vida, maestro. Busco la muerte, la muerte definitiva: no quiero volver a nacer. Quiero que esta vida sea la última. No quiero regresar. Enséñame cómo, maestro, para que encuentre la paz final.

Después de decir estas palabras el monje me hizo poner a un lado de la pared de la cueva. Pude ver la negrura del espacio profundo, el parpadeo de incontables estrellas en el firmamento y una enorme rueda giratoria con rayos luminosos que pasaba en rotación junto a nosotros en sus viajes a través del tiempo. La visión desapareció de la pared oscureciéndose como la noche.

–Pronto estarás muerto –me indicó el monje–. Es demasiado tarde para enseñarte estas cosas. No puedes aprender en un abrir y cerrar de ojos lo que necesita toda una vida. La verdadera sabiduría no son las palabras, sino los sentimientos.

–Es preciso que aprenda, maestro –le dije–. Estoy cansado de este mundo. Estoy cansado de regresar una y otra vez, de volver a encontrar dolor. Enséñame: escucharé con todas las energías que me quedan.

–Has recorrido un largo camino para subir a esta montaña, amigo mío. No es un recorrido fácil. Tienes una cara bondadosa.

–Gracias, maestro.

El monje se quedó observándome. Yo le miré profundamente a los ojos. Pude verme a mí mismo, como en un espejo, en mi vejez. No me gustó lo que vi.

–Te diré lo que tienes que hacer –me indicó–. Es una prueba, la más difícil de todas, porque en ella debes perder la carga de tu condición humana. Pero si consigues pasar esta prueba, tu alma abandonará la rueda del tiempo y no volverá a este mundo. Estarás a salvo, fuera del tiempo y del dolor. Pero antes has de pasar esa prueba definitiva. Muy pocos la superan.

–Yo sí la superaré –le aseguré.

La respiración se me hizo superficial y acelerada. Sentí un frío profundo dentro de los huesos.

–Tienes que intentarlo con todas tus fuerzas –me recomendó el monje–. Debes intentarlo más allá de tu capacidad de aguante. El mundo no es fácil. Lo llevamos encima, a nuestra espalda, como un enorme peso mientras subimos por la ladera de la montaña. Nos enseña amargas lecciones que debemos aprender. Y cuando creemos que ya hemos aprendido, quedan aún otras lecciones que nos esperan. No es fácil salirse de la rueda.

–¿Qué debo hacer, maestro? –le pregunté yo, cada vez más débil.

–No tienes que gritar. Pase lo que pase, has de permanecer en silencio. Solo a través del silencio conseguirás pasar esta dificilísima prueba.

–Lo haré –le aseguré.

Vi que el tenue resplandor de las lámparas de aceite se debilitaba ante mis ojos y parpadeaba a lo lejos. El suelo duro y frío de la cueva me llamaba por señas. Me tumbé y me puse a descansar de espaldas. Levanté la mirada hacia el techo de la cueva y cerré los ojos. La respiración se me aceleró. La voz del monje entró en el silencio de las paredes lejanas y desapareció en el estridente zumbido de mi mente.

De pronto me encontré consciente y vibrante de energía. Las parpadeantes lámparas habían salido y yo me hallé en el interior de un recinto profundo y oscuro como boca de lobo, rodeado por todas partes de la más completa oscuridad. Extendí los brazos y empujé con los codos el inmenso vacío tanto como pude. Noté que me encontraba rodeado de paredes húmedas. Estaban calientes y ejercían presión sobre mí. Moví las palmas de las manos arriba y abajo por las paredes intentando agarrarme a algo, pero no fui capaz de hacerlo. Las paredes se cerraban cada vez más en torno a mí, envolviéndome el cuerpo, rodeándome de un baño de éter cálido y húmedo. Percibí aquella fuerza consoladora y lisa –las paredes del ser del tiempo, del hogar–, las paredes que me encasillaban rodeando mi cuerpo y que me presionaban cada vez con más fuerza por los cuatro costados mientras me veía obligado a retraer los brazos y apretarlos contra el estómago.

Las paredes, húmedas y cálidas. La oscuridad, completa.

De súbito percibí otra fuerza, esta en el exterior de las paredes. Era rítmica y poderosa, un pulso con vida propia. Controlaba las paredes. Latía, golpeaba y apretujaba las paredes, que a su vez latían, me golpeaban y me apretujaban. Yo tenía los brazos fuertemente apretados contra los costados. Era incapaz de extenderlos hacia las paredes húmedas y cálidas. Y otra vez noté un latido, un empuje; esa compresión rítmica que se iba haciendo cada vez más frecuente e intensa, que se hacía más poderosa a medida que aquella fuerza trataba de expulsarme hacia el interior del mundo que había más allá de las paredes y del éter: hacia la oscuridad y el temor de un universo situado más allá de la seguridad y la comodidad de mis paredes.

Luego, con una intensidad definitiva, mayor que antes, me vi empujado hacia delante, hacia el interior de una estrecha cavidad –de regreso en mi mente hacia la boca de la cueva, pero no era la cueva–, comprimido y estrujado por un pasadizo estrecho y demasiado pequeño para que cupieran mis brazos y mis hombros. Era tan solo un objeto dentro de un mundo húmedo y caliente, un objeto empujado hacia delante y hacia abajo por un estrecho pasadizo. ¿Cuánto tiempo me vería así empujado? ¿Durante cuánto tiempo? Me dolían los brazos, la espalda, los hombros. La cabeza parecía que me fuera a estallar... deformándose hasta límites en que ya no podía ser estrujada.

No era capaz de soportar aquel viaje, aquel dolor... Y de pronto, cuando estaba al límite de mi capacidad de aguante, un enorme latido rítmico estrujó mi ser, y con la cabeza por delante fui expulsado a través de la húmeda y caliente boca de la cueva hacia una intensa luz –nunca había visto una luz tan intensa– mientras unas manos enormes me agarraban por la cabeza y me ayudaban a recorrer el final del pasadizo que iba a dar al mundo del nacimiento y del ser.

Había vuelto a nacer, me sostenían por los pies, cabeza abajo, frío y deslumbrado, embadurnado con la sangre de aquel cruel conducto, exhibido como un trofeo para que todos me vieran en una habitación desconocida y entre desconocidos. Mi mundo acogedor y cálido había desaparecido, y me hallaba desnudo y expuesto a los estragos de la naturaleza.

Era una niña.

Había nacido en una casa noble. Era una princesa.

Al adentrarme en la infancia gocé de todas las ventajas de la nobleza y de los seres privilegiados. Disfruté de la vida especial que solo la riqueza puede acarrear: tutores, comidas exquisitas, macizos muebles de madera que los criados pulían constantemente, ropa maravillosa de muchos colores, ¡y muchísimos juguetes! Sostenía grandes muñecas en mis manos pequeñas y dormía con ellas en mi cama. Las almohadas eran blandas y estaban hechas de las mejores plumas de ganso.

Yo era un ser especial, como especial era mi mundo, excepto por un problema: había nacido muda. Ninguna palabra podía salir de mis labios. Mi voz no había formado ni un solo sonido, ni un solo grito, desde que nací. Mis tutores habían sido incapaces de enseñarme a hablar. Habían traído especialistas de todo tipo a nuestro castillo, incluso de tierras lejanas, pero ninguno había sido capaz de proponer un remedio para aquella enfermedad del silencio.

Yo no podía hablar.

Sí, era una niñita hermosa y feliz. Era una princesa. Mis padres me adoraban.

Al crecer y convertirme en una joven continué muda. Pasaba la mayor parte del tiempo en nuestra finca real, montando a caballo o leyendo en los jardines. Un día, mientras iba cabalgando por el campo, me crucé con un joven de una finca vecina, alguien a quien no había visto desde la infancia. Me gustó. Empezamos a pasar los días juntos, hasta que descubrimos que estábamos enamorados. Me pidió que me casara con él y, con el permiso de mis padres, nos desposamos, pues él también era de sangre real.

Nuestra boda fue el mayor acontecimiento de aquella temporada en el reino. En todos los hogares hubo un gran júbilo porque se había casado la princesa. Y yo amaba con devoción a mi flamante esposo.

Con el tiempo tuvimos una hija, una niñita. Ella también era hermosa, y era una princesa. La amaba más que a la propia vida y dedicaba todo mi tiempo a su bienestar y a su educación. Era perfecta físicamente, hermosa de espíritu y muy buena.

No creía que nunca pudiera querer a otro ser humano como amaba a mi hija.

Pasábamos los días juntas en completa felicidad. Un día, cuando ella era una jovencita, salimos juntas a cabalgar por un nuevo sendero, lejos de nuestra finca. Ella era una excelente amazona. Cabalgamos durante horas y nos adentramos en un bosque desconocido. De súbito, sin saber cómo, un árbol recién cortado cayó al suelo y nos cortó el paso. Nos detuvimos; los caballos recularon presas de temor. Antes de que nos percatásemos de lo que ocurría, dos hombres salieron de entre los matorrales y nos arrancaron de nuestras monturas. Los caballos se encabritaron. Mi hija comenzó a gritar. Luché con todas mis fuerzas contra aquellos hombres, pero no pude vencerlos. Ellos eran más fuertes, eran unos malvados.

Uno de los hombres me dio un fuerte puñetazo en la cara y me tiró al suelo. El otro retorció los brazos a mi hija hasta ponérselos detrás de la espalda y le ató las muñecas con una cuerda que llevaba alrededor de la cintura. Tiró de la niña, que chillaba y pataleaba, y se adentró con ella en el bosque. El hombre que me había golpeado se fue detrás de ellos.

Traté de ponerme en pie, de levantarme para ayudar a mi hija. Me tambaleé y tropecé. Vi los ojos de mi hija, muy abiertos a causa del miedo. Volvía la cara hacia mí mientras los asaltantes la arrastraban por el suelo lleno de espinos. Ella lloraba, suplicaba e imploraba. Yo no podía mirar. Todo mi cuerpo parecía convulsionarse sumido en un espasmo de miedo. Sentía el pecho a punto de estallar, un reguero de sangre me bajaba por la nariz, donde había recibido el puñetazo, y sentía un dolor en la garganta que se me hacía insoportable. Aquella era mi hija, la luz de mi vida, el alma de mi existencia. La amaba más que a mi propia vida. Mi hija tenía los ojos muy abiertos a causa del miedo, como los de un animal que ha caído en una trampa.

–¡No! –grité–. ¡No! –volví a chillar con toda la fuerza de mis pulmones–. ¡No! –chillé por tercera vez; y el sonido de gritos resonó en el bosque como si fueran explosiones producidas debajo de la tierra–. ¡No!

Mi cuerpo se puso a temblar cuando vi a mi hija por última vez... y me desperté tumbado a los pies del monje, hecho un ovillo, llorando.

–Es la prueba más difícil –dijo el monje–, porque es la prueba que consiste en vencer nuestra esencia humana, nuestro amor por los demás. Debemos vencer esta última barrera si queremos salirnos de la rueda. Has fracasado en esta prueba, amigo mío.

Levanté la mirada hacia aquel rostro iluminado por las parpadeantes lámparas que colgaban de la pared de la cueva, detrás de él, y comprendí que tenía que volver a subirme a la rueda y girar alrededor de una nueva órbita aceptando otra vida, soportando el dolor del amor y, finalmente, del sentimiento de pérdida. La muerte volvería a ganar.

–¡Oh! –murmuré en sueños–, ¡qué difícil es permanecer mudo!

A lo lejos, aunque acercándose poco a poco, oí el sonido del vídeo al rebobinarse automáticamente cuando la película llegó al final. Me encontraba en casa sentado en mi sillón favorito; la película había terminado. Ni niño, ni bicicleta.

Cuando uno vive su vida de una cierta manera, sea la que fuere, con unas creencias determinadas, y luego el cosmos se ve hecho añicos como el vidrio de una ventana contra la que alguien ha tirado una piedra... hay que respirar hondo unas cuantas veces antes de poder continuar. Eso es lo que hice. Debí de parecer un tonto, allí sentado y respirando así, cuando entró Sarah. Tenía en el rostro una expresión de auténtica preocupación.

–¿Te encuentras bien?

–No –respondí–, pero se me pasará. Concédeme unos minutos.

Le conté a Sarah el sueño que había tenido.

–¿Qué significa?

–Buena pregunta –dije–. Vamos a comer algo.

Sarah hizo unos sándwiches de atún, aunque yo no tenía hambre. Mi sueño había sido demasiado real, y me obsesionaba mientras trataba de recuperar el equilibrio. Recordé que uno de los signos del Mesías era que se nos concedería de nuevo el poder de los sueños, lo cual ya me parecía bien, ¡si solo fuese capaz de comprender qué me estaban diciendo mis sueños!

–Quizá lo averigüemos más adelante –apuntó Sarah–. Puede que no se trate de un significado que haya que descubrir, sino más bien de un significado que deba vivirse.

–Era real –le aseguré–. Demasiado real.

–John, ¿recuerdas lo que dijo Barbara? ¿No dijo algo acerca de las gentes primitivas? ¿A lo que renunciamos cuando nos vamos desarrollando? Perdemos la inocencia con la que nacemos. Puede que debamos recuperarla. Llámalo valor, llámalo fe, llámalo como quieras, pero creo que eso es lo que está ocurriendo, John. Estamos haciendo progresos: ¡estamos volviendo atrás!

–¿Qué nos ocurre?

–Cada cosa a su tiempo. Puede que las respuestas importantes encajen si primero logramos hacer encajar las de menor importancia. He encontrado una de esas pequeñas respuestas esta tarde, en la biblioteca.

La biblioteca de nuestra universidad tiene copias en microfichas de las ediciones en inglés de los periódicos de Jerusalén de los años cincuenta. En una de ellas Sarah encontró un artículo sobre un hallazgo arqueológico en Silo que prometía ser de una importancia capital. Los doctores Anderson y Kurzon eran citados en el artículo, junto con una vaga descripción de ciertas «reliquias de piedra» que se habían desenterrado. El artículo se extendía en amplias explicaciones del período del segundo templo de Jerusalén. En realidad el resto del artículo era una narración del relato histórico de cómo los judíos fueron conquistados por el general romano Tito, cómo fue destruido el templo, cómo los romanos esclavizaron a los judíos.

–He pasado horas enteras leyendo esos periódicos antiguos –dijo Sarah–. Hay muchas cosas que han cambiado en Oriente Próximo en cuarenta años, y sin embargo hay otras muchas que han permanecido igual. Algunos de los artículos más señalados eran sobre atentados terroristas, exactamente igual que el que tuvo lugar el año pasado en un autobús. Pero era raro.

–¿Qué era raro?

–El modo como estaba escrito el artículo sobre el hallazgo arqueológico en Silo. La noticia era el descubrimiento, pero quedaba perdida en el artículo.

–¿Qué pretendes decir?

–Pues que es como si alguien hubiera reescrito la noticia, o la hubiera sustituido por paja. Me ha resultado raro, sencillamente.

–Sarah, me parece que ahora eres tú la que empieza a soñar. No inventemos misterios donde no los hay. Ya tenemos bastantes cosas a las que enfrentarnos.

–¿Donde no los hay? Echa una mirada a esto, John. ¿Te has fijado en quién es el autor de este artículo?

Sarah había rodeado con un círculo el nombre del autor que aparecía debajo del titular; me entregó una fotocopia. El titular decía: RELIQUIAS BÍBLICAS HALLADAS EN SILO. LOS AMERICANOS HACEN UN DESCUBRIMIENTO RECIENTE. El autor del artículo era un tal Joseph Bertucci, «corresponsal especial».

–¿Bertucci? –me extrañé.

–Lo has adivinado. Creo que Bertucci se lo estaba pasando muy bien –dijo Sarah.

–Pero ¿por qué iba a usar su verdadero nombre?

–¿Y por qué no? A nadie le importaba lo más mínimo, nadie estaba mirando. Nadie estaba esperando que se encontrase algo en Silo. Puede que Bertucci fuera un periodista frustrado. Enterró el artículo en la página siete, John. Probablemente le llegó el soplo de que iban a imprimir algo, e hizo que lo cambiaran por esto.

–¿Y por qué no suprimirlo del todo?

–Puede que fuera demasiado tarde, pero si hacía el artículo lo suficientemente inocuo, nadie se fijaría en él. ¡Muy listo! ¿Sabes una cosa, John? Creo que deberíamos hablar con el señor Bertucci. Es un viejo amigo de tu padre, ¿no? –me preguntó Sarah con una risita.

–¡Sarah, todo esto ocurrió hace cuarenta años! Probablemente ese tipo haya muerto, o viva jubilado en alguna parte. Nunca lo encontraremos. Recuerda para quién trabajaba... ¡Esa gente no va por ahí proporcionando números de teléfono!

–No, no está muerto ni está jubilado. En realidad sigue trabajando para el gobierno. Se trata de la CIA.

–¿Qué? –le pregunté exasperado.

–Joseph Bertucci está vivito y coleando, y vive en Virginia.

–¿Cómo lo sabes?

–Porque he hablado con él; por eso lo sé.

–Espera un minuto, Sarah. Será mejor que retrocedamos unos cientos de kilómetros y me conduzcas muy despacio por todo este asunto. Recuerda que solo soy doctor en filosofía. ¡Tú eres la experta en misterios!

–Mira –empezó a decir Sarah–, hemos de suponer que el gobierno estuvo implicado, que está implicado, en una operación importante a modo de tapadera, aunque eso ocurriera hace cuarenta años. Alguien se dio cuenta de lo devastadoras que eran esas piedras y decidió poner el asunto a buen recaudo. De acuerdo, supongamos que fue la CIA. ¿Por qué no? Es un lugar tan bueno como cualquier otro para empezar. Al fin y al cabo ellos dispondrían de jurisdicción para hacerlo. Pasó fuera de Estados Unidos. Algo me empujó en esa dirección. El gobierno de este país, como cualquier otro gobierno, es una burocracia, y las burocracias se resisten a morir; una vez que un expediente existe, continúa existiendo en alguna parte. Lo único que tenemos que hacer es encontrar el cajón adecuado. Así que llamé a la CIA y dije que necesitaba hablar con Joseph Bertucci. Aduje que era un problema personal urgente. Y en cierto modo lo es, ¿no te parece?

–¡Si hoy es sábado!

–Ya lo sé. Me dijeron que tenían cerrado. Les di mi nombre y mi teléfono en la biblioteca.

–¿Y?

–Y él me llamó.

–¡No lo puedo creer! –le dije.

–Por supuesto tuve un poco de ayuda –reconoció Sarah–. Dios ayuda a los que se ayudan a sí mismos. Me mandó una barca y yo me subí a ella.

–Tú ya estabas dispuesta a subir –puntualicé.

–Casi puedes decir que la estaba esperando. –Por algún extraño motivo me sentía mucho más tranquilo–. No nos pongamos demasiado místicos con todo esto, John, pero tengo la clara impresión de que nos están ayudando a recorrer el camino. ¿Tú no?

–¡Lo único que puedo decir es que eres una estupenda detective, y que si alguna vez conseguimos llegar al fondo de todo esto, será gracias a ti!

–¿Gracias a mí? Bueno, también podríamos decir que es gracias a ti, o incluso a Bill McGowan –me indicó Sarah–. Puede que sea él quien está detrás de mi hombro indicándome la dirección correcta. ¿Qué te parece?

La miré y no supe qué decir.

Bertucci había accedido a recibirnos el lunes, pero no en su despacho. Nos citó en un restaurante del centro de Washington y dio indicaciones precisas a Sarah para llegar hasta allí desde el aeropuerto Dulles.

Yo iba a volver a Washington, en esta ocasión con Sarah.

El resto de aquel día, y durante el día siguiente, Sarah y yo nos perdimos en las minucias, maravillosas y entumecedoras de la mente, de nuestros niños y de nuestra familia. Si me lo hubieran preguntado, habría contestado, en confianza, que por supuesto me consideraba un hombre muy afortunado.

No recuerdo que tuviese ningún sueño ni el sábado ni el domingo por la noche.

Cuando llamé el lunes por la mañana para decir que seguía enfermo, la secretaria de nuestro departamento mostró claramente su desaprobación. Durante unos instantes sentí deseos de decirle la verdad: que estábamos siguiendo la pista de unas piedras antiguas que profetizaban la venida del Mesías y el fin del mundo. Que solo nos quedaban unos años. Estuve tentado de sugerirle que si tenía algunos días de permiso sin utilizar o vacaciones acumuladas, que los cogiera cuanto antes.

Pero una faceta razonable se apoderó de mí –la secretaria en realidad era una persona agradable, pero estaba convencida de que era su deber estar al día en lo concerniente a la vida de todo el mundo–, y decidí inventarme una historia más convincente, pues sabía que ella, de todos modos, no hubiera aceptado la verdad.

Le di la primera excusa que se me pasó por la cabeza. Si hubiera intentado elegirla conscientemente, no habría sido aquella.

–Se trata de mi padre, Ruth. No he querido decir nada durante estos días.

Dejé que su imaginación se encargase del resto. El tono de voz le cambió inmediatamente al ver que le daba la oportunidad de expresar su compasión.

–Oh, cuánto lo siento, profesor. No lo sabía.

–Le agradecería que lo mantuviese en secreto, como algo confidencial, hasta que tengamos el resultado de las pruebas. Quizá tenga que hacer un viaje para ir a verle.

–¿Ah, sí? –preguntó tras una pausa.

–A Nuevo México –puntualicé; y pareció satisfecha.

Hice los arreglos necesarios para que un colega se encargase de mis clases, aunque en algunos casos tuvimos que cambiar el horario. Ruth se mostró muy servicial, puesto que sabía en secreto lo que ella creía que eran los verdaderos motivos.

Sarah había conseguido una niñera. Decidimos ir en coche a reunirnos con Bertucci.

La carretera era larga y llana. Hacía muchos meses que Sarah y yo no habíamos ido en coche a un sitio sin los niños. Nos turnamos para conducir e hicimos una parada en el camino. Habíamos salido temprano y estábamos deseando llegar.

–¿Sabes? –dijo Sarah, al tiempo que apagaba la radio y me permitía entrar en sus pensamientos mientras viajábamos–. Hay un círculo vicioso en religión con el que la mayoría de las personas tienen problemas. Es básico.

–Confiaba en que estuvieras pensando en otra cosa.

–Para creer –continuó diciendo sin perder un segundo– tienes que tener fe. En alguna parte está escrito que para complacer a Dios tienes que creer que existe. Elemental, creo yo.

–Si es que crees.

–Aunque no creas. Lo que quiero decir es que nosotros creemos el uno en el otro, ¿no? Nos profesamos el uno al otro el respeto básico debido: reconocemos la existencia del otro. ¿No parece entonces razonable que Dios espere la misma fundamental cortesía, la fe, antes de extenderse de alguna manera hacia nosotros? Es odioso sentirse ignorado.

–Pero nosotros nos conocemos. Y no conocemos a Dios.

–Ahí está el círculo vicioso, John, porque a menos que nos permitamos conocerle a él, él no se nos revelará. Es sencillo, ¿verdad?

–¿Quién da el primer paso?

–Depende de quién lo necesite más.

–¿Necesite qué? –le pregunté.

–La salvación.

–Esto se está poniendo demasiado profundo para mí –reconocí.

Sarah encendió la radio. Estuvimos escuchando un programa trivial de llamadas telefónicas sobre política. Al cabo de un rato apagó el receptor. Cinco minutos después nos era imposible recordar nada de lo que habíamos oído.

–Uno de los problemas que siempre he tenido es por qué él ha hecho que buscarle resulte tan difícil –dijo Sarah–. Debería ser evidente, claro, sencillo como el día... Eso, desde luego, si es que es algo tan fundamental. Pero el caso parece ser exactamente el contrario: cuanto más cultos somos, cuanto más leemos y aprendemos, más fuerte es nuestro escepticismo. Y ahora, esto... ¿Un Mesías? ¿Tú de verdad lo crees, John?

–Pues claro que sí. ¿Por qué no haces más que preguntarme lo mismo?

En realidad no era cierto que me lo hubiera preguntado muchas veces. Yo llevaba en mi manga las frustraciones y las dudas como si fueran manchas que no se pudieran quitar.

–Te diré lo que pienso realmente –continuó diciendo Sarah–. Creo que nos hallamos en medio de uno de los mayores descubrimientos que una persona pueda hacer. Todavía no sé cómo hemos llegado hasta aquí, ni siquiera cómo haremos el resto del camino, cómo llegaremos a donde vamos, pero creo, John, creo con todo mi corazón que alguien nos *está* hablando... alguien o alguna fuerza, una presencia especial. Es como el himno que resuena en una catedral, pero la iglesia está tan abarrotada de gente que no podemos ver por encima de las cabezas de los feligreses que nos rodean. La voz se eleva hasta el techo y no podemos localizar de dónde procede. Solo la oímos y sabemos que está ahí. –Sarah iba haciendo comentarios mientras movía las manos delante de sí, tratando de dar una expresión física al himno que subía hasta el techo de la catedral–. Un poder que está más allá de nuestro alcance...

–¿Es Dios? –le pregunté.

–Dios, o un Mesías... más allá de nosotros, pero al mismo tiempo dentro de nosotros –respondió; luego hizo una cosa que nunca le había visto hacer desde que la conocía: se echó a llorar suavemente, como una niña, pero con una sonrisa reflejada en el rostro–. Lágrimas de júbilo –indicó–, pero también de miedo. Tengo miedo. No sé, John. Puede que seamos más felices cuando encontremos lo que sea... pero no sé...

–Sí –dije–. Te comprendo.

Volví a encender la radio. El programa de llamadas continuó durante el resto del trayecto como el estruendo de gotas de lluvia en un tejado de hojalata. Pero eso llenaba el silencio entre Sarah y yo. El locutor aseguraba a la audiencia que él perseguía a diario la verdad. Cuando no perseguía la verdad, vendía suscripciones a una hoja informativa, daba publicidad solapada a sus libros u ofrecía a los oyentes de todo, desde píldoras de ajo hasta té helado. La mayoría de los que llamaban iban en busca de... ¿la verdad? ¿De hacerse oír? ¿De otra cosa?

Llegamos sobre el mediodía y buscamos el restaurante que Bertucci había elegido. Dejamos el coche en un aparcamiento municipal y regresamos andando las dos manzanas que había hasta el restaurante.

En Washington hacía otra vez un día luminoso, frío y claro. En la última semana, aquel era mi segundo viaje a esa ciudad. Me acordé de Stanton. ¿Deberíamos llamarlo? ¿Y qué le diríamos? Decidí no hacerlo.

En cierto modo estaba volviendo sobre los pasos de mi padre, iba retrocediendo en el tiempo, retrocediendo hacia él. Y durante todo el tiempo él penetraba en mis pensamientos en los momentos más extraños, y mis sentimientos hacia él oscilaban en un sentido y en otro.

Cuando entramos en el restaurante preguntamos al maître por la mesa del señor Clinton, el nombre que Bertucci le había pedido a Sarah que utilizase.

–Sí –dijo el maître con cierto aire de suficiencia–. El señor Clinton ha dicho que había habido un ligero cambio de planes. Que esperaba que ustedes lo comprenderían. No vendrá.

–¿Que no vendrá? –le pregunté consternado–. Hemos hecho todo el viaje...

–Pues no –insistió el hombre, confuso y perdido; luego, como si se le hubiera ocurrido un consuelo aceptable, añadió–: Pero ¿quieren ustedes una mesa, de todos modos?

Sarah miró al maître durante un momento sin decir nada. Me di cuenta de lo que estaba pensando.

–¿Dejó algún recado? –preguntó.

–Solo que esperaba que ustedes lo comprenderían.

–No, gracias –le dijo–. Vámonos, John.

Dejamos al maître algo confuso y salimos.

–¿Y ahora qué? –le pregunté a Sarah.

–Esperaremos.

–¿Esperar? ¿Dónde? ¿Aquí en la calle?

–Creo que nuestro amigo Bertucci está jugando con nosotros, John. Puede que esto sea una especie de juego del gato y el ratón típico de Washington. No sé.

–Nosotros no somos espías –le dije.

–Ya lo sé, John. Yo saldré fiadora por ti y tú saldrás fiador por mí, ¿no?

–¿Crees que se presentará?

–Creo que está aquí.

Debimos de esperar unos quince minutos. Hacía más frío de lo que yo pensaba, quizá porque no nos movíamos.

Luego, caminando hacia nosotros como si acabara de encontrarse con una pareja de antiguos amigos, un hombre nos saludó:

–¡Sarah! ¡John! ¡Qué pequeño es el mundo!

Era Bertucci. Nos pidió que lo acompañásemos y, como unos turistas, obedecimos. Al volver la esquina entramos en un hotel y atravesamos el decorado vestíbulo hasta un restaurante que se abría en el recibidor.

Me alegré de estar bajo techo y sentado.

Bertucci debía de tener más de sesenta años, pero parecía más joven y rebosaba energía. Lucía un saludable bronceado y tenía una completa mata de pelo negro acerado, con solo unas ligeras vetas de canas pulcramente dibujadas en las sienes. No dijo nada hasta que el camarero llegó para tomar el pedido.

Bertucci sacó una pitillera de oro de la chaqueta y extrajo de ella un cigarrillo.

–Políticamente incorrecto –nos comentó–, pero emocionalmente satisfactorio.

Ofreció un cigarrillo a Sarah y luego otro a mí. Yo no podía dar crédito a mis ojos: por primera vez en cinco años o más, Sarah estaba fumando.

–Gracias –dijo ella.

Yo rehusé el ofrecimiento de Bertucci.

–Este es mi hotel favorito –continuó diciendo él–. El Mayflower fue utilizado para el baile de inauguración de Calvin Coolidge. ¿Lo sabían ustedes? Deberíamos evaluar de nuevo su presidencia. No decía mucho, pero era un tipo con clase. Kennedy también solía traer aquí a sus amigas. Otro presidente con clase, pero muy sobreestimado. Supongo que puede decirse que ha sido el abrevadero favorito de republicanos y demócratas. Crucé por primera vez sus puertas cuando conocí a su padre, John, en 1953. Más o menos. Algunas cosas se vuelven borrosas con el tiempo. Y sin embargo no me ha costado reconocerle, ¿verdad, John? Incluso camina usted como su padre. Yo tendría por entonces la misma edad que él, unos veinticinco años. Hacía un par de años que había salido de Georgetown. Intentaron decirme que era demasiado joven. Pero por aquellos días yo estaba lleno de mala leche. Y perdón por la expresión.

Llegó el camarero con las bebidas. Bertucci había pedido un Chivas con hielo. Sarah, una copa de vino blanco. Yo tomé una Pepsi Diet con una cáscara de limón.

–¡Salud! –nos deseó Bertucci.

–Le agradecemos que nos haya recibido –le dijo Sarah–. No estábamos seguros de que acudiera.

–Oh, lo estaba deseando. Les pido perdón por esa forma tan falsa de presentarme. Quería asegurarme de que estaban ustedes solos. No es que haya nadie a quien le preocupe ya el asunto. Lo que ocurre es que considero nuestro encuentro como algo casi personal, como una especie de final de un capítulo sobre cierto asunto que está sin terminar. Me alegro de que me hayan encontrado. Hacía mucho tiempo que nadie tenía interés por todo esto.

–¿Puede usted hablar con nosotros? –le preguntó Sarah.

–La Compañía en realidad no sabe mucho de... esto. Solo unos cuantos de nosotros que, digamos, nos hemos tomado un interés personal y especial durante estos años. La mayoría de las personas que estuvieron implicadas al principio han muerto ya. El asunto se mantuvo dentro de un círculo muy reducido, algunos de nosotros éramos de la Compañía y otros de aquí y de allá. Tenía usted razón, Sarah: existe un expediente. Yo tengo un ejemplar. Y debe de haber más en otros lugares, apostaría cualquier cosa. Es difícil destruir nada en estos tiempos. Cuando se crea un expediente es como crear un virus.

De pronto aquel individuo robusto, saludable y bronceado, tuvo un prolongado ataque de tos que le salía de lo más profundo del pecho. La cara se le puso roja y vi que unas pequeñas venas azules, semejantes a heridas, le aparecían alrededor de los ojos. Trató de controlarse y se colocó el pañuelo sobre la boca para amortiguar el ruido de aquella tos ronca y seca.

–Demasiada buena vida –dijo finalmente mientras tomaba un sorbo de agua.

–¿Podemos hacer algo por usted? –le preguntó Sarah.

–Sí –respondió Bertucci–, pueden conseguirme un par de pulmones nuevos.

Cuando llegó la comida, Bertucci había recobrado gran parte de la compostura.

–Por favor –dijo al tiempo que señalaba hacia los platos–. Empiecen. Me temo que hoy no tengo mucho apetito. En realidad, no como demasiado. No lo van a creer pero he perdido... ¿unos veinte kilos? Puede que mi aspecto sea el de un ejecutivo apuesto de mediana edad, pero es todo fachada. Las entrañas están destrozadas, como queso estropeado, y el hedor empeora cada día. Pero ánimo, nos quedaremos anticuados, ¿no? Así que ya veis, niños, John y Sarah McGowan, si alguna vez tuve un motivo para no hablar de esto, ese motivo está convirtiéndose rápidamente en historia. Usted es su hijo, ¿es así? –Asentí–. Pues entonces todo queda prácticamente en la familia. Es un placer conocerlos.

Bertucci era un hombre bajo, de hermosas facciones. Tenía las uñas brillantes debido a un barniz transparente. Llevaba puesto un traje azul clásico y la corbata, que parecía cara, estaba perfectamente anudada al cuello. Me pregunté hasta qué punto disfrutaba de una posición elevada. Ante mí tenía a un hombre que había sobrevivido y triunfado. Pero el precio del éxito era demasiado para mí. Hizo una pausa antes de volver a hablar.

–Hay muchas cosas que recordar –continuó diciendo–. Y muy poco tiempo para hacerlo. ¿Por qué han tardado tanto?

Sarah apagó el cigarrillo. Solo había fumado un poco. Yo volvía a estar enamorado de ella otra vez.

–Hemos venido tan aprisa como nos ha sido posible –le informó Sarah.

–Ahora soy abuelo –comentó Bertucci–. Tengo dos nietos y una nieta. Viven en San Diego con nuestra hija. Ella está divorciada. ¡A saber de quién fue la culpa! Es nuestra única hija. Intentaron reconciliarse, pero las cosas no salieron bien. A la postre los niños son los que sufren. No me pregunten por qué están en San Diego. Ella es especialista en informática, algo así. Dice que allí está mejor. Mi esposa y yo los veremos en las próximas Navidades, a menos que podamos salir antes. Claro que necesitaríamos que nos invitasen. ¿Pueden creerlo? –Sarah extendió la mano y la colocó sobre la de Bertucci. Este no movió la suya–. Mi esposa cree que estoy a régimen, y lo estoy, en cierto modo. Llamémoslo un régimen forzoso. Demonios, llámenlo como quieran. –Bertucci pidió otro Chivas con hielo. Esta vez lo acompañé. De pronto me había convertido en un bebedor de whisky escocés–. Como les decía, en aquel entonces estábamos llenos de mala leche, y teníamos todas las respuestas. Y eran siempre las mismas respuestas, fueran cuales fuesen las preguntas. No puedo creer cómo es la gente hoy en día. Ya no hay nada a lo que agarrarse. –Bertucci bebía para olvidar, para recordar o para ambas cosas. Miró hacia el interior del vaso, hacia el líquido de color caramelo–. ¿Qué quieren saber? –nos preguntó al tiempo que levantaba la vista.

–Lo que usted recuerde.

–¿Han encontrado las piedras?

–Aún no –le dijo Sarah.

–¿Lo que yo recuerdo? Lo que yo recuerdo podría llenar un libro. Aquí mismo, en este hotel, hace más de cuarenta años, nos reunimos con su padre, John. Estábamos reclutando gente. Su padre solo fue uno entre muchos. No éramos más que unos críos. ¡Dios mío! Necesitábamos correos, agentes, puntos de contacto entre Washington y la circunferencia exterior del círculo. Yo tenía un mapa grande en mi despacho con un gran círculo y con Washington situado en el medio. Yo era un crío en el mundo de los adultos. Aquella era mi primera misión.

–¿Quién era el contacto de mi padre en Jerusalén? –le pregunté.

–El doctor Kurzon. Era arqueólogo solo a tiempo parcial, si es que a aquello se le podía llamar arqueólogo. La mayor parte del tiempo trabajaba para nosotros. Intenten imaginarse la tendencia de aquella época. Aquella era una auténtica guerra, no una guerra fría, siempre he odiado esa expresión, pues lo único frío que había eran los cadáveres de los que morían en acto de servicio; no, era una auténtica guerra contra una conspiración a nivel mundial que se extendía desde Moscú hasta el Mediterráneo y hasta Maryland. Los niños correteaban debajo de los pupitres escolares, ¿lo recuerdan? Los comunistas celebraban reuniones secretas de célula a la vuelta de la esquina de la manzana de Macy's y Bloomingdale's. Comunista podía serlo cualquiera. Claro, hoy volvemos la vista atrás y hacemos juicios de valor, pero hay que recordar qué tiempos eran aquellos. De modo que plantamos nuestra semilla aquí y allá, debajo de cualquier tapadera que resultase creíble. En realidad seguimos haciéndolo. Ya entonces sabíamos que Oriente Próximo era una región clave en el mundo, como lo ha sido durante miles de años. Era como construir una cadena eslabón a eslabón. Su padre era uno de esos muchos eslabones, o eso creímos nosotros.

–¿Qué quiere decir? –preguntó Sarah.

–Las Piedras del Mesías –repuso Bertucci–. ¿No es por eso por lo que han venido?

Sarah no le respondió, al menos directamente.

–¿Qué iba a traerles él? –quiso saber Sarah.

–Teníamos un agente camuflado en Teherán que trabajaba en

la embajada soviética. Era su producto lo que se transmitía a través de Kurzon y del padre de usted. La expedición era básicamente una tapadera. –Bertucci encendió otro cigarrillo y tomó un sorbo de la bebida–. Mi primera misión resultó ser la más importante de mi carrera. Por una parte perdimos a su padre después de que él regresase a Jerusalén. No me malinterprete: sabíamos dónde estaba, pero él, sencillamente, se negó a volver a casa. Así que le permitimos que se quedase. Por otra parte, Kurzon hizo un gran descubrimiento, junto con Allison. Encontraron las piedras. Fue casi por error. No buscaban nada tan espectacular. ¡Y he aquí que hallaron las llaves del reino! Kurzon perdió la razón, trató de utilizar las piedras, de hacer milagros. ¿Quieren saber lo que recuerdo?

Bertucci levantó el vaso de whisky en la mano y lo miró al trasluz. Lentamente fue dándole la vuelta hasta que los cubitos de hielo flotaron formando un círculo. Miró el dibujo que formaban y que daba vueltas lentamente y pareció tomar una decisión. Rápidamente apuró la bebida y dejó el vaso en la mesa.

–¡Las piedras! –dijo entonces–. Todo fue por las piedras. Ni siquiera yo comprendí al principio la gran importancia del descubrimiento. Las piedras cobraron existencia propia. La Compañía, Kurzon, los israelíes, Allison, incluso su padre, John, todo el mundo centró la atención en las piedras. Primero trataron de hallar una explicación para el enorme bloque que encontraron en Silo. Pero no había ninguna explicación para ello. ¿Saben cómo fue? Yo les diré cómo fue. Fue como vaciar el mar Rojo y quedarse mirando fijamente desde arriba las condenadas pisadas de los hijos de Israel y las huellas de los carros de los soldados egipcios allí mismo, en medio del mar... ¡Así fue! ¡De algún modo uno sabía que se encontraba en la misma habitación que Dios! Y luego, cuando encontraron las piedras propiamente dichas y aquella extraña bola... ¡Dios mío, se produjo un buen estruendo por aquellos lares, se lo aseguro! Verán, nadie sabía cómo interpretar aquello. ¿Qué hace uno con el hallazgo del siglo, incluso del milenio? ¡Además, aquellas condenadas piedras resplandecían, realmente irradiaban luz, igual que si estuvieran enchufadas a algún generador de control remoto! Yo era, creo, una persona corriente en lo referente a mis creencias. Católico, italiano por herencia, americano de primera generación. Logré estudiar en Georgetown con una beca. ¿Saben qué era mi padre? Basurero. Eso es. El día que murió, yo me gradué en la universidad. ¡Así que no me hablen de discriminación! –Bertucci parecía ausente. Hizo una pausa y luego se acercó más a nosotros–. ¿Recuerdan los signos del Mesías?

–¿Cuál de ellos? –le preguntó Sarah.

–El Mesías conocerá el poder de los milagros –dijo Bertucci–. Y después de eso, sucedió lo de Kurzon. ¡Aquel cabrón egoísta!

–¿Descubrió el nombre secreto de Dios? –quise saber.

–Puede que sí, puede que no. Dice la leyenda que cuando alguien invoca el poder que hay tras ese nombre, adquiere la potestad de hacer milagros.

–¡Kurzon! –dijo Sarah en voz alta, como si hubiera tenido una íntima revelación–. ¿El financiero?

–El mismo –repuso Bertucci–; probablemente uno de los hombres vivos más ricos. Durante los últimos cuarenta años ha copado el mercado de todos los servicios y mercancías imaginables. Es como si ese hombre leyera hoy los periódicos de mañana. ¿Comprenden lo que quiero decir?

–¿Y Allison? –inquirió Sarah.

–Murió en un accidente de coche... o al menos eso creemos. Nunca se confirmó.

–¿Y mi padre? –le pregunté yo.

–Murió en combate en 1967, en la guerra de los Seis Días entre Israel y los árabes. Murió como un héroe de Israel. Está enterrado en el monte de los Olivos, que queda a la vista desde la muralla occidental. –Bertucci hizo señas al camarero para que volviera a llenarle el vaso–. Sarah, John, el mundo era más sencillo entonces, más fácil de entender. Tuvimos éxito. Un eslabón tras otro. La información fluía como el petróleo por un oleoducto. Claro, manteníamos complicadas las cosas, pero solo si se las miraba desde el exterior. Mirando de dentro afuera, resultaba muy fácil de entender. Había buenos y había malos, y todos los malos estaban en el otro bando. No importaba lo que hicieras con tal de que lo hicieras en nuestro bando. En ese caso estaba bien. Y todo lo que hacían en el bando de ellos, aunque hicieran lo mismo que nosotros, estaba mal. De ese modo lo hacíamos quedar como algo sencillo, y conocíamos las reglas. Pero cuando aquellos chiflados encontraron las piedras, no supimos qué hacer. Nos encontramos de repente con que había otro bando que no estaba sujeto a las reglas. Mírenlo de este modo: nadie estaba dispuesto a ir a reunirse con su creador... quiero decir... ¡A reunirse *de verdad* con su creador!

El camarero trajo otra copa a Bertucci, y yo le acompañé. Sarah seguía con la primera copa de vino, y observé que apenas la había probado.

–La última vez que vi a su padre nos encontramos en este hotel, en una de las habitaciones de arriba. Nos vimos a solas. Su padre era un hombre interesante.

–Estoy empezando a descubrirlo –afirmé.

–Yo lo apreciaba –me aseguró Bertucci–. Hacía bien su trabajo. Era capaz de desviar grandes sumas de dinero desde una cuenta soviética en Zúrich hacia una de las nuestras. Nunca averigüé cómo lo hacía. Él era de Chicago. Mi esposa también nació en Chicago. Se fue de allí cuando era niña. Qué raro, las cosas que recuerda uno. –Bertucci pareció quedarse ausente en un mundo privado. ¿Estaría pensando en su esposa?–. Trajo consigo el último producto de Teherán. Tonterías, en realidad. Ya teníamos la mayor parte de aquello en el fogón. Pero entonces averigüé lo que él tenía en realidad en la cabeza. Verán, llevaba consigo otro sobre. Este. –Al decir aquello Bertucci sacó un pequeño sobre del bolsillo y lo colocó en medio de la mesa–. Estas, en mi opinión, son las fotografías más valiosas del mundo –afirmó. Sarah y yo nos quedamos expectantes–. Son fotografías de las Piedras del Mesías.

Mi esposa y yo miramos con incredulidad el sobre que Bertucci había colocado sobre la mesa. Aquel hombre nos estaba ofreciendo pruebas fotográficas de la existencia de las Piedras del Mesías. ¿Estaría dispuesto a dárnoslas?

–Durante todos estos años no le ha interesado a nadie –dijo–. Nadie ha preguntado, nadie se ha preocupado. Hasta que me llamó Sarah. Su padre sabía muy bien lo que hacía, John. Me dio estas fotografías y dejó que yo me encargase de dar el paso siguiente. ¿Saben una cosa? No pude captar la atención de nadie. ¡Nadie quería oír hablar de ello! Creían que estaba loco. –Bertucci hizo una pausa–. Decían que las piedras o bien eran auténticas o bien no eran auténticas. Si lo eran, lo que no convenía era tener un motivo de pánico en las manos, que millones de personas se marchasen en peregrinaje y abandonaran sus puestos de trabajo, sus hogares, ¡quién sabe! Y si no eran auténticas, nada de Mesías, nada de pánico ante el nuevo milenio, pero en ese caso yo estaba chiflado. ¿Y las fotografías? Las fotografías no probaban nada. Enséñenos las piedras, me decían, y yo no podía hacerlo. Os diré una cosa, queridos jóvenes, eso puso en peligro mi carrera. Hasta que decidí cerrar el pico acerca de Bill McGowan y de Sarah, de las piedras, de un Mesías y del día del juicio. ¡Tenía la mayor noticia de los últimos dos mil años y no podía dejar que me detuvieran! –Bertucci, impasible, tomó un sorbo de la bebida. Encendió un cigarrillo y educadamente expulsó el humo hacia un lado–. ¿Y saben lo más disparatado?: decían que era un truco. Llévense las fotografías; ahora les pertenecen. En cierto modo puede usted decir que las ha heredado, John.

Sarah alargó la mano y cogió el sobre. Me di cuenta de lo mucho que significaba para ella. Como había hecho con el álbum de Barbara, lo cogió delicadamente, como si fuera una flor.

El sobre no estaba sellado. Le dio la vuelta, abrió la solapa y metió la mano dentro. Sacó las fotografías y las colocó sobre la mesa, delante de nosotros. Tres rayos resplandecientes aparecieron de pronto e iluminaron nuestros rostros como si estuviéramos sentados en torno a un fuego de campamento.

Era hermoso, increíble, y al mismo tiempo extremadamente aterrador.

–Un truco, decían que era un truco, alguna clase de polvo radiactivo, como las manecillas de un reloj que resplandecen en la oscuridad... ¡como un truco de feria! Así que las hicieron analizar en el laboratorio. Cuatro veces. No pudieron encontrar nada. Aun así siguieron diciendo que era un truco. Hicieron que las tradujeran, las tres lenguas: los signos, los relatos, los nueve metros enteros. Yo no podía creerlo. Me las devolvieron y me dijeron que el lugar más seguro donde podían estar era en manos de un chiflado. Así que me quedé con tres souvenirs y una impresionante historia que contar. El único problema era que no tenía audiencia.

–Llegaron ustedes demasiado pronto –dije yo.

–No tenían fe –le aseguró Sarah.

–No creían en los milagros –reconoció Bertucci–. No resulta nada fácil, incluso cuando uno ve un milagro, aceptarlo. Lo sé muy bien.

El camarero se acercó a nuestra mesa sin que lo hubiéramos llamado y se quedó de pie junto a nosotros, sin hablar, hipnotizado por aquellos tres objetos luminosos. Nunca había visto nada parecido.

–Me he esforzado mucho por creer –continuó diciendo Bertucci–. Su padre sí creyó, probablemente desde el principio. Él no era como el resto de nosotros. Estaba en cierto modo más cerca de todo esto. Se vio atrapado en ello. Creí que se trataba solo de otro joven listo que iba en busca de una carrera brillante, como el resto de nosotros. Pero no era así. Él recibió una llamada y respondió a ella.

–¿Podría tomar otra copa de vino? –pidió Sarah al camarero, que se retiró lentamente hacia el bar–. ¿Y qué va a hacer usted? –le preguntó a Bertucci.

–¿Hacer? Los viejos soldados nunca mueren, solo desaparecen. ¿No sabía usted eso? Pero díganme una cosa...

–¿Qué? –quise saber.

–¿Qué van a hacer *ustedes*?

–Encontraremos las piedras –repuso Sarah.

–Ojalá pudiera ir con ustedes –dijo Bertucci–. Solo faltan unos años. Y entonces él volverá, ¿no es cierto? Ustedes ya saben eso, ¿verdad...? Él estará aquí en el año dos mil, el tercer milenio. O quizá esté ya aquí, esperando el momento apropiado. ¿Está él en nosotros? ¿Está ahí afuera? Las piedras predecían su venida. ¿Ha estado él aquí antes, Sarah? ¿Por qué ha sido elegida, Sarah? ¿John? Díganmelo, por favor... ¿Por qué han sido ustedes elegidos?

–Todos hemos sido elegidos –dije yo.

–¿Saben una cosa? –continuó Bertucci–. Aquellos a quienes más amamos son a quienes más daño hacemos. ¿Y saben cómo les hacemos más daño? Ignorándolos.

El camarero regresó con la copa de vino para Sarah. No llegó a bebérsela. Dejamos a Bertucci y nos preguntamos si alguna vez se sentiría amado.

–Ese hombre tenía miedo –comentó Sarah cuando estuvo sentada al volante de nuestro Explorer e íbamos de regreso a nuestro hogar–. ¿No te has dado cuenta?

–¿Miedo de qué? ¿De morir?

–No creo que Joseph Bertucci haya tenido nunca miedo a morir. No, creo que tiene miedo de saber, de ver, miedo de lo que se avecina. No es que sea un asesino, ni un violador, ni un traficante de esclavos; no, no es eso... Solo que... bueno, conocer la verdad acerca del Mesías lleva consigo cierta responsabilidad, John. Eso te aleja de todos los demás. Te hace diferente, y nadie quiere ser diferente. Es fácil buscar a Dios, claro, pero... ¿y si lo encuentras? Toda tu vida adquiere un aspecto nuevo. ¿Felicidad? Quizá, pero también responsabilidad. Y recuerda: Bertucci lo ha sabido durante todos estos años y ha tenido que vivir con ese conocimiento. Me pregunto qué habrá hecho con ello. Puede que estuviera siempre esperando el día de mañana.

–Pero tenía pruebas.

–Estoy segura de que intentó decírselo a otras personas, aunque lo más probable es que no lo hiciera con energía, si su carrera dependía de ello. Antes los llamaban Hombres de la Organización, y nuestro Bertucci es un estupendo ejemplo. A aquel que balancee la barca se le arroja por la borda, ¿comprendes? Al fin y al cabo, ¿por qué tendrían que haberle creído?

–Tenía las fotografías. Ver es creer, ¿no?

–Claro, y ahora nosotros creemos, y lo mismo le ocurrió a tu padre... y sabe Dios a quién más. Pero dijeron que era un truco, ¿te acuerdas? Lo mismo que pasó con el álbum. La gente tiene ojos, pero no ve. Piénsalo, John: si tuvieras que conseguir que la gente creyese, ¿cómo lo harías? ¿Con milagros? Te llamarían Houdini y te buscarían un agente artístico. Lo cierto es que es difícil, si no imposible, convertir en creyentes a la mayoría de las personas. No, esto no es en absoluto un embrollo del gobierno. Bertucci y el resto de aquellos hombres se limitaron a actuar como seres humanos normales: con incredulidad mezclada con fuertes dosis de miedo y de duda. De forma muy parecida a los sacerdotes antiguos que protegieron y al mismo tiempo escondieron las piedras. Si la verdad nos hace libres, John, luego... ¿qué? La libertad puede ser aterradora. No, se trata de dar un paso adelante, como hizo tu padre. Algo realmente espantoso si uno lo piensa.

Hicimos la misma parada en el viaje de regreso que a la ida. Sarah es una excelente conductora y, sinceramente, para mí la parada sobraba. Además, había empezado a llover cuando nos dirigimos hacia el norte, hacia Pennsylvania.

Se me agolpaban tantos pensamientos en la cabeza que no era capaz de captar ninguno de ellos y detenerme en él el tiempo suficiente para someterlo a examen. ¿Cómo nos habíamos metido Sarah y yo en aquella carretera hacia...? ¿Hacia dónde? ¿Adónde íbamos? ¿Estábamos preparados para descubrir al Mesías? ¿No estaba esto en el mismo montón que los mitos y la superstición? No, yo ya no lo creía así. Había cruzado esa barrera en algún momento durante la última semana. Todo lo que estaba ocurriendo convergía hacia delante en un solo carril... la existencia física de un Mesías y su introducción en nuestras vidas, cosa que solo estaba a escasos años de distancia en el tiempo.

Nos dirigíamos hacia el norte, como lo hizo el general Lee con sus tropas hacia un pequeño pueblo de Pennsylvania hacía más de cien años. ¿Qué había ocurrido con mi perspectiva histórica, con mi neutralidad académica, con la distancia que había cultivado con tanto esmero entre los acontecimientos del pasado y mi visión de los mismos? Estaba atrapado.

Comprendía lo que Sarah quería decir acerca del miedo que emana del conocimiento. Recordé el relato bíblico de Moisés cuando fue elegido por Jehová para que lo representase, para que guiase a su pueblo, para que obrase milagros, para que dividiese las aguas del mar. Al principio Moisés rehusó, no estaba dispuesto a aceptar aquella responsabilidad. Alegó que tenía un defecto del habla y no podía hacer el papel de profeta y mensajero del Señor ante el faraón. Y lo mismo Jesús, quien en el último minuto quiso que le quitaran la carga de sus hombros y que apartaran de él el cáliz. ¿Era este el mismo temor? Si lo era, yo tenía miedo. Solo era un espectador entre el público, no un actor importante en escena... y si ellos tuvieron miedo, yo estaba petrificado.

Nos habían dirigido por un camino que muy pocos habían transitado, y aún nadie en época reciente. Se suponía que el libro sobre el Mesías se había cerrado hacía mucho tiempo. Ahora, de pronto, el milenio se acercaba de nuevo y sacaban el libro del estante del tiempo, lo estaban desempolvando y colocando ante nosotros.

Las fotografías de las piedras estaban a salvo en el bolso de Sarah, que estaba en el asiento trasero del Explorer, junto al balón de fútbol de Joshua.

Aquellos pensamientos se me agolpaban en la cabeza sin control. Tenía un enorme dolor de cabeza, y por primera vez, que yo recordase, tenía miedo de cerrar los ojos. ¡Quizá volviera a soñar!

No sé si por fin eché una cabezada o no. Era tarde, ya de noche, cuando llegamos a casa. Encontramos a los niños mirando la televisión y a la canguro hablando por teléfono. El dolor de cabeza se me había quitado.

Todo parecía haber vuelto a la normalidad, excepto que descubrimos un inesperado huésped aguardando en la sala de estar; estaba sentada en el sofá y leía tranquilamente una revista.

–¡Ya han vuelto! –dijo la señorita Schmitt–. ¿Lo han pasado bien?

–Sí, sí... por supuesto –repuse.

Le presenté a Sarah.

–Bueno. Sin duda se estarán preguntando qué me trae por aquí. Tengo tiempo, puedo esperar, ustedes han hecho un largo viaje. ¿Les apetece refrescarse?

Era como estar en presencia de una abuela anciana y bondadosa que siempre sabe lo que uno tiene en la cabeza antes de que uno mismo se dé cuenta. Pero aquella mujer tenía razón. Dejé la sala de estar para dirigirme al piso de arriba, y antes de que yo volviera Sarah la invitó a quedarse a cenar. No es que yo me opusiera a ello, solo que necesitaba en mi vida cierta dosis de tranquilidad.

Los niños ya habían cenado. Pagué a la canguro y esta se fue.

–Dígame lo que han averiguado –nos pidió la señorita Schmitt. Empecé a contarle lo de Bertucci y los espías de dos generaciones anteriores, pero con ello solo conseguí aburrirla–. No, no –me dijo–. ¿Qué han *averiguado*?

Sarah fue a buscar el bolso y lo llevó al cuarto de estar. Los niños fueron detrás de ella y rodearon a la señorita Schmitt. Oliver quería que fuera a ver el camión de juguete que acababan de regalarle por su cumpleaños.

Sarah cogió el sobre y sacó las fotografías; las colocó sobre la alfombra. Para obtener un mayor efecto apagó la luz.

–¡Hala! –exclamó Joshua.

–¡Hala! –añadió Oliver.

–¡Hay que ver! –comentó la señorita Schmitt–. ¡Qué asombroso resulta... de verdad..., cuando una lo ve con sus propios ojos!

–¿Cómo lo harían? ¿Puedo tocarlas? ¿Queman? ¿Cómo lo han hecho? ¿Puedes apagarlas?

Joshua hizo todas estas preguntas en un torrente de excitación.

Si Oliver hubiera sido capaz de recordarlas todas, las habría repetido. Pero en cambio, solo dijo:

–¿Por qué, papá?

–No lo sé –le contesté sin convicción–. Simplemente es así.

Siempre me había enorgullecido de mi habilidad para explicar las cosas a mis hijos. Pero esta vez me encontraba perdido.

–Papá y yo estamos intentando averiguarlo –les explicó Sarah–. Ahora tenéis que acostaros –concluyó; volvió a encender las luces del salón y guardó las fotografías en el sobre.

–¿Puedo verlas? –preguntó la señorita Schmitt.

Sarah se las entregó.

Oliver se había olvidado por completo del camión de juguete. Volvió a hacer la pregunta de uso universal:

–Pero ¿por qué, papá?

–Porque sí –respondió Sarah con la respuesta de uso universal.

Los niños comenzaron a gimotear y a protestar; luego nos dieron un beso a todos y, como «niños mayores», subieron las escaleras con mucho ruido para ir a acostarse solos. Aquella independencia era algo nuevo en nuestra casa, y parecía que funcionaba.

Sin embargo, Oliver se dio la vuelta mientras subía y me dirigió un comentario de despedida:

–¡Me debes un cuento, papá!

Le prometí que pronto le contaría uno.

La señorita Schmitt nos acompañó en una cena soberbia que Sarah preparó en un instante. Las mejores cenas de Sarah son las que no están planeadas; las compone con sobras de aquí y de allá, o haciendo «experimentos», como ella los llama, que confecciona con lo que sea que tenga a mano. La señorita Schmitt y yo la ayudamos a cortar algunas verduras y elegimos los condimentos para el arroz integral.

Estuvimos muy atareados trabajando en la cocina, charlando, pasándolo bien de verdad. Había sido un día muy largo y teníamos hambre. Sarah y la señorita Schmitt habían congeniado bien desde el principio.

–Tiene usted una familia maravillosa –me dijo la señorita Schmitt. Luego, casi al instante, añadió–: Yo nunca me he casado. Mi padre quería que lo hiciera. Por entonces tendría diecinueve años. Pero no ocurrió, sencillamente. Algo lo impidió. Lo que más echo de menos, creo yo, son los hijos. Ellos completan el mundo de cada cual, ¿no? Tienen ustedes mucha suerte, John y Sarah. Alguien tiene que decírselo.

–Gracias –dijo Sarah–, pero no tiene usted que...

–Oh, sí, tengo que hacerlo y quiero hacerlo. Y lo quiero hacer de verdad. Para empezar y os lo pido por favor, ¿podéis llamarme Martha?

–Sí, Martha –convino Sarah.

–¿Puedo deciros una cosa? –preguntó Martha–. Creo que habéis sido elegidos por algún motivo concreto. Sí, creo que sí. Vuestro nombre se encuentra en las piedras, y eso es motivo suficiente. Pero puede que haya más. ¿No se os había ocurrido pensarlo?

–Yo creo que hay otras personas, Martha, otros que no tenemos ni idea de quiénes son –le comentó Sarah–. Las piedras y la esfera no están destinadas solo a nosotros. Nosotros somos personas corrientes, nada más. Estoy segura de que el Mesías hablará a otros muchos iguales a nosotros.

–¿Eso es lo que habéis averiguado? –nos preguntó Martha.

–Yo he aprendido mucho –le contestó Sarah–. Los dos hemos aprendido mucho. Tenemos las cartas y las fotografías. Conocemos los signos.

–¿Y ahora? –preguntó Martha.

–Martha –comenzó a explicarle Sarah–, parece ser, por lo que hemos leído y aprendido, que el Mesías vendrá de nuevo en el año dos mil. Nosotros al menos estamos convencidos de ello... Dios mío, ¿cómo puedo decirlo con tanta... no sé... con tanta naturalidad? ¿Sabe usted lo que quiero decir?

–Creo que sí –contestó Martha.

–Pero supongamos que llegamos demasiado pronto –continuó diciendo Sarah–, como el padre de John y los demás. Supongamos que aún no es el momento oportuno, que seguimos este sendero y no encontramos nada. Entonces, ¿qué?

–¿Qué mal hay en ello? –inquirió Martha–. Y supongamos, solo supongamos, que habéis sido escogidos por algún motivo, aunque os concedo que es posible que haya otras personas. ¿Podréis vivir con la conciencia tranquila si no seguís el sendero? Pensadlo. Que os hayan invitado y no acudáis. ¡Oh, asusta demasiado solo imaginarlo!

Continuamos hablando durante mucho rato después de acabada la cena. Después del postre, Martha desapareció durante unos minutos y regresó con un regalo que había escondido en el armario del recibidor.

–Casi se me olvidaba –dijo–. He traído una cosa especial para después de la cena.

Era un armagnac excelente, que estuvimos saboreando en la sala de estar.

–Tenéis una oportunidad única –insistió Martha–. Yo me siento muy honrada de conoceros. Me alegro mucho de que decidieras venir a verme, John.

–No sé hasta qué punto debería sentirse honrada, Martha –dijo Sarah–. Esto podría resultar ser una caza de gansos salvajes. Yo ya he dicho que es un buen embrollo.

–¿Gansos salvajes? ¿Y quién sabe adónde van los gansos salvajes? –le preguntó Martha citando la letra de una canción popular.

Todos nos echamos a reír.

Luego, de un modo que pareció completamente lógico, Sarah formuló a Martha una pregunta completamente ilógica, pero que teniendo en cuenta lo que había ocurrido en los últimos días, a mí no me sorprendió.

–¿Quiere unirse a nosotros? –le preguntó.

–¿Puedo ofrecerme voluntaria? –quiso saber Martha.

Las dos mujeres se sonrieron mutuamente.

–¿Le he contado lo que nos dijo Barbara? –le preguntó Sarah–. Que las mujeres somos las primeras en intuir la verdad. Que ese es nuestro legado.

–¿Unirse a nosotros para qué? –intervine yo.

–¡Pues para encontrar las piedras! –respondió Sarah.

–Ah... –dije mientras asentía con la cabeza en un gesto de aprobación, pero sin ver cuál sería el paso siguiente.

–Los signos nos han dicho lo que tenemos que hacer –aseguró Martha–. A él se le verá ante el Muro, ¿no es así?

–¿En Jerusalén? –pregunté yo.

–Es el paso siguiente, por lógica –repuso Martha.

–¡No hay nada lógico en todo esto! –dije–. ¿Estáis sugiriendo que vayamos en avión a Jerusalén?

–Sí, eso es –asintió Martha–. A menos que tengáis un modo mejor de llegar allí.

–¿A Jerusalén? –repetí atónito–. ¿Cuándo?

–Yo diría que lo antes posible. ¿No estás de acuerdo, Sarah?

Sarah tomó un sorbo de armagnac; las mejillas se le habían encendido levemente.

–¡Qué embrollo! –exclamó–. Sí, pienso que debemos ir.

–Aún faltan cinco años –les recordé–. Y se supone que él no aparecerá hasta el inicio del milenio. ¡Eso es en el año 2000, no en 1995!

–Puede que ya se encuentre aquí –indicó Martha–, tú mismo has dicho que el calendario podría estar desfasado. Es posible que sea demasiado pronto, pero también es posible que ya sea tarde. Y yo soy una anciana, demasiado vieja para quedarme sentada en casa y dar clases mientras vosotros vais a vivir una aventura tan increíble. Y hay algo más que no podemos olvidar. Tu padre nos dijo que tenía que ser ahora. El año que especificó fue 1995, ¿no? No el 2000, sino 1995. Puede que nos cueste cinco años encontrar al Mesías. Puede que haya alguna clase de preparativo. Es posible que primero tengamos que encontrar las piedras.

En el fondo de mi corazón yo tenía que averiguar si las piedras existían de verdad y dónde se encontraban. Recordé el críptico comentario que había hecho Barbara: ¿Sería posible que las piedras estuvieran en Polonia? ¿Y por qué habrían de estar precisamente allí? Y mi padre –de nuevo mi padre– estaba enterrado en Jerusalén, un héroe de Israel. ¿Cómo habría ocurrido aquello?

–Así pues –dije–, parece que nos vamos a Jerusalén. ¿Puedo ofrecerme voluntario yo también?

–Pero sin los niños –decidió Sarah–. Tendré que dejarlos con mi madre, en Nueva York.

–¿Estáis locas? –pregunté.

–Sí –respondió Sarah.

–Sí –repitió Martha; y levantó la copa para ofrecernos un brindis.

Tardamos una semana en arreglar los detalles. Aunque todos aquellos con quienes hablamos pensaron que nos habíamos precipitado, lo que dijimos fue que íbamos a investigar. No les dijimos a todos adónde íbamos, aunque habíamos abandonado la excusa de la enfermedad de mi padre en Nuevo México; Ruth quedó confusa, pero se alegró de que hubiera mejorado con tanta rapidez. Sarah y su socia organizaron la contratación del personal que sustituiría a mi esposa, y la universidad se mostró comprensiva en mi caso. Parece ser que esto había ocurrido otras veces: los académicos tienen la mala fama de que acostumbran a ausentarse inesperadamente, y mi departamento podía cubrir mis clases. En cualquier caso, convencí al jefe del departamento de que nuestra investigación era de carácter histórico y posiblemente podría beneficiar a la facultad en el futuro, porque estaba pensando en escribir un libro basado en aquella investigación, aunque el libro resultante –este– no fue exactamente lo que les había prometido.

En mitad de la toma de decisiones, Sarah y yo nos dimos cuenta de que en Martha habíamos encontrado una nueva amiga, que nos gustó a ambos inmediatamente. Aquella mujer tenía setenta y seis años, pero según ella estaba en lo mejor de la vida. Tengo que admitir que al principio la impresión que tuve fue que era del tipo académico estándar... ¿como lo era yo? En realidad no había llegado a conocerla bien, solo había visto la superficie. Martha había podido arreglar con facilidad su marcha, pues aquel semestre no daba clases. No tenía gato ni perro ni peces de colores que cuidar, y estaba dispuesta, según dijo, a ser adoptada en el seno de nuestra familia.

En los días previos a nuestra salida hacia Nueva York para dejar a los niños, pasamos casi todas las veladas con Martha, que venía a cenar con nosotros. Cada vez traía un postre especial que solía preparar ella misma. Los niños la querían mucho.

Una noche, después de cenar, nos sentamos a charlar.

–Cuando yo era joven –empezó a contarnos Martha–, antes de la plenitud de mi vida, me imaginaba a mí misma como una dama en la corte. No os riáis. ¡Es verdad! Es una idea muy anticuada. La gente ya no piensa esas cosas. Pero debéis recordar que crecí en los años veinte, en Alemania, que entonces era una sociedad muy del siglo diecinueve. A pesar de lo que hayáis leído, no todo el mundo estaba de juerga. Algunos temas no se comentaban. El amor era idilio, no sexo. Se esperaba de las personas que fueran trabajadoras. El padre, la madre y la familia lo eran todo. Había en nuestras vidas constancia y consistencia. Así que... ¡yo me imaginaba en la corte, en la cámara de una reina! Era otro mundo. Desde luego todo eso cambió. Cuando mi padre y yo emigramos a América, él tuvo que empezar desde cero. Su inglés era muy pobre, y yo al principio no lo hablaba en absoluto. Mis sueños de una corte real se esfumaron en el humo de la infancia. Las chicas aquí, en Pennsylvania, no soñaban con convertirse en damas reales. Querían ser estrellas de cine, como Barbara Stanwyck y Ginger Rogers. Y me pregunto, ¿las niñas de ahora quieren convertirse en damas o en estrellas de cine?

–Usted ha tenido una carrera distinguida... –le recordé.

–Permíteme que te diga una cosa –dijo mientras Sarah colocaba en el microondas para que se calentase el strudel que Martha había preparado–. Lo perdimos todo en Alemania. Nos fuimos con solo dos maletas, unos cuantos marcos y dos billetes de barco de vapor. Yo tenía quince años. Mi padre era un hombre de principios. No éramos judíos, pero la política de mi padre nos convirtió en proscritos. Él ya no podía seguir viviendo en Alemania. Yo no podía comprender su decisión de marcharnos. Me estaba sacando del único mundo que conocía. Mi madre había muerto al dar a luz y yo era hija única. Él era mi padre. Yo lo respetaba, pero la verdad es que llegué a odiarlo por aquella decisión. Solo cambié de opinión unos años más tarde.

–¿Qué la hizo cambiar? –le preguntó Sarah.

–El tiempo, la muerte de mi padre, la guerra, la soledad... sobre todo la soledad. Sé que os resultará difícil de creer porque vosotros tenéis mucho y a menudo resulta difícil imaginar que otra persona tenga tan poco, pero pasé muchos años en la más absoluta soledad. Pero ¡el tiempo pasa muy rápido, Sarah! Me sumergí en los estudios. Trabajé más de lo que creía posible. Os diré una cosa, si queréis saber lo que pienso. Creo que llega un punto en la vida de cada uno en que debe elegir entre sus esperanzas y sus miedos. Si elegimos nuestros miedos, elegimos una muerte en vida.

»Por favor, quiero deciros esto... necesito decíroslo. –Puso la mano en el brazo a Sarah para impedirle que hablase–. ¿Recordáis lo que dijo Thoreau, que la mayoría de los hombres llevan una vida de callada desesperación? Creo que Thoreau era un optimista. Creo que la mayoría de nosotros llevamos una vida de desesperación absoluta: diariamente, semanalmente, mensualmente, con trabajos que odiamos, en hogares que detestamos. Por favor, comprendedme, es una elección que hemos hecho.

Pero ¡si elegimos nuestras esperanzas, podemos elegir la vida misma! Nadie nos obliga; la elección es nuestra, aunque llega súbitamente, como un ladrón nocturno.

»Yo misma me he contentado con lo que tenía, aunque nunca he sido realmente feliz. La felicidad es una idea muy sencilla. La conocemos cuando somos niños, cuando necesitamos muy poco para ser felices. Nuestras vidas están completas durante una hora, o un día, cuando conseguimos un juguete, o un pedazo de nuestro strudel preferido. Pero cuando somos mayores empezamos la búsqueda, empezamos a preguntar de nuevo, seguimos la constante búsqueda de la felicidad. Ahora nuestra visión del mundo ha cambiado de una forma demasiado radical. La gente vive en continuo estado de shock. Antes la gente creía en Dios... Retiro ese comentario... la gente *sigue* creyendo en Dios, pero ahora estamos confusos, no sabemos cómo expresar nuestras creencias. Y si lo admitimos, se nos ridiculiza. La gente necesita creer en la persona de Dios, en un lugar físico llamado cielo, en una vida después de la muerte que continúe nuestra existencia. Esta debe ser real para ellos, no un cuento que se les cuente a los niños por la noche, sino algo tan real como la lluvia, el sol o el strudel. Esto es lo que ha cambiado.

–Para ser alguien que hace un strudel tan tentador, tiene usted una visión muy tenebrosa del mundo –dijo Sarah mientras colocaba el apetitoso y aromático postre delante de nosotros.

–No –dijo Martha–, es un punto de vista realista, nada de tenebroso. No es tener miedo de mirar al mundo y aceptarlo según sus propias condiciones. Al final, ello nos concede cierta dosis de libertad. Nos quita la venda de los ojos. Personas como Stanton, el abogado de quien me habéis hablado, o Bertucci, o incluso Barbara Allison, por lo que me habéis contado, son todos buenas personas, no me cabe duda, pero son personas temerosas, temen dar el salto final para caer en brazos del Eterno. Tu padre, John, no tuvo miedo. No os engañéis, porque en el análisis definitivo eso es lo que hará falta: dar un salto en el vacío y caer en los brazos del Eterno. Estamos sobre un cable muy elevado, muy por encima del suelo, tratando de llegar de un extremo al otro, y no hay manera de volver atrás. El único camino es hacia delante. No hay red. Esta debe ser nuestra elección. Sus brazos están abiertos de par en par esperando a que nosotros demos el salto.

Capítulo 5

Las estrellas miran hacia abajo

Al día siguiente todos nosotros –Sarah, Martha, los niños y yo– nos amontonamos dentro de una furgoneta alquilada para viajar hacia Nueva York. Sarah ya había hablado con su madre y, según decía, «había despejado las cubiertas», significase aquello lo que significase. Su madre había vivido en Nueva York la mayor parte de su vida, y Sarah había crecido allí. Los padres de Sarah se habían divorciado cuando era una niña, pero, por suerte para ella, uno de sus abuelos era bastante rico y le había dejado un fideicomiso a la madre de Sarah, quien había utilizado aquella herencia para terminar sus estudios, entrar en la Facultad de Medicina y convertirse en una pediatra de éxito.

Anne se había jubilado, pero seguía viviendo en el espacioso apartamento que había tenido todos esos años en la parte oeste de Manhattan. De vez en cuando la visitábamos en familia; en realidad ella era la única abuela que los niños conocían. La llamaban Nana, pues ella insistía en que lo hiciesen así, y ellos la adoraban, probablemente porque los mimaba y les daba todo lo que querían, algunas veces incluso antes de que ellos supieran siquiera lo que querían.

Sarah y ella trazaron un plan para colocar a los niños en un colegio privado hasta nuestra vuelta, lo cual, le aseguramos, sería muy pronto; Sarah me dijo que no habían concretado el tiempo en su conversación, pero que era «más corto que largo», cosa que ella y su madre comprendían perfectamente. Afortunadamente, como los niños eran pequeños pudimos arreglar la matrícula en el colegio con carácter mensual. Anne solo nos pidió que regresáramos antes de que se graduasen en secundaria.

–Solo era una broma –puntualizó.

Cuando llegamos a Nueva York fuimos directamente al apartamento de Anne. Encontré sitio para estacionar en la calle, por lo que no tuve que pagar un aparcamiento, lo cual hizo que me sintiera como si hubiera vencido al sistema, aunque solo fuera durante unas horas. No teníamos que devolver la furgoneta hasta la mañana siguiente. Martha había reservado habitación en un hotel, pero insistimos en que se quedase con nosotros. Anne tenía un apartamento muy grande, ya que había dejado la consulta y había reconvertido aquel espacio profesional.

No teníamos que salir para Jerusalén hasta veinticuatro horas después.

Hacía más o menos una semana que había estado nevando en Nueva York, y todavía pudimos ver montones aislados de nieve que se alzaban como centinelas helados entre los contenedores y los montones de bolsas de basura. No sé por qué, pero a menudo he tenido la impresión, cuando me encuentro de visita en Nueva York, de hallarme en presencia de un gigantesco monstruo productor de residuos que yace escondido en algún lugar entre desfiladeros de edificios, y al que día tras día se le proporciona su comida monstruosa y una noche tras otra hace que sus sobras sean introducidas en bolsas de plástico negro que luego son dispuestas como trofeos de basura en todos los rincones de la isla. Luego, de la nada, aparecen unos rugientes camiones blancos con grandes bocas abiertas y se llevan todos los trofeos. Adónde van nadie lo sabe, y además a nadie le importa.

Me doy cuenta de que esta es una visión ridícula de la que probablemente es nuestra mayor ciudad, pero no puedo evitarlo. Siempre que estoy en esta isla tengo la misma sensación. Y con los años ha ido empeorando, hasta el punto de que cada vez que me cuentan una historia sobre drogas, muchachas adolescentes que se escapan de casa o la violencia urbana –historias que en realidad pudieran haber tenido su origen en Detroit, en Spokane o en Tampa–, pienso inmediatamente en Nueva York, donde la cosa debe de estar así de mal, si es que no está muchísimo peor.

Cuando llegamos ya era avanzada la tarde, así que decidimos cenar temprano. Anne tenía en la cocina un surtido de menús para encargar, tres de los cuales al menos eran de restaurantes chinos. Una de las cosas ventajosas de Nueva York, tengo que admitirlo, es que a cualquier hora del día o de la noche, siete días a la semana, la comida está dispuesta y esperando, a solo una llamada telefónica de distancia. Cuando se vive en el último rincón de la Pennsylvania rural, como nosotros, uno puede echarse a perder fácilmente en medio de semejante frenesí alimentario. Además, lo que quizá es todavía más extraordinario es que toda la comida es buena, sobre todo los platos chinos, que a los niños les gustan muchísimo.

Anne y Sarah encargaron el acostumbrado surtido que más tarde acaba por ser demasiada comida. Los niños me ayudaron a subir las maletas que quedaban con la ropa de ellos y, después de cenar, se plantaron delante de los siempre presentes videojuegos que Nana les había comprado dos años antes.

La mayor parte de la conversación que mantuvimos después de cenar se centró en los niños y en el nuevo colegio. Me di cuenta, poco a poco al principio, de que por algún motivo preferíamos no hablar de Jerusalén, o, como había dicho Anne, de nuestra «pequeña expedición», ni de las Piedras del Mesías propiamente dichas. Anne nos había hecho algunas preguntas, desde luego, pero pareció quedar satisfecha con las respuestas muy generales que le dimos. En realidad consideraba nuestra súbita partida como una especie de reacción excéntrica a nuestra «vida tranquila» en Pennsylvania, y consideraba a Martha una académica de edad avanzada que no tenía nada mejor que hacer que unirse a nosotros en nuestra exploración.

No obstante, al pensar más en estas cosas, me di cuenta de que en realidad había muy poca cosa que pudiéramos contarle a Anne. Estábamos a punto de dar el siguiente paso –yo aún seguía teniendo muchas dudas y no quería examinar con demasiado detenimiento lo que significaban– y ya me resultaba difícil vérmelas con mis propios temores. Estábamos agradecidos a Anne, desde luego, y no habríamos podido abandonar el país sin su ayuda, pero también nos estábamos distanciando del mundo al que ella pertenecía, como si supiéramos que íbamos a un lugar al que ella no podía ir.

No recuerdo mucho más de aquella velada, de la última noche que pasamos en Nueva York. Anne había alquilado una película que creía que nos gustaría, pero era una de la que yo nunca había oído hablar y la acción transcurría en China; apenas podía leer los subtítulos en la pantalla del televisor de la sala de estar. A pesar de su excitación, los niños se acostaron temprano, pues estaban cansados. Sarah y yo también nos retiramos pronto. Creo que Anne y Martha se quedaron a ver las noticias.

Dormí profundamente.

Por la mañana, cuando estábamos desayunando, me sentí aliviado por no haberme despertado con la carga de otro sueño. Quizá mi etapa de los sueños ya hubiera terminado. Recordé de nuevo que uno de los signos decía que el poder de los sueños nos sería devuelto, pero aún no tenía un concepto real de en qué consistía tal poder. ¿Cuándo habíamos perdido ese poder? ¿Y por qué nos habría de ser devuelto?

Pero el alivio que sentía duró poco, puesto que acabó cuando Anne puso la radio.

Como la mayoría de la gente, Anne tiene la costumbre de escuchar la radio por la mañana; pero a diferencia de la mayor parte de la gente, Anne prefiere los programas de música clásica a los de charla y los meteorológicos.

–¿Qué es eso? –le pregunté sorprendido.

–¿Qué es qué? –preguntó Anne a su vez al tiempo que me miraba.

Estaba dando buena cuenta de un cereal de tipo suizo lleno de frutos secos, dátiles y todos los demás milagros de la salud que uno nunca sospecharía que pudieran encontrarse en los cereales del desayuno.

–La música... ¿qué es?

–Oh, ya no la escucho –repuso ella–. La dejo puesta todo el día, como música de fondo. Frecuencia modulada. Muy bajo. Es relajante, John, ¿no crees? En la consulta siempre tenía música. E incluso un gran acuario con peces de colores. Resultaba muy tranquilizante.

A mí la música me estaba produciendo el efecto contrario.

–¿Conoces la pieza? –le pregunté.

–¿Verdi? ¿Vivaldi? Solo son suposiciones; siempre los confundo –dijo ella.

–Yo creo que es Mozart –apuntó Martha.

–Ah –dije yo–, Mozart...

Le di un mordisco a la tostada de centeno. Debí de pronunciar el nombre del compositor lentamente, como en un sueño, porque vi que todos me miraban como preguntándose qué estaría pensando.

–Solo era curiosidad –les aseguré; pero me di cuenta de que no aceptaban mi respuesta.

–¿Va todo bien, John? –me preguntó Sarah.

–Oh, sí –contesté.

Sarah me miró, y adiviné que había comprendido de inmediato que las cosas no andaban bien.

–A John le gusta mucho Mozart –informó Sarah a los presentes a modo de explicación–. Es un gran aficionado a la música clásica.

Me miró con su inquisitiva y al mismo tiempo intranquila mirada.

Yo debería haber reconocido el concierto para trompa de Mozart; es muy conocido. Pero no era eso en lo que estaba pensando, ni lo que me había dejado petrificado en el asiento. En cuanto oí aquella música se encendió el recuerdo de lo que había soñado durante la noche. Este sueño era muy diferente de los que había tenido anteriormente, aunque igualmente difícil de explicar.

Hablando lisa y llanamente, me había visto de pie sobre los

peldaños de una magnífica escalera doble que estaba construida de modo parecido a una enorme herradura; al fondo se oía la majestuosa obertura de *Don Giovanni*, de Mozart. Incluso más tarde, sentado a la mesa del desayuno, podía oír aquellos repetidos y melodiosos acordes... una música que a lo largo de mi vida había oído docenas de veces, porque es una de mis óperas favoritas.

La noche antes, de algún modo, me había visto a mí mismo de pie en los peldaños de la gran escalinata de la Ópera de París, oyendo cómo la orquesta ensayaba la música de Mozart. Eso lo sabía con seguridad. Pero a pesar de lo que eso me asustaba, me asusté aún más cuando recordé que miré al techo de aquel famoso teatro de ópera y en lugar de ver lo que era de esperar –las grandes lámparas de araña, el resplandor, la opulencia– vi la inmensa e ilimitada extensión de constelaciones de estrellas en el cielo. ¡En mi sueño, la Ópera de París no tenía tejado! Y yo había estado allí; no, no era precisamente eso, pensé, al tiempo que intentaba enfocar mejor mis sentimientos, no era eso. Era más bien la impresión de que se *suponía* que yo había de estar allí; se suponía que yo había de estar de pie en los peldaños de mármol.

Se me había dado una indicación, un mensaje mediante el sueño mientras dormía, un mensaje para que fuera a algún lugar. Lo supe con tanta certeza como sabía que teníamos los billetes para el vuelo a Jerusalén.

Pero ¿París? ¿La Ópera de París? ¿Se suponía que debía ir a *Francia*? De hecho habíamos estado allí una vez, en nuestra luna de miel, pero hacía años que no pensaba en ello.

Me quedé allí sentado asimilando aquello; probablemente tuviera cara de haberme tragado algo amargo. Pero si lo que había venido ocurriendo durante las últimas semanas era difícil de explicar de un modo racional, este último sueño se salía de la escala. Por puro instinto –o quizá para proteger mi propia cordura, o mi orgullo, porque tenía la fuerte sospecha de que aquello parecería ridículo a ojos de todo el mundo– decidí mantener en secreto para mí solo aquel último mensaje.

–Estoy bien –dije al fin–. Es solo que todo... todo me resulta tan nuevo...

–Te afecta –dijo Martha.

–Estás pálido –comentó Anne–. ¿Te apetece alguna cosa? Podría darte algo.

–¿Está enfermo papá? –preguntó Joshua.

–No –repuso Sarah–. Solo es algo que ha comido.

–¿Qué? –preguntó el niño.

Su madre no le contestó.

Nuestro vuelo salía a las ocho de la tarde del aeropuerto JFK. Teníamos el día entero por delante. Me hallaba al borde de un precipicio emocional que no comprendía lo más mínimo, pero sabía que tenía que salir de aquel apartamento. Puede que fuera Nueva York lo que me provocaba aquello; pero de la locura de la noche anterior no podía echarle la culpa a la ciudad. Fuera lo que fuese, estaba dentro de mí.

–Salgamos un rato a la calle, Sarah –le sugerí–. Vayamos a dar un paseo. Tengo que salir.

–Es una buena idea –dijo Anne.

–¿Puedo ir con vosotros, papá? –preguntó Joshua.

–¿Y yo? –saltó Oliver.

–No, papá y yo vamos a salir los dos solos. Volveremos pronto. Nana ha planeado un día muy ocupado para vosotros. Acabaos los cereales.

Sarah me rodeó con el brazo mientras nos dirigíamos hacia el armario del recibidor.

–Será bueno salir –dijo–. No tenemos ocasión de pasear, sobre todo en una ciudad. Se nos olvidará hacerlo si no practicamos un poco –dijo; y me sonrió con cariño.

No sabría qué hacer sin Sarah. Comprende mis cambios de humor como yo espero comprender los suyos. Si me hubieran preguntado cuando era más joven si creía que alguna vez tendría la clase de amor que comparto con ella, habría respondido que no. ¿Cómo iba a saberlo, si nunca lo había tenido antes? Pero en aquel momento de mi vida, ella y yo éramos uno solo.

No estaba seguro de si Sarah comprendería lo que yo había soñado, porque yo mismo no lo comprendía. ¿Cómo será de tenue, me preguntaba a mí mismo, la línea que separa la cordura de la locura? ¿La habría cruzado yo sin siquiera saberlo? Esperaba que no.

Salimos del apartamento de la madre de Sarah y echamos a andar hacia el centro; no teníamos ningún motivo en particular para hacerlo, solo que siempre caminábamos en aquella dirección. Anne vivía bastante arriba de la ciudad, y las pocas veces que habíamos ido a pasear parecía que la inercia nos llevaba hacia el centro.

Admito sin vacilar que, como probablemente resulte obvio, tengo una relación de amor y odio con Nueva York. No puedo hablar por Sarah, desde luego, pero de hecho la ciudad tiene una atracción peligrosa que al mismo tiempo me repele. No dudo que la ciudad sea el centro histórico, artístico y financiero de nuestro planeta... pero también es la trágica panza de nuestra sociedad. Vi unas estadísticas, por ejemplo, que aseguraban que hay más de cincuenta mil personas sin hogar en Nueva York, vagabundos que pululan por las calles a todas horas del día y de la noche.

También hay un ritmo que yo veo en la ciudad y que me recuerda a las películas antiguas, en las que el director acelera la acción para mostrar torrentes de personas que fluyen por las calles arriba y abajo, como bancos de peces en un río que se dirigen hacia los lugares de desove, o ejércitos de hormigas incesantemente atareadas transportando pedacitos de comida y hojarasca de un hormiguero a otro. Me imagino la mano del director en los botones marcados con los rótulos de «deprisa» y «más deprisa» cuando veo a los neoyorquinos caminar presurosos por las calles. ¿Adónde van? ¿Por qué tienen que llegar a donde sea tan deprisa?

No pude evitar visualizar esas imágenes cuando nos pusimos en camino.

Caminábamos a paso vivo. La temperatura había subido un

poco; el sol brillaba con fuerza. Como era sábado por la mañana, había más gente en las calles de la que se ve normalmente un día laborable a esas horas. Sarah y yo apretamos el paso al encaminarnos hacia el este; cogimos la calle Setenta y dos, y luego fuimos hacia el sur por la Quinta Avenida. Los dos llevábamos calzado deportivo y estábamos disfrutando físicamente por primera vez en muchos días. Las manzanas de casas se fundían unas con otras al cruzar las sucesivas calles. Al principio, y durante largo rato, incluso nos cogimos de la mano y avanzamos al unísono a grandes zancadas. Pero luego lo dejamos y seguimos caminando juntos, pero sin darnos la mano.

–¿Hasta dónde quieres que vayamos? –me preguntó Sarah.

Se me ocurrió que habíamos caminado muy deprisa, convirtiéndonos en cierto modo en parte de aquella película y entregándonos de lleno a ello. El viaje al volante del automóvil del día anterior había sido largo, y ahora teníamos ocasión de utilizar toda la energía que habíamos almacenado.

Levanté la vista y vi que quizá habríamos caminado tres o cuatro kilómetros; nos encontrábamos de pie delante del edificio de la General Motors. La gente iba y venía a nuestro alrededor.

–Por aquí –le indiqué.

Si en aquel momento me hubieran preguntado adónde iba, no creo que lo hubiera sabido. Y, desde luego, no lo sabía cuando echamos a andar. Pero cuando seguimos caminando por la Quinta Avenida –tanto a Sarah como a mí nos encantaba mirar los escaparates; las tiendas de las galerías comerciales no podrían compararse en modo alguno con aquellas, y algunos escaparates todavía conservaban los decorados navideños– se nos hizo evidente a ambos que me dirigía en una dirección determinada.

Al principio no, claro está, porque yo había intentado apartar el sueño de mi mente; las calles y las escenas resultaban muy distraídas mientras caminábamos. Y además no nos dijimos ni una sola palabra hasta que Sarah me preguntó si sabía dónde íbamos a ir. En aquel momento, cuando llegamos a la esquina de la calle Cuarenta y dos y la Quinta Avenida aceleré el paso aún más, con

Sarah siempre a mi lado. Habíamos estado en aquella esquina en varias ocasiones antes, una de ellas cuando habíamos ido a ver a Anne y habíamos llevado a los niños a un desfile. Ahora, al encontrarnos allí de pie esperando a que el semáforo cambiase, Sarah giró la cabeza y me miró directamente, al principio sin hablar. Estaba esperando. Luego dijo:

–¿Tiene que ver con el sueño que has tenido, John?

–Creo que sí –respondí.

No aguardé a que cambiase el semáforo, sino que rápidamente torcí hacia la izquierda y empecé a andar más hacia el este por la calle Cuarenta y dos. Ahora caminábamos más despacio; Sarah seguía a mi lado mientras yo sometía a un cuidadoso examen las tiendas y los peatones. Buscaba una señal de alguna clase, algo que pudiera reconocer, que me ayudase. La gente que pasaba a nuestro lado debía de pensar que nos habíamos perdido, porque supongo que yo los miraba a todos y cada uno de ellos tratando de relacionar a alguien o algo con mi sueño de la Ópera de París, Mozart y las estrellas, todo lo cual estaba convencido de que tenía una relación con el lugar donde nos encontrábamos.

Me sentía como si estuviéramos en uno de los extremos de una gruesa cuerda jugando a tirar de ella y nos estuvieran arrastrando inexorablemente hacia el otro extremo, hacia algún lugar que todavía no podía ver. Ya no era un sueño, sino un lugar real en un tiempo real que estaba muy cerca de nosotros. Lo único que teníamos que hacer era seguir caminando y podríamos conocer el sitio exacto cuando llegásemos a él.

No sé cuándo lo hizo, pero en algún momento, cuando nos aproximábamos a la estación Grand Central, Sarah me cogió del brazo. Noté que me estaba mirando al mismo tiempo que observaba a la gente y la calle en busca de indicios. Por fin cruzamos la última calle y una larga hilera de taxis al entrar en la estación.

Nunca habíamos estado en la estación Grand Central. No se veía abarrotada de gente, aunque me dio la impresión de que en los días laborables muchedumbres de gente fluirían entrando y saliendo de aquella arteria central de comunicaciones.

Pasamos por un quiosco de prensa y una gran panadería, cuyos aromas de ricos pasteles, panes recién horneados y cestas de bollería surtida nos saludaron cuando torcimos para adentrarnos en la explanada principal de la estación.

Delante de nosotros había un gran tenderete circular de información con un anticuado gran reloj encima. Más allá, y en la alta pared, se exhibía por encima de las taquillas de billetes un enorme tablero que enumeraba todos los trenes que llegaban y partían. Mientras estábamos allí de pie estaban actualizando una sección del tablero, y cada hora y lugar de destino iban cayendo como cartas en abanico para dejar a la vista una nueva hora y un nuevo lugar de destino.

Al mirar a derecha e izquierda sentí que el brazo de Sarah se entrelazaba con el mío. Y entonces fue cuando comprendí.

–Aquí es –le dije.

A nuestra izquierda, en un extremo de la explanada central, un pequeño grupo de músicos jóvenes tocaba la famosa obertura de Mozart que había oído en mi sueño la noche anterior. Según el cartel que llevaban, eran alumnos de un instituto de enseñanza media local. No habría más de doce o trece, vestidos todos ellos de manera informal. Pero tocaban los instrumentos con pasión y concentración. Aunque eran jóvenes y aficionados, me sentí muy a gusto escuchando su música.

–Es Mozart –puntualicé.

–Sí, lo sé –dijo Sarah–. ¿Tu sueño?

–¡Mira! –le indiqué señalando a nuestra derecha y encaminándome en aquella dirección.

Allí, al otro extremo del recinto principal, había una enorme escalera doble; estaba situada debajo de unas magníficas ventanas en forma de arco por las cuales el sol de enero entraba a oleadas que bañaban el espacioso recinto. Caminamos hacia las escaleras y nos detuvimos ante ellas. Era exactamente como lo había soñado.

Lo único que pude hacer fue sentarme en el escalón de mármol del fondo, que quedaba a mi derecha. Sarah se sentó a mi lado. Nadie nos molestó ni nos pidió que nos moviéramos de allí.

Reinaba un enorme silencio, excepto por la música que inundaba la estación.

Sarah aguardó sin hablar, pero yo sabía qué era lo que estaba pensando. Entonces le dije lo que había soñado y lo asustado que estaba.

–Es difícil de entender, John, ya lo sé, pero está pasando. Por alguna razón estabas destinado a venir aquí hoy.

–No, *estábamos* destinados a venir aquí los dos. Se nos ha invitado.

–¿Y ahora qué hacemos?

–Creo que lo mejor será esperar –le indiqué–. Esto todavía no ha terminado.

Eran aproximadamente las diez de la mañana. Nos quedamos sentados en los escalones, esperando. Como yo seguía sin tener idea de qué estábamos esperando, observábamos a todo el mundo y todo lo que sucedía.

–Quizá –comentó– se suponga que hemos de tomar un tren, uno de aquellos trenes de allí.

–No creo.

–¿Qué pasó en tu sueño cuando estabas de pie en las escaleras? ¿Qué hiciste?

–Intento recordarlo.

–¿Es la música?

–No, no creo.

–Entonces ¿qué?

–No lo sé.

–¿Tiene que ver con alguno de los signos?

–No lo sé.

Estuvimos sentados en los escalones durante casi una hora, esperando, sin tener certeza de nada, haciéndonos preguntas y cavilando. Varias personas pasaron por allí, turistas principalmente, en grupos de dos o de tres; también adolescentes y algunas personas que pasaban corriendo para no perder el tren. El sonido de los carteles que caían en el enorme tablero situado allá en lo alto se nos hizo familiar, como el rítmico tictac del reloj. De vez en cuando se nos acercaba algún andrajoso con un recipiente en la mano, y uno en particular nos contó una historia patética acerca de que había perdido la cartera y solo necesitaba un dólar más para poder comprarse un billete e irse a su casa. Se nos acercaron varias veces. Una vez apareció un agente de policía que salió casi de la nada y echó de allí al mendigo. Sarah, no obstante, le había dado algo de dinero al hombre que necesitaba el dólar.

–Él también tuvo una madre –comentó.

Yo no dije nada.

–Tiene que haber un motivo por el cual estamos aquí –le aseguré–. Todo es muy concreto. Es esta espera lo que resulta muy frustrante. Es difícil ser paciente.

–Creo que lo estamos haciendo bien, John. No es como si tuviéramos mucha práctica en esto. Puede que todo haya empezado como un embrollo, pero ¡ahora no sabemos quién va detrás de quién!

–¡Maldición! –exclamé al tiempo que me levantaba y ponía las manos en las caderas–. ¡Yo estoy aquí! He cumplido mi parte. ¿Por qué no puede él cumplir la suya?

–¿Quién, John?

–¡No lo sé! –contesté.

No sé por qué me sentía tan enfadado ni a qué me refería exactamente. Pero estaba enfadado conmigo mismo, enfadado con todo. Estaba haciendo todo lo que se esperaba de mí. Había abandonado mi trabajo para atravesar medio mundo basándome en lo que se reducía a una mezcla de fe ciega y pruebas milagrosas. Había sacado a mis hijos del colegio y los había dejado con su abuela. Había prestado atención a personas prácticamente desconocidas que me contaban hechos acontecidos décadas atrás, pero que podían afectar al resto de mi vida. Incluso había empezado a someter de nuevo a examen la relación con mi padre, un hombre al que durante muchos años había odiado hasta tal punto que ahora creía que había llegado a amarlo y a respetarlo... ¡y ahora que había llegado a donde se me había pedido que estuviera se me hacía esperar!

Sabía que se trataba de nuevo de mi orgullo, de mi sentido de la independencia, de mi ego que se imponía. Claro, quería ser el centro de atracción en lo que estaba resultando ser algo absolutamente extraordinario, pero lo que no podía soportar era la idea de convertirme solamente en uno más de aquellos robots sin rostro que se deslizaban veloces por la estación camino de... ¡camino de algún lugar sin importancia!

Estaba descubriendo una nueva faceta de mi personalidad que me asustaba, que no me gustaba nada. Era frágil y tenue, y me erizaba la piel. Sarah se puso en pie; ella también daba la impresión de estar perdida.

–Quizá deberíamos irnos a casa –sugerí.

–¿A casa de mi madre?

–No, quiero decir a casa, a nuestro hogar. Puede que debiéramos dar por terminado este asunto –dije al tiempo que dejaba escapar un suspiro.

Los jóvenes músicos habían dejado de tocar y se estaban tomando un descanso. Habían traído algún tentempié y bebidas calientes en termos. Unas personas que supusimos serían los padres de algunos de los muchachos se adelantaron de entre el público y se mezclaron con ellos.

El tráfico se había intensificado desde que Sarah y yo llegamos, pero, paradójicamente, cuantas más personas llenaban la estación camino de los trenes, más anónima resultaba cada una de ellas. Yo ya no miraba individuos que pasaban; al contrario, tenía de nuevo el ánimo que me solía inspirar Nueva York, y veía solo multitudes de formas sin alma.

¿Sería posible que me hubiera imaginado todo aquello solo porque una vez habíamos estado en la Ópera de París y habíamos disfrutado de la música? ¿O sería tan solo la duda, la flaqueza humana que invade nuestro espíritu como si fuera un virus interno? Este último pensamiento me golpeó en la cara como una bofetada que no me esperaba.

Fuera o no la duda, no se me concedió mucho tiempo para que me formase una opinión. De pie delante de nosotros –¿de dónde habría salido?– se encontraba otro de aquellos mendigos, una de aquellas personas sin hogar, de aquellos seres sin rostro que vagan por las calles de Nueva York como ratones atrapados en un laberinto sin salida.

Era una mujer vestida con tejanos, una cazadora de cuero negro y unos gruesos zapatos negros, esos tan populares en los campus. Llevaba también un gorro rojo de esquiar, de lana, y una bufanda blanca sucia alrededor del cuello. Era difícil decir qué edad tendría, probablemente no más de cuarenta años, aunque parecía mucho mayor. La piel se le veía muy pálida y tenía una magulladura reciente en la mejilla derecha. De vez en cuando se lamía con la lengua un corte de un par de días que tenía en el labio. Se alejó resueltamente del reloj –donde yo suponía que habría estado parada, aunque no me había fijado en ella– y se puso a caminar directamente hacia nosotros.

–Ustedes son forasteros –nos dijo. No le contestamos–. Yo distingo muy bien a los forasteros. Tienen un aspecto bastante diferente.

Nos sonrió y se lamió el labio. Sarah abrió el bolso y se dispuso a sacar un billete de un dólar.

–Nosotros nos vamos –le dije–, así que, ¿por qué no se marcha usted a otra parte?

–John, por favor –me recriminó Sarah.

–Oh, no se preocupe –dijo la mujer–. Solo quería decirles que yo hago de cicerone aquí, en la estación Grand Central, y me había dado la impresión de que ustedes estaban esperando; pensé que quizá les gustaría dar una vuelta con un guía.

–Nos vamos ya –repetí–, y no queremos hacer ninguna visita con guía.

–Pues yo soy un guía excelente. Hace algún tiempo que lo hago. No es una visita oficial con guía; es decir, no pertenezco al personal de la estación, ellos tienen sus propias visitas organizadas; los miércoles y los viernes a las doce treinta, creo. Son muy buenas. Las mías son... bueno, especiales, pero muy interesantes. Y me había parecido que ustedes estaban esperando.

–Quizá... –empezó a decir Sarah tendiéndole el dinero.

–Oh, es gratis, Sarah, no cobro nada –le dijo la mujer–. Puede guardar el dinero, aquí no le hace falta.

Al principio supuse que me habría oído a mí pronunciar el nombre de Sarah.

–Hoy –continuó diciendo la mujer– he venido por ti, Sarah, y por ti, John, para realizar esta visita turística. Será verdaderamente agradable, ya que esta es vuestra primera visita a la estación Grand Central. Donde tú estás parado, John, es donde suelo empezar la visita. En la escalera.

–¿Cómo...?

Traté de pronunciar otras palabras, pero me di por vencido.

–¿Que cómo he sabido vuestros nombres? Preguntádmelo al final de la visita.

Desde aquel momento hasta que acabó, la mujer se convirtió en el centro de todo lo que Sarah y yo vimos en el amplio recinto. Aunque se nos ocurrían muchas preguntas que hacerle a medida que ella hablaba, permanecimos callados casi todo el tiempo, como un público absorto.

–Esto –nos explicó la mujer– es la gran escalinata, donde estáis parados. Se diseñó inspirándose en la otra, más famosa, de la Ópera de París. Estos escalones son de mármol. Este es uno de mis lugares preferidos en la estación. He pasado aquí muchas horas, John y Sarah, con personas como vosotros, que siempre iban de camino a alguna parte. A lugares lejanos. Venid –añadió en tono agradable–, permitidme que os muestre el reloj.

Sarah y yo seguimos a la mujer hasta el quiosco de información, que estaba situado en medio del recinto. Nadie parecía fijarse en nosotros mientras caminábamos detrás de ella.

–¿No es fantástico? –nos preguntó–. Es un reloj de cuatro caras, de latón. Algunas noches, cuando acompaño a turistas ya avanzada la tarde, lo veo, literalmente, resplandecer.

La mujer se detuvo delante del reloj y lo miró. Sarah se acercó a ella.

–¿Cómo te llamas? –le preguntó Sarah.

–Me llamo Beverly –respondió la mujer. Nos miró a ambos–. No tengáis miedo. Estoy aquí para ayudaros, para guiaros. En realidad soy un guía excelente.

A mí se me ocurrían un montón de preguntas, pero no le hice ninguna.

–¿Qué te ha ocurrido en el labio y en la cara? ¿Podemos hacer algo? –le preguntó Sarah.

–No, no, no se puede hacer nada. No estoy herida; es que soy así. Las apariencias engañan a veces, ¿no? Juzgamos a los demás por el aspecto que tienen, ¿no es así? Por favor –dijo–, prestad atención, esta es una importante sección de la visita. Mirad hacia arriba, por favor.

Señaló hacia el techo.

Miramos hacia arriba y por un momento me sentí mareado. Sarah me cogió del brazo para sostenerme.

–No te preocupes, John –me dijo Beverly–. Le ocurre a mucha gente.

No podía dar crédito a lo que veían mis ojos; en aquel momento tenía ante ellos la prueba, y tuve la absoluta convicción, la certeza más allá de toda duda de que me hallaba en presencia de un ser especial. Porque allí, en el techo, estaba precisamente lo que yo había visto en mi sueño.

–Es un mural –empezó a decir Beverly– que representa más de dos mil quinientas estrellas del zodíaco. Podríamos reconocer algunas de las constelaciones. ¿No es increíble? Lo he visto muchísimas veces, pero siempre me maravilla. Mirad hacia arriba y limitaos a ver las estrellas aquí, en mitad de la estación Grand Central. Puedo deciros que la gente se asombra de lo que hay por encima de sus cabezas en los lugares más inverosímiles, solo con que se tomen el tiempo suficiente para detenerse a mirar. ¿Sabéis lo que es en realidad? Un signo de que no están solos, de que en la vida hay mucho más de lo que podemos encontrar aquí abajo.

Miré a Beverly y traté de imaginar lo que estaba viendo y oyendo; pero presentí que ella era mucho más de lo que aparentaba ser, que aunque yo pudiera oír lo que estaba diciendo, realmente no lo comprendía todo. Y había algo más, algo que nunca había sentido antes, que me convenció de que ella era algo más que una persona corriente. He pensado mucho tiempo en cómo describir esa sensación, porque aunque yo sabía con absoluta certeza la verdad mientras me hallaba en su presencia, también me daba cuenta de que sería muy difícil convencer a otros, puesto que ellos no habían estado allí. Era como si alguien hubiera accionado un interruptor interno en mi alma y, en la oscuridad, se hubiera encendido la luz. Había oído un chasquido y conseguí ver.

–No intentes comprender demasiado con excesiva rapidez, John –me dijo ella–, por lo menos en esta parte de la visita. Más tarde, en Jerusalén, tendréis un guía mucho más cualificado que os dirigirá. Él os mostrará lo que necesitáis ver. Aquí, en Nueva York, a Sarah y a ti se os ha dado la oportunidad de hacer una pequeña parada en el camino para refrescaros, para disipar vuestras dudas. Consideradlo así: las estrellas miran hacia abajo, al mundo entero, no solo hacia Jerusalén ni a ningún otro lugar único en este planeta. La belleza del Creador brilla en cada rincón del mundo, en todo lugar oscuro donde haga falta luz. Cada punto de la tierra está santificado por el Creador y al final será bendecido. Pronto todos los lugares serán regenerados y volverán a ser como fueron en un principio. En realidad lo que os estoy diciendo es algo muy antiguo. Es el funcionamiento de un reloj, la realización de una alianza. Todas las cosas están relacionadas con las demás, y siempre lo han estado. Todo tiene importancia. Todo tiene consecuencias. No hay nada nuevo bajo el sol, ni para las personas ni para la tierra. Solo hay Bien y hay Mal, Vida y Muerte. Lo que se promete y lo que se da. Todo esto es historia antigua, así que no busquéis nuevas revelaciones en el corazón humano, nuevos proyectos para rehacer el viejo mundo. Las personas no cambian, es triste decirlo. Pero eso ya lo sabéis, ¿no?

Sarah tendió la mano. Beverly se la cogió y la retuvo entre las suyas.

–¡Ah! –exclamó Beverly–. ¡Oled el pan y el pastel! ¿Los oléis? –nos preguntó al tiempo que volvía la cabeza hacia la panadería.

–Pero las piedras –le dije yo–, las piedras lo cambiarán todo, ¿no es así? ¿No cambiará todo cuando encontremos las piedras? ¿No cambiará todo cuando llegue el Mesías?

–Sí, todo cambiará cuando llegue el Mesías. Cuando ese día llegue, tanto para aquellos que le den la bienvenida como para los otros, aquellos que... bueno, para los otros. Hoy no vamos a hablar de ellos; eso lo dejamos para otro momento. Hoy me han enviado para traeros un mensaje, John y Sarah, y especialmente a ti, John. Tú encontrarás las piedras en Jerusalén, y después de que las encuentres, a Sarah y a ti se os encomendará una misión. No tengáis más miedo ni más dudas. ¿Comprendéis?

–Sí –repuse yo.

Sarah dijo lo mismo.

–Venid –nos indicó Beverly–, terminaremos la visita. Esta es la mejor parte, por lo que me han enviado hasta vosotros, por lo que tu padre te dejó tu herencia, las cartas, la búsqueda de las piedras. Espero poder responder a vuestras preguntas en el tiempo que tenemos. Me he retrasado un poco, ya veis. Hay otros, John. Pero primero...

Echó a andar de nuevo hacia la gran escalinata, y nosotros la acompañamos. Pero no subió por la escalera, sino que la rodeó; luego nos encontramos en la panadería. Allí Beverly sacó de la cazadora de cuero unos dólares y compró un pan, que hizo que le cortasen en rebanadas.

–Es un pan especial –nos explicó mientras caminábamos otra vez hacia la parte frontal de la escalera. Beverly nos dio una rebanada a cada uno y nos las comimos. Estaba realmente delicioso–. Es un pan especial, judío, llamado *challah*, que se come en el Sabbath. Es rico, se hace con huevos y se enrolla en forma de trenza. ¿Verdad que está delicioso?

–¿Eres judía? –le pregunté.

–No –repuso–, pero nunca pierdo la oportunidad de comprar este pan.

Los tres nos comimos el challah. Beverly se lamía el labio mientras comía la rebanada. Sentí pena por ella; aquello tenía que molestarle mucho.

–La vida tiene muchas caras –continuó diciendo–. Si tenéis dos panes, vended uno y comprad un lirio. ¿Habéis oído eso en alguna ocasión?

–No –repuse.

–Es un hermoso pensamiento. Necesitamos alegría en nuestras vidas, no solo pan.

–¿Podemos comprarte algo para el labio? –volvió a preguntarle Sarah–. Debe de haber una farmacia...

–No, no, no hay nada que hacer. Nunca se cura. Siempre tengo esa herida en la mejilla. Soy una de las muchas personas sin rostro que hay en Nueva York, excepto cuando realizo estas visitas como guía, una especie de guía oficioso. Tú ya me has visto antes, John, aunque nunca has querido verme. Supongo que no resulto agradable de ver. Asusto a la gente. Pero me gusta mi trabajo, especialmente cuando consigo compartir el pan con dos personas tan afortunadas como vosotros. Sí, John, en Jerusalén se os proporcionará otro guía, es una cita a la que debes acudir. Estos son tiempos especiales, justo antes del fin de los días, y tú eres una persona especial, no por nada que hayas hecho, sino a causa de tu padre y por lo que él hizo. Él es quien te ha puesto en marcha en esta búsqueda de las piedras, pero también en la búsqueda de tu verdadero ser, de quién eres tú como ser humano.

–¿Hay otros elegidos? –quise saber.

–Muchos –dijo Beverly–. Muchos han sido los llamados. Algunos no acuden, como Barbara y Bertucci. Oír no basta, eso es solo el comienzo. Obrar es la parte difícil. Todo el mundo conoce el miedo y la duda; es la condición humana.

–Beverly, ¿puedes decirnos quién eres en realidad? –le preguntó Sarah.

Beverly la miró con amor y compasión en los ojos.

–Os lo he estado diciendo –respondió–. No cometáis error alguno: el Reino de Dios está dentro de vosotros y lo encontraréis. Estaréis presentes en la victoria final y conoceréis al Mesías a través del amor y a través del hombre. Recuérdalo, John: tú lo sabrás porque lo verás.

–No te comprendo –le dije.

–Todas las cosas –nos explicó Beverly–, todas, están relacionadas con las demás. Desde el principio de los días hasta el fin de los días; y más allá del final de los días hasta la mente del Creador; todo está relacionado con todo lo demás. Stanton, Barbara, Martha, todo lo que estáis a punto de aprender, y las piedras, todo es de la misma tela, y la tela está cosida como un acto de amor. Amor por vosotros, amor por nosotros, amor por todos nosotros. Es así de sencillo y siempre ha sido así de sencillo. ¿Por qué buscar respuestas complicadas cuando las sencillas son las mejores? Nada de proyectos para cambios repentinos, nada de gurús y chamanes. Las leyes del mundo son inmutables y están establecidas hasta el final. Y hasta ese momento acordaos de la tela y del acto de amor.

Beverly dejó de hablar. Aguardé, pero ella permaneció en silencio. ¿Estaría esperando a que hablase yo?

–El Bien y el Mal –dije yo–, las piedras, el Mesías y Jerusalén... ¿quién estará allí, Beverly? Has prometido decirnos quién eres.

Beverly sacó otra rebanada de la bolsa de plástico, la dobló en dos y dio un mordisco.

–No, John, he prometido deciros cómo sabía vuestros nombres. Os he estado diciendo quién soy. Comprende, no me gusta guardar secretos, no va con mi carácter. Es que eso puedo revelarlo. Se aprende de las obras, ¿comprendéis?

–¿Cómo has sabido nuestros nombres? –le preguntó Sarah.

–Os he oído utilizarlos.

–¿Aquí, en la estación? –intervine yo.

–No, antes, en Pennsylvania, en otros lugares, en otros tiempos. Como dice uno de los signos, el Mesías vivirá entre nosotros desde el principio de los días hasta el final de los días. Ya habéis visto cómo se hace eso. Pero también, con él, hay otros;

pensad en nosotros como ayudantes, asistentes que llevan a cabo ciertas funciones. Mensajeros, si queréis, un espíritu sobre vuestro hombro que os ayuda a encontraros a vosotros mismos.

–¿Quieres decir que eres un ángel? –le pregunté.

–¿Os sería más fácil creer si os dijera que sí? –preguntó Beverly a su vez.

–No –se apresuró a responder Sarah–. Es mejor que creamos por nosotros mismos...

Beverly sonrió a Sarah.

–Eres muy afortunado, John –dijo–. Y tú también lo eres, Sarah. Acordaos de Nueva York, de su gente y de aquellos de nosotros que llevamos recipientes en la mano para pedir limosna. Hasta que llegue el Mesías vagamos en busca de consuelo. Cuando encontréis las piedras, comprenderéis. Veréis acercarse la victoria final.

Beverly abrió entonces la cremallera de uno de los muchos bolsillos que tenía en la cazadora de piel y sacó algo que mantuvo apretado en el puño.

–Las piedras solo son una confirmación de la verdad del Creador y de la misión del Mesías –continuó diciendo–. Creo que ya habréis visto que el Mesías se ha aparecido en más de un lugar, en más de una época, y que así ha de ser. Al final de los días acordaos de Nueva York, que habéis visto cuando ibais de camino a Jerusalén. Porque aquí también, igual que en todos los demás lugares bajo las estrellas, llegará el fin. También esta es una tierra seca y sedienta. También aquí hay un muro. También aquí se hará la luz. Hasta ese momento acordaos de amar y acoger al desconocido que se presenta ante vosotros. Y para que recordéis esta visita, me gustaría daros un recuerdo. Esto no lo encontraréis a la venta en ninguna tienda de por aquí, ni en ningún otro lugar. Está importado de un lugar muy lejano. Toma –concluyó al tiempo que me lo entregaba.

Era un llavero de esos que hemos visto innumerables veces, con una cadena de unos siete centímetros. En un extremo había una anilla del tamaño de una moneda, para las llaves. En el otro extremo había una bola parecida a un balón de baloncesto en miniatura; pero era una bola del mundo en la cual estaban grabados los nombres «John y Sarah», por un lado, y por la otra había una pequeña lasca de piedra que parecía haber sido extraída de una losa más grande. Lo sostuve en la mano mientras lo miraba y, lentamente, cerré los dedos en torno a él. Luego miré a Beverly.

Estábamos sentados de nuevo en la gran escalinata; Beverly estaba de pie delante de nosotros. Había terminado de comerse la rebanada de challah y seguía allí de pie sonriéndonos y lamiéndose una y otra vez el corte del labio. Pasaron unos segundos, puede que un minuto, y entonces me sorprendí sacando un dólar de la cartera y entregándoselo.

–Vosotros sois forasteros –dijo Beverly–. Yo distingo a los forasteros; tienen un aspecto diferente. Gracias.

Y se metió el dólar en el bolsillo de los pantalones vaqueros.

–Toma, coge esto también –dijo Sarah tendiéndole la bolsa con el challah.

–Oh, –dijo Beverly–, eso no puedo aceptarlo. Es para ti y para John; es vuestro alimento.

Al parecer durante nuestro encuentro con Beverly los jóvenes músicos habían terminado de tomarse el tentempié, y habían comenzado a tocar de nuevo. Reconocí la música de Bach. Es uno de mis compositores preferidos.

Mientras Sarah y yo estábamos sentados en los escalones de mármol, la mujer con la que habíamos estado hablando durante todo aquel rato empezó a retroceder poco a poco hacia la parte de atrás de la gran escalinata en dirección a la panadería. Rápidamente nos levantamos con intención de seguirla, pero cuando doblamos la esquina vimos que ya no estaba. Nos quedamos parados y nos miramos el uno al otro delante de una joven que estaba detrás del mostrador y que nos preguntó qué queríamos.

–Ella era nuestra guía –me indicó Sarah–, y la visita ha terminado.

Beverly se había ido.

Si a Sarah y a mí aún nos quedaba alguna duda antes de nuestro... encuentro o reunión con Beverly, se había desvanecido por completo. Sabíamos con certeza que teníamos que ir a Jerusalén. Pero también sabíamos otra cosa igualmente importante: que aunque era nuestra misión realizar aquel viaje, Jerusalén no era el único lugar que tendría importancia cuando llegase el Mesías. Todas las ciudades, incluida Nueva York, serían centro de atención. Desde luego nos dábamos cuenta de la lógica de aquello, ahora que habíamos conocido a Beverly.

Yo había aprendido algo más respecto a lo que estaba empezando a sentir: que sí, que de algún modo encontraríamos las piedras, y que yo llegaría a comprender muchas más cosas acerca de mi padre, pero que también descubriría la verdad del Creador en mí mismo, y eso empezaría a través de la ayuda a otras personas. A través de la caridad, a través de las personas sin hogar, a través de hechos, no solo de las ideas. La emoción anticipada de aquello hizo que me sintiera muy bien por dentro. De pronto, incluso Nueva York me parecía diferente. Ahora veía a las personas que pasaban junto a nosotros como individuos, cada uno firma única del Creador que nunca sería duplicado.

Como los rostros de los esclavos en el barco, cada persona era diferente.

–Piénsalo –le dije a Sarah cuando, tras volver al otro lado de la escalera y sentarnos, expresé mis pensamientos en voz alta–. Todas y cada una de esas personas son diferentes, absolutamente únicas. Millones y millones sin duplicado. Es un milagro, ¿no?

–Sucede cada día a nuestro alrededor –me indicó ella–; solo tenemos que detenernos a mirar. ¿No es así?

–Me siento afortunado de verdad, Sarah, y por muchos motivos diferentes.

–Ojalá pudiéramos volver a verla.

–Quizá la veamos.

–¿Quién crees que era?

–Era Beverly –le dije yo–, esa era. Una guía turística. Probablemente siga aquí en cierto modo, con nosotros. No podemos conocerlo todo inmediatamente, ¿recuerdas?

Le entregué a Sarah el llavero. Ella estuvo dándole vueltas a la esfera y la miró como si fuera una joya preciada que acabase de descubrir. Los jóvenes músicos continuaban tocando al otro extremo del recinto. Las enormes ventanas situadas detrás y por encima de nosotros resplandecían al entrar a través de ellas la luz del mediodía para inundar de luminosidad aquella enorme caverna.

–¿Sabes? –me dijo al tiempo que me tomaba del brazo–. He estado llamando embrollo a todo esto, y en cierto modo lo es. Pero, en otro aspecto, en realidad no es ningún misterio. La verdad es muy simple, nos ha estado mirando a la cara desde el principio. Amaos los unos a los otros antes de que el tiempo se agote. Amaos los unos a los otros y hallaréis a Dios, aquí, en vuestro interior, donde vosotros, también, habéis sido tocados por Dios. Esa es la clave –concluyó Sarah sosteniendo el llavero en la palma de la mano.

Nos levantamos y empezamos a marcharnos de la estación Grand Central. Al subir la rampa en dirección a la calle Cuarenta y dos, nos volvimos una vez más y miramos el reluciente reloj de bronce situado en lo alto del quiosco de información. Beverly había dicho que vivía allí, en la estación Grand Central. Me pregunté cómo se habría hecho el corte del labio y la herida de la mejilla. ¿En qué parte de la estación podría vivir? ¿Habría un lugar más abajo, en las numerosas vías, donde las personas como ella se protegerían del frío y de la noche?

Yo sabía que solo atisbaba una parte de lo que ella había querido decir, pero no podía evitar pensar en ella. Sabía que rezaría para verla de nuevo, y al pensar eso no me molestó la idea. La oración no había formado parte de mi vida anteriormente, pero ahora estaba allí, como mis sueños, solo una línea más de comunicación con lo que existía más allá y fuera de mi propia conciencia. Yo no era lo único importante y el final de la creación. Solo era parte de ella. Y había algo más, lo sabía ahora, que era muy importante, y que empecé a ver cuando salíamos de la estación y echamos a andar de regreso al apartamento de Anne.

Como académico, tenía como una de mis preocupaciones centrales el papel del individuo en la historia. Comprendía, desde luego, que las personas pueden influir en su destino solo hasta cierto punto; que hay otras fuerzas, mayores que las de las personas, que también las controlan. Era el viejo debate de la naturaleza contra la naturaleza: ¿cuánto de lo que somos está en nuestros genes, y cuánto en la escuela, en nuestros amigos, en nuestro entorno?

Ahora comprendía que me faltaba un eslabón vital en esa cadena de pensamiento; y ese eslabón era la relación, de la que no se puede escapar, entre el pasado y el presente, y por lo tanto también entre el futuro. Algunas cosas estaban en las cartas, esperando para ocurrir. Yo aún no creía en la fatalidad total, como si un proceso ciego e irreflexivo nos gobernase, pero ahora me daba cuenta de que en la existencia había un orden, una especie de reloj que operaba los movimientos básicos, que establecía las normas básicas para los astros del firmamento y para las personas que se encuentran por debajo de ellos.

Y estas reglas no cambiaban de una temporada para la siguiente. Eran reglas simples, conocidas y sin complicaciones; reglas de la Vida y de la Muerte, del Bien y del Mal, del Pasado y del Futuro. Y el único hilo de unión central que mantenía la tela cosida era el concepto del Creador –no, ya tenía superado eso–, no, ¡era Dios! No un concepto ni una idea, sino una realidad física que creó el reloj, dio cuerda a sus movimientos y que, cuando era necesario, lo reparaba.

También comprendí que, como todos los relojes, este también me decía, y le decía al mundo entero, que se acercaba la hora en que el Mesías llegaría para detener el reloj. Habíamos tenido la oportunidad de vivir, de trabajar, de dar de comer a los necesitados y a las personas sin hogar, de dar la bienvenida a un extraño entre nosotros, y ahora perderíamos para siempre esa oportunidad. El reloj se pararía y la hora sería el año 2000.

Necesitaba encontrar las piedras.

Mientras nos dirigíamos andando al apartamento veía Nueva York diferente, como había visto de un modo diferente el árbol situado a la puerta del despacho de Martha. Él también estaría allí, como estaría en Jerusalén, como estaría en todas partes. Quizá ya estuviese allí, como estaba Beverly, esperando que las agujas del reloj dieran la vuelta completa.

Beverly nos había pedido que recordásemos Nueva York. Y yo sabía que lo recordaría.

Capítulo 6

Mi padre

Aquella noche, Sarah, Martha y yo embarcamos en el vuelo número 8 de El Al que despegaba del aeropuerto JFK de Nueva York. Aproximadamente diez horas y media más tarde llegábamos al aeropuerto Ben Gurion de Tel-Aviv. Teníamos la sensación de que habíamos dejado a los niños en buenas manos en Nueva York en compañía de Anne. En realidad los niños estaban muy contentos de quedarse con su abuela, a quien de vez en cuando le gustaba contar ese viejo chiste acerca de por qué los abuelos y los nietos suelen llevarse tan bien: porque ambos tienen un enemigo común.

El trayecto hasta nuestro hotel en Jerusalén era corto. A la puerta del hotel un muchacho ofrecía paseos en un camello que tenía atado a un poste.

Aquel era el primer viaje que Sarah y yo hacíamos a Israel; aunque habíamos viajado mucho al extranjero, casi siempre nuestro destino había sido Europa. Martha, en cambio, ya había estado allí antes, pero no nos informó de ese detalle hasta que estuvimos muy avanzados en el camino, a centenares de metros de altura en el aire.

–¿Por qué lo ha mantenido en secreto? –le pregunté.

–¿Qué importancia tiene? –repuso–. Fue hace mucho tiempo, casi en otra vida. Puede que algún día os lo cuente.

Yo sabía que había muchísimas cosas acerca de Martha que no sabíamos y que quizá nunca sabríamos.

Estábamos cansados después de aquel vuelo tan largo y decidimos retirarnos temprano a descansar, pero me costó mucho dormirme, y no solo por el desajuste horario. La puesta de sol que se veía por la ventana de nuestra habitación bañaba el horizonte en un arco dorado. El sol parecía muy cercano, mucho más cercano que antes. Tumbado de lado, lo estuve contemplando mientras se ponía. Era un explorador en un planeta extraño que observaba un fenómeno de la naturaleza que no existía en mi tierra. A mi espalda podía oír a Sarah que, profundamente dormida, respiraba pesadamente. No me permití el lujo de dormirme hasta que me cercioré de que ella estaba dormida. Era responsabilidad mía protegerla. Habíamos recorrido juntos todo aquel camino.

Pero yo no estaba dormido, aunque tuviera los ojos cerrados. Estaba en un tranquilo sueño crepuscular: cálido, sereno, sintonizado con los más leves ruidos que transportaba el aire. Una voz dentro de mí me decía que estaba en Jerusalén, la Ciudad Dorada, la Ciudad de la Paz, la Ciudad de David.

Era una voz no distinta de las que se oyen en sueños, pero no era exactamente igual que en un sueño. Era una voz que me estaba guiando para que viera algo.

Con los ojos cerrados y tumbado boca abajo, miraba hacia una colina situada debajo de mí y que estaba en completa floración, cubierta con la abundante frondosidad de los olivos. Luego, a un lado, vi una puerta dorada frente a la colina. Se podía oír el débil eco de clamorosas multitudes que presenciaban la entrada de un visitante por las magníficas puertas de doble hoja a la ciudad santa de Jerusalén. Se podía oír cómo las aclamaciones se iban debilitando con el paso de los siglos. Pero el clamor continuaba, aunque débil, como una huella del pulgar en el polvo.

Vi la enorme entrada sellada con ladrillos para impedir el acceso a cualquier otro visitante. Solo y asustado, miré hacia abajo y vi una asamblea de leprosos delante de la Puerta Dorada.

Los leprosos estaban acurrucados y sentados a la sombra, donde la temperatura era más fresca. Se estaban quitando, una tras otra, las capas de vendas. Se desenvolvían los vendajes de los brazos, de la cara, de las piernas. Lavaban esas vendas y las sustituían por otras limpias. Dos ollas grandes llenas de agua estaban dispuestas junto a ellos.

Aquel era el ritual de los leprosos, de los impuros, de los indeseables. Esperaban ante la Puerta Dorada a lo largo de los siglos, esperaban al Mesías, que aparecería para curarlos.

Entre ellos había un leproso en particular, uno que era igual a los demás, pero diferente. Estaba de pie, erguido, sin sentarse, y se encontraba ligeramente delante de los otros, hacia un lado. Él también se desenvolvía los vendajes, pero de uno en uno. Lavaba solo el vendaje que se quitaba, esperaba a que se secase al sol y luego volvía a ponérselo antes de quitarse el siguiente; luego repetía el proceso. Solo una venda cada vez, porque este leproso no quería que lo cogieran desprevenido. Tenía que estar preparado para acudir en un instante si le llamaban. Este leproso, al que los demás no habían reconocido, era el Mesías.

Los judíos creían que el Mesías habría sido llamado hacía mucho tiempo si ellos hubiesen, sencillamente, obedecido todas las leyes de dos Sabbaths seguidos. Pero eso no había ocurrido aún. Los cristianos creían que ya había llegado y aguardaban su regreso al final de los tiempos. Los musulmanes también anhelaban su venida, y lo reverenciaban como a alguien guiado por el Creador.

–¿Cuánto tiempo debo sufrir así? ¿Cuánto tiempo? –preguntaba el leproso con voz lastimera al tiempo que levantaba los ojos hacia el cielo.

Los demás leprosos habían aprendido a no hacerle caso. A menudo se mofaban de él, puesto que lo consideraban necio.

Me quedé dormido junto a Sarah.

Antes de partir para Israel había estado investigando. Había aprendido que los israelíes tenían una base de datos informatizada en la que figuraban todas las personas que vivían en el país. Israel es un país pequeño, así que eso no era un problema. Los Ángeles y la ciudad de Nueva York tienen cada una de ellas una población mucho más numerosa que el total de la población de este diminuto enclave, mitad campo de naranjos, mitad desierto. Además, los israelíes han incluido los nombres de otros individuos, vivos o muertos, que han contribuido de algún modo a la prosperidad de este país. Mediante el acceso a esa base de datos pude localizar el nombre de William P. McGowan, mi padre.

Según esa información, mi padre estaba enterrado en el cementerio judío del monte de los Olivos, tal como nos había dicho Bertucci. Como pariente próximo, se recogía en la lista el nombre de mi madre, así como su antigua dirección de Chicago.

Provisto de esa información, estaba decidido a llegar hasta el fondo en lo concerniente a la desaparición de mi padre. Después de las cosas de las que me había enterado, no sabía si todo aquello tendría demasiado sentido para mí, por lo menos a nivel cotidiano. Pero ya no me encontraba a nivel cotidiano, ¿no es cierto? ¿Cómo iba a saber separar el trigo de la paja? Todavía estaba intentando asimilar la visión –¿había sido una visión, un sueño o una fantasía?– del leproso que había tenido la noche anterior. Me encontraba sobre un terreno muy inseguro y tenía miedo de resbalar. Pero tenía que averiguar todo lo que pudiera acerca de mi padre. Y quizá debido a algunos temas que quedaban sin resolver en lo profundo de mi subconsciente, necesitaba hacer aquello yo solo, sin tener a Sarah ni a Martha a mi lado. Aquello era parte de un viaje que debía realizar solo. Además, ellas querían ir a visitar el Muro.

–A lo mejor se presenta él –comentó Sarah.

–No, no lo hará –repuse en broma–. Querrá que estemos todos juntos, ¿no?

Era temprano cuando llegué al edificio de oficinas municipales cuya dirección me habían proporcionado en Nueva York. También llevaba el nombre de un asesor que se me había asignado para que me ayudase. Se llamaba Yehuda, y aparentaba tener apenas la edad suficiente para afeitarse.

–Soy un voluntario, profesor –me explicó en respuesta a mi

pregunta, en un inglés que denotaba solo un ligerísimo acento–. Estoy estudiando biología y probablemente seguiré estudiando para obtener una licenciatura en medicina. La genealogía es una de mis aficiones, así que vengo aquí dos veces a la semana. ¿En qué parte de Pennsylvania se encuentra su universidad, profesor?

Se lo dije.

–Yo he estado en Nueva York y en Florida, pero no en esos bosques en los que vive usted. ¿Ha estado usted alguna vez en Florida, en Disney World?

–Una vez. Hablas un inglés excelente.

–Gracias. Muchos israelíes hablamos inglés. Y dígame, ¿cómo puedo ayudarle?

Le di la información que había obtenido de la base de datos. Él lo comprobó en la pantalla.

–¿Le han proporcionado esto en Nueva York?

–Sí.

–Es correcto. Está enterrado en el monte de los Olivos. ¿Es usted judío?

–No.

–¿Era judío ese hombre?

–No –repuse.

–Ah –exclamó Yehuda.

–¿Querías añadir algo? –le pregunté al notar que el joven titubeaba.

–No, es que no es algo corriente. El monte de los Olivos es un cementerio para judíos. Es un cementerio judío. –Yehuda me miró–. Para judíos –repitió como si yo no lo comprendiera.

–Era mi padre –le expliqué–, pero no era judío.

–Pues debió de tener amigos muy poderosos –comentó Yehuda–. ¿Está usted seguro? Tendría que haber documentos firmados, probablemente un rabino tendría que haber estado presente y puede que también otros funcionarios. Ese es un cementerio especial y muy famoso, señor McGowan. No es fácil entrar allí, ni siquiera para los judíos. Y esa base de datos a la que usted hace referencia... bueno, no es exactamente una base de datos. Es más bien como una guía telefónica informatizada, y como el país es pequeño, podemos localizar a las personas con facilidad. Pero usted insiste en que él no era judío, ¿es así?

–Era cristiano, metodista, creo. De Chicago. Es decir, estoy completamente seguro de ambas cosas.

–Comprendo –dijo Yehuda–. Bueno, sea como fuere cómo lo hizo, el caso es que está allí. El porqué es otra historia. Cementerio del monte de los Olivos, en Jerusalén. ¿Sabe cómo ir hasta allí?

–Ya lo averiguaré. Pero, ¿hay algo más que puedas decirme? Por ejemplo, mi padre, cuando vivía aquí, tenía un amigo. Se llamaba Ari, aunque ese no era su verdadero nombre. Trabajaba para el Mossad, el servicio de inteligencia. –Yehuda me miró de un modo inexpresivo–. Es una historia complicada –añadí.

–Estoy seguro de que lo es, profesor. Pero Ari... bueno, es un nombre hebreo como John o Bill en inglés. Es muy corriente, y si no es su verdadero nombre y si encima trabajaba para el Mossad... ¿cuánto tiempo hace, dice usted? ¿Cuarenta años?

–Cuarenta años.

–Yo diría que las probabilidades que tiene de averiguarlo son prácticamente nulas. Lo más que puedo hacer es enviarle a la oficina del Mossad aquí, en Jerusalén. No está lejos. Es posible que lo encuentren en los archivos. ¿Le importaría que le hiciera una pregunta, profesor?

–En absoluto.

–¿Le gustó Disney World?

Le di las gracias a Yehuda y al cabo de diez minutos me encontraba sentado delante de otra veinteañera. Se llamaba Leora. Era una morena de sonrisa cautivadora y el pelo muy corto. Llevaba uniforme. Me alegré al ver que no fumaba. Era difícil pasar cinco minutos en Israel sin verse encerrado en un despacho con un fumador, o teniendo que abrirse paso entre una nube de humo de cigarrillo en una calle o en un pasillo.

Durante los siguientes cinco minutos Leora se las arregló para contarme la historia de su vida e informarme de los deseos que sentía de reanudar los estudios y hacerse peluquera. Estaba cumpliendo el servicio militar obligatorio.

–Tiene usted un padre famoso, señor McGowan. Es un héroe de Israel.

–¿Cómo lo sabes? –le pregunté.

–Lo dice aquí –respondió, y señaló la pantalla del ordenador que tenía en la mesa–. Murió en combate por la Ciudad Vieja en el año 67.

–¿La Ciudad Vieja?

–Jerusalén, esta ciudad. Su padre murió en la guerra del sesenta y siete luchando contra los jordanos. Su unidad fue la primera en liberar Jerusalén. ¿No lo sabía usted?

Allí sentado, me quedé contemplando fijamente la pantalla del ordenador. Lo que supuse que serían letras hebreas estaban alineadas en columnas, y en una línea que pude descifrar vi el nombre de mi padre en inglés, con una serie de números escritos por encima y por debajo.

–Sí, sí lo sabía –repuse mintiendo y diciendo la verdad al mismo tiempo–. Naturalmente que lo sabía.

–¿Quiere que le imprima esta información? No sería ningún problema.

–Sí, hágalo, por favor. Gracias.

Estaba sentado en la silla que había junto al escritorio de la joven y me quedé esperando a que volviera con el papel de la impresora.

–Hay otra cosa que quizá le interese ver –me indicó Leora–. ¿Ve usted? Es el nombre de la persona que organizó el entierro de su padre. Está enterrado en el monte de los Olivos. ¿Son ustedes judíos?

–Sí –contesté, pues no quería pasar por aquello otra vez.

–¿McGowan es un nombre judío?

Leora me entregó el papel impreso. Le di las gracias y salí de la oficina. Una anciana estaba sentada junto a la puerta, al parecer esperando para hablar con Leora. Tenía el rostro arrugado por la edad y la ropa que llevaba estaba muy gastada. Me pregunté por qué estaría allí.

Una vez en la calle me senté en un banco y me puse a mirar el papel impreso. Leora me había facilitado una copia en inglés. La persona nombrada como contacto en la categoría «Entierro» era Dan «Ari» Ravin. También figuraba su dirección en Jerusalén.

Inmediatamente cogí un taxi para dirigirme a aquel lugar.

En el interior del vehículo el corazón me golpeaba el pecho. Estaba asustado. Intentaba controlar mis sentimientos de excitación ante aquella expectativa, pero no lo lograba. Había tantas cosas que durante las últimas semanas habían girado en torno a mi padre y a su vida, a mis sentimientos hacia él, algunos expresados, otros que yo estaba desenterrando por primera vez. En cierto modo me sentí como un intruso, como un mirón acechando desde la vuelta de la esquina para curiosear en una escena que se me negaba.

Pero ¿acaso no me había invitado él? ¿No era él quien había puesto en marcha todo aquel asunto? ¿Era ese el modo que tenía de asegurarse la inmortalidad?

Sí, en el pasado yo había llevado a cabo un determinado tipo de investigación histórica, pero esto no se le parecía en nada. Esto era diferente. Era como mirar una película sobre mi propia vida sin que yo apareciera en ella, aunque podía distinguir los temas y los actores que controlarían mi destino. Siempre había odiado a mi padre, lo había odiado durante tanto tiempo que apenas podía recordar el motivo, pero podía sacarlo a la luz si me lo proponía. ¿Cómo no iba a odiarlo? Yo nunca había comprendido a mi madre, que jamás había tenido una palabra mala que decir sobre él. Sin embargo, para mí había sido un borrón en mi vida, un hecho embarazoso que convenientemente yo eludía mencionar siempre que hablaba de mi infancia, y procuraba no hacerlo casi nunca.

Pero durante los últimos días, las últimas semanas, yo había cambiado y lo sabía. Ya no sentía odio. Más que nada, me sentía confuso. Sentía temor. Estaba dispuesto a amar.

El taxista hablaba un inglés vacilante, pero se sintió obligado a darme la descripción del barrio por el que pasábamos. Tenía una hermana en Nueva Jersey. Me preguntó si yo conocía Nueva Jersey. Me daría la dirección de su hermana. Me dijo que estábamos pasando por lo que antes se conocía con el nombre de Complejo Ruso, cerca de la carretera de Jaffa. Según él, el zar Alejandro II había comprado aquella zona como refugio para los peregrinos rusos del siglo diecinueve. Me indicó la catedral rusa, a nuestra derecha, y el monte Scopus, que se elevaba a lo lejos. En la actualidad la zona era en su mayor parte propiedad del gobierno israelí: allí estaban los juzgados, algunas comisarías de policía e incluso una facultad de medicina. Quizá esta sería pronto la facultad del joven Yehuda.

La mayor parte de los edificios tenían la misma fachada de piedra de color gris de Jerusalén, que les daba la apariencia de edificios venerables, antiguos. Pero el edificio que se hallaba ante nosotros, donde nos habíamos detenido, era de aspecto moderno, un edificio de apartamentos de nueve o diez pisos que hubiera podido encontrarse en cualquier ciudad de Estados Unidos o incluso de Europa. Una pequeña tienda de comestibles se encontraba en una planta baja junto al edificio. Un anuncio de Coca-Cola en hebreo en la puerta saludaba a los clientes.

–Este es el edificio. ¿Sabe usted el piso?

Le dije que me quedaría esperando. Me dio la dirección de su hermana, la que vivía en Nueva Jersey.

–Por si va usted a Nueva Jersey –me dijo.

Encontré al encargado en el sótano. También hablaba inglés, y me dijo que había un señor Ravin que era inquilino del número 770. Sin embargo no creía que el señor Ravin estuviera en casa, pero si yo lo deseaba podía esperarle en el vestíbulo o, mejor aún, en su propio apartamento.

Me pareció que quizá me tranquilizase ponerle algo de humor a la situación, así que le pregunté si tenía una hermana en Nueva Jersey.

–No –respondió el encargado–, pero sí en Baltimore. ¿Cómo lo ha sabido usted?

Le di las gracias por su hospitalidad y preferí esperar en el vestíbulo. No tenía muchas ganas de charla.

Permanecí sentado en el vestíbulo durante todo el día. Pensé en llamar al hotel y dejar un mensaje para Sarah y Martha, y pero no tenía ni idea de cuánto iba a demorarme, así que no lo hice.

El anochecer de Jerusalén tiene una intensidad brillante. La esfera que brillaba en el cielo parecía más cercana que nunca. Contemplé el horizonte por la ventana del vestíbulo y de pronto caí en la cuenta de que no era el sol lo que estaba observando, sino la luna. Mis pensamientos se habían puesto de nuevo a divagar y ya no procesaba correctamente. Me hallaba desorientado en aquella antigua ciudad de David.

El encargado del edificio vino a verme dos veces mientras yo estaba sentado en el vestíbulo, y en una de las ocasiones me trajo un vaso de té. Las horas pasaron deprisa. Había gente que entraba y salía durante el día y al atardecer. No obstante, ninguna de aquellas personas resultó ser Dan Ravin.

Un halo entre verde y azul descendió sobre la ciudad. Las farolas de la calle brillaban. Los edificios aparecían grises y blancos. Solo había silencio.

En cuanto entró por la puerta del vestíbulo supe que era Ari. Lo llamé por su nombre.

Me miró y al principio no dijo nada. Luego habló:

–¿Usted es...? –preguntó.

–John McGowan, el hijo de Bill.

Se quedó petrificado en la puerta; en una mano sostenía las llaves y con la otra apretaba una bolsa de comestibles. Entre los labios, colgando de ellos mientras el humo ascendía en una serpenteante línea que se le metía en los ojos, un cigarrillo sin filtro. Un Lucky, adiviné.

–Usted es el hijo de Bill McGowan –repitió, aunque sin preguntar, sino confirmando una declaración.

Yo había interrumpido un ritual que, obviamente, él había

practicado miles de veces –la puerta, la llave, el cigarrillo colgando unos instantes entre los labios–, pero como se quedó de pie, inmóvil, a la entrada, el humo empezó a molestarle.

–Traiga, permítame que le ayude con esto –dije al tiempo que le cogía la bolsa de comestibles.

Luego entramos en el ascensor para subir a su apartamento. Se hizo el silencio mientras caminamos por el estrecho pasillo. Ari no había dicho nada más.

Ari era un hombre corpulento, mucho más alto que yo. Caminaba con prestancia, con la espalda recta y dando largas zancadas. Cuando entramos en el apartamento volví a pensar en Sarah y en Martha. Se había hecho tarde y estarían preocupadas.

Me pareció que Ari se había mostrado reacio a soltar la bolsa de comestibles, así que se la devolví en cuanto se cerró la puerta detrás de nosotros.

–¿Ha estado esperando mucho?

–Toda la tarde.

–¿Toda la tarde? ¿Por qué no me llamó? Ojalá hubiera sabido que estaba usted aquí. Habría venido directamente.

–Debería llamar a mi esposa. Se encuentra en el hotel y lo más probable es que esté preocupada.

–Desde luego, desde luego.

Ari me ayudó a hacer la llamada telefónica. Sarah y Martha no habían vuelto todavía. Dejé el número de teléfono de Ari y un mensaje para que me llamasen cuando regresaran.

–Me resulta difícil creer que esté usted aquí, que yo esté viendo al hijo de Bill.

–También lo es para mí –le indiqué.

–No me sorprende. Se parece mucho a él, ¿sabe?

Stanton me había dicho lo mismo; me parecía a un hombre al que yo nunca había conocido. Era extraño que la gente me lo comentase, como si yo estuviera caminando a la sombra de un fantasma o tuviera un doble que de vez en cuando hiciera apariciones en mi nombre.

–Era un gran hombre –me comentó Ari–. Pero bueno, ¿dónde están mis modales? ¿Le apetece a usted comer algo o beber algo? ¿Ha cenado ya?

–Lo que usted tome.

–¿Vino? ¿Bebe usted vino?

–Claro.

Se excusó, y le vi elegir una botella de vino de una estantería bien abastecida que había junto a la librería. Regresó con un sacacorchos y dos copas de vino.

–Beaujolais-Villages –me informó–. Es muy agradable y se está haciendo cada vez más popular. Espero que le guste.

Ari sirvió dos copas de vino y alzó la suya para brindar. Yo hice lo mismo.

–*L'chayim!* –dijo–. ¡Por la vida!

–¡Por la vida! –respondí mientras hacíamos chocar las copas y tomábamos un sorbo de vino. Hice un gesto de aprecio con la cabeza. Era un vino excelente.

–Me alegro de que le guste, John. En su compañía sabe mejor.

Ari se acercó al equipo de música y puso un disco compacto en la bandeja. Apretó unos cuantos botones y al cabo de unos instantes aprecié los tonos suaves de Bach.

–Glenn Gould –dijo–. Recién salido en compacto. Murió hace años, pero sigue siendo mi preferido. Este, en mi opinión, es el mejor. Es *El clave bien temperado.* Acaban de hacer una película sobre Gould. Murió cuando solo tenía cincuenta años, ya ve. Demasiado joven. A su padre, John, también le gustaba Bach. Incluso tengo aquí algunos de sus viejos discos. Y también unos cuantos libros.

De manera que no solo me parecía a mi padre, sino que además compartíamos el gusto por la música clásica. El fruto no cae muy lejos del árbol: un viejo dicho que parecía haber sido acuñado para nosotros. Me pregunté qué más tendríamos en común.

–Gracias –dije–, pero ahora le pertenecen a usted.

–Si usted los quiere, ahí están.

Quizá el vino estuviera ejerciendo su hechizo sobre mí, o quizá fuera porque había estado sentado en silencio en el vestíbulo toda la tarde, pero inmediatamente me lancé a recitar todo lo que había ocurrido desde el día que recibí la carta de Stanton. No había llevado las cartas conmigo, ni las fotografías, ni el recuerdo que nos había dado Beverly –todo ello estaba en nuestra habitación del hotel–, pero no importaba. Ari estaba al corriente de todo lo referente a las piedras, a Stanton y a Bertucci.

–No me correspondía a mí entrometerme. Fue su padre quien decidió qué debía hacerse. Él, simplemente, me lo confió todo. –Estábamos sentados en una sala cómoda, en dos sillones de cuero, uno enfrente del otro–. Una música preciosa, ¿no cree? –me preguntó.

–Ari, ¿podría usted decirme... podría usted...?

Yo casi no sabía por dónde empezar.

–Debe de tener usted muchas preguntas que hacer, John. ¿Qué quiere saber?

–Todo –respondí.

–¡Oh, eso es muchísimo! No sé si podré ayudarle. Solo sabemos lo que hemos vivido, ¿no es eso? Dígame, ¿a qué se dedica?

–Soy profesor de historia en una universidad; me dedico a la enseñanza.

–¡Qué interesante! –comentó con auténtico interés–. Supongo que me he vuelto filosófico con la edad. A mí me encanta la historia, el pasado.

–Todo –repetí–. Debo saberlo todo.

–Típicamente americano, y perdone. Los americanos lo quieren todo, y siempre muy deprisa. Me pregunto por qué tienen ustedes tanta prisa. Deberían dedicar más tiempo a relajarse, a beber un poco de vino, a tomar alguna comida que no haya sido cocinada en el microondas. Sí, usted quiere saberlo todo. Pues bien, empecemos por América, un país que siempre ha disfrutado de paz doméstica. Cuando viajo a Estados Unidos siempre me asombro de lo libres que son ustedes. Nada de soldados, nada de Uzis, nada de controles por las calles. Esto es otra historia. Va usted al mercado y ve soldados. Va usted al cine para evadirse durante un par de horas y ve soldados. En la estación de autobuses, en las sinagogas, en las mezquitas, siempre se ven soldados, y uno se pregunta dónde está la guerra. Y los soldados siempre son jóvenes, chicos y chicas, en realidad criaturas. Pero la gente muere. Vuela por los aires. Así que empecemos por ahí si quiere saberlo todo.

Ari se acercó a un buró y cogió una fotografía enmarcada que descansaba allí.

–Tenga, mire esto. La historia empieza con esto.

Era una foto de un Ari mucho más joven en la playa, con aspecto sano y satisfecho. Con él había una mujer y dos niños pequeños. Era la foto de una familia feliz.

–Usted es profesor, de historia, según dice. Así que usted sabe, comprende esta tierra y a su gente. Somos el lugar de nacimiento de la civilización. La humanidad nació aquí. Dios habló aquí. Él nos dio sus leyes y su luz, aquí, no lejos del lugar donde estamos sentados ahora mismo. Hace miles de años, al alba, una mañana fría, nos habló, separando la noche del día. Su presencia sigue llenando esta tierra.

»Pero el parto, como todo parto, tiene una placenta, y esta, como toda placenta, está llena de sangre. En esta tierra, el centro del universo para los poetas, hay sangre, siempre sangre. Lo que está usted mirando en esa fotografía que nos hicimos en la playa, son mi esposa y mis dos hijos. Un día murieron en una explosión mientras compraban en un mercado. Otras nueve personas resultaron muertas, incluidos dos árabes. Se calculó que en el coche bomba había suficientes explosivos como para matar a cada una de esas personas tres veces. Los miembros de esas personas volaron por los aires. Algunas partes nunca fueron encontradas. –Yo estaba recostado en el sillón y miraba fijamente los rostros que aparecían en la fotografía–. No le digo estas cosas para impresionarle, John. Se las cuento porque quiero que comprenda. Ha dicho usted que quiere saberlo todo. Pues en primer lugar debe usted comprender cómo nos sentimos, lo que hemos perdido. Pero claro, en realidad usted no podrá comprenderlo nunca, no podrá comprenderlo todo a menos que sea usted judío o... a no ser que haya sido tocado por Dios. Creo que su padre fue tocado por Dios.

–Lo siento –dije.

–No lo sienta; solo compréndalo.

–Nosotros también tenemos dos hijos.

–Entonces son ustedes muy afortunados. Fue originalmente una idea de los griegos: la inmortalidad a través de los hijos. Lógico, como todo lo griego. ¿Ha estado usted en Grecia?

–Yo ya no soy lógico. Antes lo era.

–La lógica tiene su sitio, como todo lo demás, pero hay que saber dónde y cuándo utilizarla.

–¿Cómo fue mi padre tocado por Dios?

Ari abrió un paquete nuevo de Lucky y me ofreció uno.

–No fumo –le dije.

–Igual que su padre –comentó. Dejé la fotografía–. Me alegro de que esté aquí, John. Usted debería saberlo. Pero recuerde: ahora está en Israel, y aquí las cosas a veces ocurren al revés. Se acostumbrará. Incluso estamos atrasados en el idioma. Lo consideramos lo correcto, naturalmente.

Ari cerró los ojos con fuerza y se frotó bruscamente la frente con el puño, al parecer tratando de liberar algunos recuerdos del pasado.

–Bill formaba parte de un grupo que había decidido ocultar las Piedras del Mesías fuera como fuese. Eran americanos, israelíes e incluso había un inglés. Una mezcla surtida de espías profesionales, burócratas, académicos, cazadores de huesos, jóvenes tigres como Bertucci y yo. Realmente fue una metedura de pata afortunada, aunque habían corrido rumores de algo... allá en Silo, cuando se encontró el primer bloque. Era un misterio, se lo aseguro. Imagíneselo si puede: una excavación arqueológica organizada como tapadera para el espionaje... ¿y qué cree usted que ocurre? ¡Pues que encuentran algo! Y no solo unos cuantos huesos viejos o listas de la compra, ¡sino un descubrimiento que fue como un terremoto, porque contenía un mensaje para nuestro tiempo! Algo parecido a una botella que se echa al mar en un confín de la tierra y siglos después es arrojada a la orilla en el otro extremo del mundo. ¿Puede imaginarse la consternación? Sí, estaban emocionados... pero ¡también muy asustados!

–¿Por qué? ¿Por qué estaba todo el mundo tan asustado?

–¿Por qué? ¡Porque creían lo que decían las piedras, por eso! Lo que decían, compréndalo, era como un volcán. Las piedras le habían sido entregadas a Moisés por Jehová, pero se habían guardado en secreto por generaciones de sacerdotes. Yo no puedo decirle si obraron acertada o equivocadamente, pero estoy seguro de que creyeron que la gente no estaba preparada para oír aquella noticia. Habría sido como una licencia para robar. ¿Comprende?

–¿De manera que las escondieron?

–Sí. Yo vi las piedras, John, cuando mi padre las encontró. Eran maravillosas. No existen palabras, ni en hebreo ni en inglés, para describir la reacción que tuvimos. Resplandecían como pequeños soles. Pero lo más importante era cómo nos sentíamos en su presencia. Uno sabía, allí mismo, con la mente y con el alma, que formaba parte de la creación. Era como si se produjera un chasquido en el interior de uno, un chasquido muy instintivo. Se podía oír en el interior de la mente, algo como una canción antigua, de esas que uno toca una y otra vez en la infancia; se podía oír la voz del Eterno, de nuestro Creador. Uno tenía esa certeza, y ese conocimiento hacía que uno se sintiera feliz, pero al mismo tiempo atemorizado. Mi padre decía que él se sentía como un pájaro posado en una rama que oyera por primera vez el canto de otros pájaros. Ello confirmaba su existencia. ¿Comprende?

»Pero esos otros hombres, no su padre, sino esos otros hombres, tenían respuestas para todo excepto para este nuevo hecho. No podían explicar lo que tenían delante de los ojos: ¡una contradicción de la naturaleza! No había radiactividad, y ellos lo sabían. Aquello era una creación del Dios vivo. O lo aceptabas o no lo aceptabas. Su padre lo aceptó desde el comienzo. Como yo, como mi padre. Eso no tenía nada que ver con ser judío, cristiano o cualquier otra cosa. Las religiones solo sirven para confundir.

»Ya ve, mi madre era judía, y ella me educó. Pero en mi sangre, mezclada con la del judío errante, está la del beduino errante. Una noche en el desierto, hace años, entre dos personas tan diferentes, pero a la vez tan semejantes. Y yo fui el fruto. De modo que he sido diferente desde el día en que nací. Desde aquel día he sido a la vez el ocupante y un extraño en mi propia patria. No es fácil de explicar; no es fácil de comprender. Nosotros somos los irlandeses católicos que viven en el norte.

–¿En qué era diferente mi padre?

–Quería ver a Dios. Él no estaba asustado. –La música de Bach que sonaba de fondo se hizo más intensa. Hacía muchos años que no había escuchado aquella interpretación clásica–. Bill regresó a Estados Unidos e intentó convencer al grupo de Washington de que las piedras fueran transportadas a Estados Unidos por razones de seguridad. Sacó fotografías de las piedras. Hizo presiones aquí, en Israel. Tenía visiones del Mesías, incluso hizo dibujos.

–Los he visto... el álbum –le indiqué.

–Eran absolutamente increíbles. Se llevó consigo el álbum a Estados Unidos en uno de sus viajes. Pero no sirvió de nada... ellos no tenían el asunto en su agenda, como se dice hoy. Así que decidieron enterrar, burocráticamente hablando, lo que había estado enterrado en la realidad durante dos mil años. Pero el destino o la mano de Dios intervino, y las piedras desaparecieron. Nadie sabe dónde ni cómo. Ese es el auténtico misterio. Mi padre creyó hasta el día de su muerte que Dios las había recuperado. O que Dios las había utilizado para salvarnos de nosotros mismos. Mi padre creía que este mundo no las merecía, así que Dios decidió recuperarlas.

–¿Usted qué cree, Ari?

–Yo creo que se encuentran aquí, en alguna parte, esperando el día oportuno. Es posible que ahora mismo estén ayudándonos. ¿Quién sabe?

Me acordé de la teoría de Barbara y se la conté.

–¿En Polonia? Esa es una idea interesante. Tendré que pensar en ello.

–Dígame –le pregunté–, ¿a qué se refiere cuando dice que mi padre quería ver a Dios?

–Exactamente a eso. Bill creía en las piedras y en la venida del Mesías. Y quería verlo más que cualquier cosa... más que estar con su familia. Por favor, no se lo tome a mal. Era un hombre obsesionado con su descubrimiento. Su esposa, la madre de usted, no lo sé con seguridad pero creo que prefirió quedarse en casa. Lo comprendo. Pero él quería estar aquí, en el lugar de los hechos, por si... bueno, por si él aparecía. Quizá llegase antes de tiempo; quizá no pudiera esperar. ¿Quién sabe cuándo es el año dos mil en realidad? ¿Sabe usted la parábola del hombre rico que se enfrentó a Jesús? –Yo la recordaba vagamente; habían pasado muchos años desde que oyera aquellas historias–. Era un hombre rico que buscaba el cielo y quería saber qué hacía falta para llegar a él. ¿No es eso lo que todos queremos? Jesús le dijo que entregase todo lo que poseía a los pobres y lo siguiera. El hombre rico no pudo hacerlo... el precio era demasiado alto. Bien, a Bill McGowan le resultó más fácil. Quizá porque él no era un hombre rico, pero yo sé lo mucho que os echaba de menos. Así que decidió empezar una nueva vida en Israel. Se hizo ciudadano del país, se alistó en el ejército, vivió al norte, en un *kibbutz* que se hallaba justo en la frontera. Y esperó. Y siguió esperando. Luego, en el sesenta y siete, se encontraba entre los que formaban el primer grupo que liberó la ciudad vieja de Jerusalén. Yo estaba con él.

Ari se derrumbó en el sillón y apartó la mirada de mí. Me di cuenta de que aquello le estaba resultando difícil. Pero también vi que estaba decidido a continuar.

–En mi vida he sufrido dos grandes pérdidas. Una fue la de mi mujer y mis hijos. La otra la de su padre, John. Era como mi hermano, más que un hermano. Con un hermano se nace, pero a este lo había elegido yo. Su padre era un hombre a quien yo escogí amar. Hubiera dado mi vida por él. Había sido tocado por Dios. ¿Cree usted en Dios, John?

La misma pregunta una y otra vez.

–Cuénteme cómo murió, Ari.

–Murió junto al Muro. Nuestra unidad aguantó lo más duro de la lucha contra los jordanos. Ahora tenemos paz, pero esta paz no la hemos conseguido a un bajo precio. La adquirimos una casa detrás de otra, en combate cuerpo a cuerpo. Resultó muy sangriento. Aquello no solo fue una guerra, fue una batalla para ganar Jerusalén, nuestra ciudad, la ciudad que se nos negaba, que nos habían robado los romanos, los británicos, los jordanos; era nuestra patria, donde estaba nuestro templo y donde se adoraba a nuestro Dios. Era nuestra alma.

»Bill McGowan creía que vería al Mesías cuando entrase en Jerusalén. Lo creía de verdad. A medida que avanzaba la batalla nos fuimos abriendo paso hacia el Muro con una ferocidad increíble. Nuestra unidad fue la primera en entrar, ¿se lo había dicho ya? Yo me encontraba al lado de su padre mientras nos aproximábamos, cuando la vimos desde lejos; y la bala de un francotirador le perforó el cuello justo por debajo de la barbilla, por debajo de la correa del casco, aquí. –Ari se tocó el lugar en su cuello–. Le cercenó la aorta y no hubo nada que hacer. No pudo hablar, pero fue capaz de extender una mano y apuntar hacia el Muro. Dos de nosotros lo transportamos hasta el Muro y lo incorporamos para que pudiera tocar la piedra. Bill McGowan fue el primer ciudadano de la nación judía que tocó el Muro en dos mil años, y ni siquiera era judío.

Volví a coger la fotografía y miré a aquel Ari más joven y a su familia. Pensé en Sarah, en Joshua y en Oliver. Yo tenía suerte, y lo sabía. Por primera vez lamenté que mi padre no hubiera vivido para ver lo afortunado que era yo.

–Lo que voy a contarle a continuación, John, es difícil de aceptar.

La mujer y los niños me miraban desde aquella superficie plana de espacio y tiempo, cautivos en un pedazo de papel en forma de fotografía. ¿Existirían todavía en alguna parte, más allá de aquella imagen temporal?

–Nunca he comprendido del todo lo que sucedió a continuación. Ni siquiera ahora lo comprendo. Puede que usted lo haga. Pero si cierro los ojos, aún hoy puedo verlo. Recordará lo que le he dicho, que dos de nosotros llevamos a su padre junto al Muro, donde murió. Eso es cierto. Éramos dos. El otro hombre era también un soldado de nuestra unidad, pero yo no lo había visto nunca antes de aquel día. De repente apareció al lado de su padre, justo cuando le dispararon, arrodillado junto a él en el suelo. Fue él quien comprendió el gesto de su padre para que lo llevásemos hasta el Muro. Y una vez allí, él fue quien puso sobre la piedra la mano de su padre. Y luego le dijo a su padre solo dos palabras, en hebreo. Estas palabras, traducidas al inglés, significan «para ti». Luego su padre murió y aquel soldado le cerró los ojos. Se arrodilló, le quitó el casco y le dio un beso en la frente.

»Nunca he aceptado por completo lo que ocurrió a continuación, porque no puedo explicarlo. Pero fui testigo de ello y lo seré hasta el día de mi muerte. Después de besarlo, el soldado envolvió con sus brazos el cuerpo inerte de Bill. De inmediato la hemorragia cesó y el soldado, y esta es la única manera en que puedo describirlo con palabras, el soldado fue absorbido dentro del cuerpo de su padre. El soldado desapareció y se convirtió en uno solo con su padre, John... la misma carne que su padre. Yo lo vi. A eso me refería cuando dije que fue tocado por Dios. –Ari era un hombre corpulento, pero ahora parecía mucho más pequeño sentado en aquel sillón con la copa en la mano–. Mañana le llevaré hasta su tumba en el monte de los Olivos. Debe usted verlo por sí mismo.

–¿Quién fue mi padre? –le pregunté.

–Fue solo un hombre como usted o como yo. No piense otra cosa, John. Pero por algún motivo había una luz por encima de su cabeza. Una historia interesante... ¿verdad? ¿Difícil de creer?

–Lo es para usted, y usted tuvo ocasión de verlo. Para mí todo esto es nuevo.

Ari alzó la copa.

–*L'chayim!* –dijo.

–*L'chayim!* –respondí.

El monte de los Olivos está enfrente, en diagonal, de la Puerta Dorada, una de las antiguas entradas a la ciudad, y se ve desde los pórticos de ladrillo de esta. Allí, fila tras fila, los muertos esperan la venida del Mesías, quien, según la antigua tradición, entrará en Jerusalén por las puertas doradas. Aquellos que se encuentran enterrados allí serán los primeros en resucitar.

Es un antiguo cementerio judío. En la tradición cristiana la zona es igualmente venerada, pero posee connotaciones significativamente diferentes. Según esa tradición, esta zona forma parte de un emplazamiento general, que en hebreo se llama Gólgota y en latín Calvario, donde tuvo lugar la crucifixión de Jesús. Pero aunque puedan existir dudas acerca de la localización exacta del Gólgota, la mayor parte de los estudiosos está de acuerdo en que Jesús hizo su entrada triunfal en Jerusalén desde este mismo monte de los Olivos.

El monte es en realidad una colina, como tantas colinas de todo el mundo. Pero como casi todo centímetro cuadrado de tierra en Jerusalén, de hecho en toda Tierra Santa, es terreno controvertido y, según quien cuente la historia, es una tierra diferente para las distintas tradiciones. Incluso los judíos, que hace relativamente poco que han recuperado el control de este rincón del globo por primera vez en miles de años, tienen división de opiniones en sus propias filas. Algunos judíos ortodoxos, por ejemplo, consideran el actual estado israelí como un poder usurpador que será derrocado cuando llegue el Mesías y establezca el verdadero Reino de Jehová; porque solo él, el Mesías, está autorizado para restablecer la auténtica patria judía, no los sionistas, a quienes ellos consideran un movimiento político secular sin un derecho teológico.

Desde 1948 hasta 1967, bajo los jordanos, el monte de los Olivos, que entonces era también este mismo cementerio judío, sufrió repetidas profanaciones de las tumbas judías. Los jordanos incluso situaron un enorme hotel en la cima de la ladera desde donde se disfrutaba de una vista completa del camposanto.

En el extremo más alejado del monte, con una clara panorámica del desierto judeo y de las colinas de Edom, situadas al otro lado del Jordán, empiezan las procesiones del Domingo de Ramos hacia Jerusalén. La tradición sostiene que Jesús ascendió a los cielos desde ese punto. En todo el terreno circundante, rodeadas de nombres que se han convertido en sinónimos del relato de la historia de Cristo, hay iglesias, jardines y crestas de colinas que son testigos de la historia sin igual de estas pocas hectáreas. En uno de ellos, el Huerto de Getsemaní, sito al pie de la colina, los campos de olivos tienen una antigüedad establecida en dos mil años, típica de la vegetación del monte. El apóstol que traicionó a Jesús debió de colgarse de uno de aquellos árboles. Quizá los romanos utilizasen esos árboles para contribuir a la destrucción de Jerusalén. Este es el motivo, según la leyenda, por el que el monte sigue siendo tan rocoso y yermo incluso después de miles de años. La tradición también sostiene que con la resurrección de los muertos, que tendrá lugar a la venida final del Mesías, el monte de los Olivos florecerá de nuevo, radiante en su completa belleza.

Al día siguiente, mientras yo estaba por la mañana en el cementerio con Sarah, Martha y Ari, no pude por menos de evocar en mi mente aquellas imágenes, imágenes de los siglos, de los muertos, de la fe en la promesa de la apocalíptica salvación que trasciende a la mortalidad. Delante de nosotros se extendían las tumbas: formas rectangulares cubiertas de piedra, superficies planas, algunas redondeadas en la parte superior, como ventanas en forma de arco, losas de mármol que sobresalían por encima del suelo y miraban de frente al cielo en lo alto. Las tumbas eran sarcófagos, ataúdes de piedra en forma de monumentos, mausoleos en miniatura con inscripciones desgastadas por la intemperie y por incontables tormentas. Vi capas de musgo y moho que habían medrado en muchas de aquellas superficies de piedra, hasta acabar por envolver las inscripciones como desgastados pasajes de textos sagrados hojeados infinidad de veces.

No podía leer ninguna de las inscripciones, pues estaban en hebreo o, como nos indicó Ari, en yiddish, el idioma europeo de la diáspora judía. Sin embargo, unas cuantas de aquellas cámaras mortuorias no eran antiguas, sino relativamente nuevas, con los bordes más pronunciados y las piedras oscuras y limpias cinceladas con acero contemporáneo. En estas, como en sus vecinas más antiguas, se veía la estrella de David. Aquí, además, se habían colocado pequeñas piedras en los bordes de las tumbas, lo que indicaba la visita reciente de un pariente o un amigo.

–Es una práctica antigua –comentó Martha–; probablemente no es judía en su origen, sino perteneciente a las tribus del desierto. Imagínense un entierro en la arena, donde los vientos son constantes y se llevan todo lo que encuentran a su paso. De modo que cogen muchas piedras o rocas y las ponen juntas para cubrir el cuerpo, para mantenerlo a salvo de los elementos o incluso de algún ave ocasional o algún merodeador. Una especie de *cairn* escocés, un montón de piedras sobre una sepultura, piedras amontonadas junto a la carretera para mostrar un lugar señalado. Como un cartel de carretera, pero aquí más bien como caja fuerte. Y ahora se usa como tarjeta de visita. Así funciona el mundo.

Nos habíamos reunido para desayunar en el hotel. La noche anterior, a mi regreso, había puesto al corriente a Sarah y a Martha de mi conversación con Ari. Durante el desayuno, Ari fue un anfitrión genial, y mantuvo la conversación centrada principalmente en la comida y en el tiempo. No había tenido ocasión de hacerle más preguntas acerca de mi padre o de las piedras.

Ahora, al encontrarnos de pie sobre el monte de los Olivos, en medio de tanta historia, me pregunté, y expresé la pregunta en voz alta, algo que me había estado rondando por la cabeza durante la noche.

–Ari, en su opinión, ¿quién era el otro soldado, el que le ayudó a llevar a mi padre hasta el Muro?

–Su padre está hacia este extremo –dijo a modo de respuesta–. Vengan.

Seguimos el sendero que ascendía entre las terrazas escalonadas de la colina y las filas de bloques de piedra, una tras otra. A lo lejos, en lo alto, vi la resplandeciente fachada de la Puerta Dorada, solo un poco más alta que las murallas que la rodeaban.

Como las demás, la lápida de la tumba de mi padre yacía plana en la superficie del suelo, pero era pequeña comparada con la mayoría. La inscripción estaba en inglés. Sarah leyó en voz alta las palabras:

> El Señor Dios enjugará las lágrimas
> y apartará de su pueblo
> la represión.
> El muerto vivirá, y la tierra
> sacará al exterior a los muertos.
> Ese día, todos vosotros seréis llamados
> uno a uno, y adoraréis
> al Señor en el monte santo de Jerusalén.

Bajo aquellos versos se había esculpido el perfil de una menorah, un candelabro de siete brazos que sostenía en alto siete lámparas de aceite. Junto a ese grabado, también en inglés, se leían dos palabras: «Para ti». En la parte inferior, juntas, una estrella de David y una cruz.

–La inscripción es de Isaías, naturalmente –dijo Ari–, es muy famosa. La encontrarán en muchas de las lápidas de este cementerio. Y en muchos idiomas. Las dos últimas palabras son especiales. Solo para él.

–¿Y la estrella y la cruz? –preguntó Martha.

–Ah, eso fue idea mía –respondió Ari–. Una especie de seguro. Me pareció apropiado. Hace mucho frío aquí arriba. Se diría que es un lugar deseable para que le entierren a uno. Hay muchos cementerios hermosos. Pero este lugar es algo más: en realidad es una sala de espera. ¿No es maravilloso creer con tanta fuerza, saber que la existencia en este mundo es solo un capítulo de un libro mucho más extenso? Sinceramente, no sé la respuesta a su pregunta, John, sobre quién era esa persona. Era muy joven. Se parecía a muchos de nosotros, alto y delgado, sin afeitar, ansioso. Un soldado. Lo que yo vi que sucedía es, obviamente, algo imposible, así que seguramente no debí de verlo. Fue una... ¿cuál es la palabra?

–¿Alucinación? –sugirió Martha.

–Sí, podemos decir alucinación. Pero yo lo vi. Es lo único que puedo decir. Vámonos a casa –continuó diciendo Ari–. Aquí hace mucho frío, y quiero compartir una teoría con ustedes. Quizá pueda responder a esa pregunta. Y también quiero que conozcan a cierta persona.

Ari había llevado unas flores, que depositó a los pies de la tumba.

Cuando regresamos al apartamento de Ari encontramos una magnífica comida preparada para nosotros. Ari había invitado a una amiga suya a unirse a nosotros, y ella era la autora de aquel ágape, más bien un banquete. El plato principal consistía en lonchas de cordero a la parrilla bañadas en una delicada salsa y condimentadas con una receta propia. A cada lado de la carne se nos sirvieron verduras suntuosas; también hubo postres, entre los que se incluían las berenjenas más sabrosas que yo había comido nunca. Debía de haberse pasado toda la mañana preparando aquello.

–Pues no –indicó ella–. Es de la otra noche. Nos gusta comer.

Se llamaba Helen Davis, y a juzgar por lo a gusto que se sentían el uno con el otro, supuse que Ari y Helen eran más que amigos. Helen vivía en el mismo edificio y nos dijo que trabajaba de traductora en el Ministerio de Agricultura.

–¿Dónde aprendió a hablar inglés tan bien? –le pregunté.

–En San Francisco. Allí fui al colegio. Pero no soy traductora de inglés. Estoy a cargo del departamento de ruso.

–¿Es usted rusa? –le pregunté, pues sabía que eran numerosos los rusos que emigraban a Israel y percibía claramente el acento.

–Nací en Suecia –dijo ella.

–Oh, ¿es usted sueca?

–No, en realidad soy húngara –repuso ella. Todos nos echamos a reír–. Mis padres estuvieron en Suecia dos meses después de la guerra y yo nací allí, antes de que hiciéramos *aliya*... antes de que emigrásemos a Israel. Nuestra generación estuvo deambulando por todo el planeta, y había muchas paradas en el camino. Aprender un idioma era tan fácil como coger un resfriado.

Ari y Helen eran unos anfitriones generosos. Tuvimos la mejor comida que yo podía recordar desde hacía mucho tiempo. Los tomates realmente sabían a tomates. Incluso el humo de los cigarrillos de Ari no me molestó tanto como me habría molestado normalmente.

–Su padre fue un hombre poco corriente –dijo Ari–. Quiero contarles una teoría acerca de él. Helen ya la ha oído, pero no la tiene en mucha estima.

Helen se echó a reír. Era alta, tenía los ojos azules y llevaba corto el cabello castaño claro. No iba maquillada, por lo menos yo no lo advertí. Igual que Ari, tendría más de sesenta años, pero parecía más joven.

–Hay demasiadas leyendas y demasiadas teorías en esta parte del mundo –dijo Helen–. Ese es el principal obstáculo para la paz. ¿Quién podría imaginarse que pudieran librarse tantas guerras en tan poco espacio de tierra? ¡Y la mayor parte de ella desierto! ¿Acaso hay oro aquí? ¿O diamantes? ¡Ni siquiera petróleo!

Se echó a reír mientras servía la comida.

–¿Así que usted no cree...? –empezó a decir Sarah.

–¿En Dios? ¿Qué Dios? ¿El Dios judío? ¿El Dios cristiano? ¿El Dios del Islam? ¿A qué Dios se refiere usted?

–¿No son todos el mismo Dios? –comentó Martha.

–No, a juzgar por el modo en que se comportan los fieles –dijo Helen.

–¿Es eso culpa de Dios? –preguntó Sarah.

–Pregúnteselo a Ari –respondió Helen intentando salirse por la tangente–. Él es el experto, no yo.

Observé atentamente a Ari durante aquella breve conversación entre mujeres. Él sabía cómo permanecer en silencio.

–¿Por qué dice que mi padre era un hombre poco corriente?

No pude evitar preguntarlo.

–¿Mi teoría? En realidad no es mía, sino que se basa en otra de esas leyendas que Helen encuentra tan desagradables. Pero a mí me gusta. Es una conexión con el Eterno. Cuando uno se hace viejo encuentra tiempo para pensar... ¿resulta tan raro?

»Supuestamente, en cada generación –continuó diciendo Ari– hay un número de almas especiales en el mundo. Llamémoslas personas especiales, bendecidas o tocadas por Dios. Algunos dicen que hay diez, otros dicen que hasta treinta y seis. Son almas que han alcanzado el más elevado nivel de perfección, que se encuentran más cerca de Dios. Muy místicas, para que lo entiendan ustedes. Pero el motivo por el cual esas almas han sido colocadas en seres mortales es lo que quiero señalar. Parece ser que después de que Dios destruyera el mundo con el diluvio, vio que en su ira había destruido su más preciada creación: los niños inocentes. Podía soportar la destrucción de hombres y mujeres malvados, de ciudades enteras, la destrucción de animales, árboles, flores, peces, aves voladoras... podía soportar toda esa destrucción, pero no podía soportar la muerte de niños inocentes, de los niños y niñas, criaturas que eran el reflejo de su propia imagen pura.

»Así que, para evitar la tentación de volver a destruir el mundo en un momento de ira y con ello matar a los niños, porque él sabía que volvería a enojarse, que su misericordia sería constantemente puesta a prueba, para evitarlo, digo, permitió que cierto número de almas perfectas habitasen en mortales en cada generación. Él sabía que nunca destruiría el mundo de nuevo mientras esas almas estuvieran entre los seres vivientes. La tradición también dice que los ángeles protestaron por esa decisión, arguyendo que aquello hacía a la humanidad invulnerable a sus locuras. Pero el Señor prevaleció, y en cada sucesiva generación desde los tiempos del diluvio hasta ahora esas almas perfectas han vivido entre nosotros esparcidas por el mundo. Negros, blancos, amarillos, todas las variedades.

Helen nos pidió que nos sentásemos a comer.

–John, Ari cree que su padre era una de las almas perfectas de nuestra generación –dijo.

Empezamos la comida en silencio. Ari no dijo nada más. Helen sirvió vino en cada uno de los vasos.

Yo no sabía cómo tomarme aquellos comentarios de Ari. Él era, evidentemente, una persona instruida, un hombre de mundo, no alguien que cree a la ligera en fantasmas. Por lo que pude deducir, había formado parte del mundo de la política internacional, estrategias, espías y complots, y había combatido por lo menos en una guerra; sospechaba que solo me estaba contando una pequeña parte de todo por lo que él había pasado. Como historiador, yo había estado estudiando a hombres así durante años, y me fascinaban: el modo como usaban el poder que tenían, su control, su habilidad para manipular el curso de los acontecimientos. Pero, con todos mis estudios, nunca había conocido en realidad a un hombre como aquel, que combinase en su personalidad rasgos prácticos y místicos por igual.

–¿Quiere decir –le pregunté– que usted cree que mi padre fue una especie de santo, una de esas almas perfectas, de una manera en cierto modo simbólica... no literalmente? ¿Es eso lo que quiere decir?

Ari levantó los ojos y me miró.

–No –respondió–, yo creo que es un hecho. ¿Por qué le resulta tan difícil de aceptar, John?

–Yo no soy un místico –dije.

Hasta ese momento, Sarah y yo no habíamos contado a nadie nuestro encuentro con Beverly. Era aún una experiencia demasiado reciente para nosotros, y quedaba fuera de las referencias normales que los humanos estamos dispuestos a aceptar. Pero aquel parecía ser un momento tan bueno como cualquier otro, aunque quizá se reirían de nosotros. Miré a Sarah, y ella adivinó lo que yo estaba pensando.

–Adelante –dijo–. Cuéntaselo.

Relaté los hechos tal como los recordaba.

–¿Otro guía...? ¿Encontrarán otro guía aquí, en Jerusalén? –nos preguntó Helen.

–Sí –repuse.

–Yo abandoné a los gurús hace mucho –dijo–. En San Francisco, en los años sesenta, había más gurús que policías. Todo el mundo conocía a alguno. Esa mujer que ustedes conocieron en Nueva York, John, siento decirlo, era probablemente una artista de la falsificación. Le dieron dinero, ¿no? En Nueva York nunca se es demasiado cuidadoso.

Seguimos comiendo en silencio.

–Yo tampoco soy un místico –dijo Ari–. Ni siquiera tengo religión. No acudo a los servicios religiosos los días de fiesta. No enciendo velas. No rezo. Ni siquiera por mi familia. Mi madre era judía, mi padre no. Pero les he descrito a ustedes hechos que he presenciado, como la guerra. ¿No es por eso por lo que están aquí, para enterarse de todo?

–De todo –repetí yo, recordando–. ¿Quién era el soldado, Ari? El que estuvo con mi padre.

–Yo le he dicho lo que vi, como usted nos ha contado lo que les pasó, pero también le he dicho que nunca lo he aceptado por completo. Toda mi experiencia me dice que lo que vi no es posible que haya sucedido. Y sin embargo ocurrió. No fue un truco, no hay error alguno. Todavía puedo verlo. ¿Y sabe una cosa, John? Eso es lo que más miedo me dio.

–Él cree que el soldado era el Mesías en una de sus encarnaciones –dijo Helen–; o un ángel.

Traté de imaginarme de nuevo aquella escena junto al Muro. Tres soldados, uno muriéndose desangrado, otro que aparece de la nada para socorrer a su camarada caído. Lo veía claro, al detalle, como un cuadro en la pared de un museo, pero difícil de imaginar en la realidad.

–¿Por qué iba a ser un soldado israelí? –le pregunté.

–¿Por qué no? –dijo Martha–. La razón debe ser una sierva de la fe. ¿No lo comprende?

–¿Qué hacía él entonces? ¿Qué quiso decir con aquello de «para ti»? –pregunté.

–Durante casi treinta años he luchado con esa pregunta –repuso Ari–. ¿Quién puede saberlo?

–Los niños lo saben –dijo Sarah.

–Sí, ellos sí –aceptó Ari–. Comprendo lo que quiere usted decir. Nosotros perdemos la inocencia y la capacidad de maravillarnos, se nos olvida cómo creer. Crecemos y nos parece que estamos conquistando el mundo, pero, sinceramente, lo que sucede es que perdemos la verdad con la que nacemos. Solo cuando morimos recuperamos esa sabiduría.

–Creía que no era usted un hombre religioso –apunté.

–Y no lo es –repuso Helen.

–A ella le encanta reírse de mí –comentó Ari–. Y yo se lo permito.

–Por favor, continúe –le pidió Sarah.

–Yo creo –dijo Ari– que él estaba entre nosotros para unirse con Bill en el momento de su muerte, para tener una victoria sobre la muerte.

–Pero ¡él murió! –le recordé.

–Murió en este mundo, pero ¿podemos decir que está verdaderamente muerto para siempre?

–Y si no ¿qué, Ari? –preguntó Martha.

–También fue un sacrificio ante el Muro. Una vida por otra, como en los días del templo.

–Pero ¡él no lo salvó! –repetí yo.

–¿No? –dijo Ari.

–¿Un sacrificio humano? –preguntó Martha–. ¿Qué tradición es esta? ¿La judía o la cristiana? ¿No habían sido prohibidos por los judíos los sacrificios humanos? Solo sacrifican aves, palomas, cabras, en el templo. Cruel, sí, pero nunca personas.

–Yo no he dicho que mi teoría siga un credo religioso o una tradición, ni una cosa ni la otra. No suscribo esas creencias. Solamente les estoy diciendo lo que sentí mientras mc encontraba allí de pie.

–¿Algo más? –preguntó Sarah.

–También creo que fue un milagro... que yo lo presenciase, para poder contárselo a ustedes... a ustedes, John y Sarah, y a Martha, e incluso a ti, Helen, ¡mi querida incrédula!

Ari levantó la copa de vino.

–*L'chayim!* –dijo.

Bebí el vino.

Capítulo 7

Junto al Muro

Mi padre había elegido seguir a su Dios, aunque ello significase abandonar a su esposa y a su hijo. Pasara lo que pasase en su vida, a mí solo se me permitía ver los acontecimientos a pedazos, por partes, como si mi padre estuviera en una habitación y yo me hallase al otro lado de una gruesa puerta cerrada. Podía poner la mano en el pomo de la puerta e intentar hacerlo girar, pero no giraba. No había cerradura; solo una estrecha ranura entre la puerta y la jamba, y si apretaba la cara contra esa ranura, podía ver el interior de la habitación, pero solo por secciones. Primero, un rincón, luego otro. Mi padre se trasladaba de una zona de la habitación a otra y según pasaba veía yo sus movimientos. Pero la luz era tenue y yo era un niño pequeño ante la puerta. Podía llamar a mi padre para que la abriera, para que me dejase entrar, para que girase él el pomo que estaba al otro lado de la puerta y así yo pudiera entrar para reunirme con él, pero él o bien no podía oírme –la puerta era gruesa y tenía refuerzos de latón– o prefería ignorarme. ¿Estaba solo él en aquella habitación? ¿Había otras voces? ¿Sería aquello, lo que yo veía en el suelo, la sombra de otra persona, o era el revoloteo de las cortinas que colgaban por encima de la ventana?

Conseguí ponerme de puntillas y estirarme todo lo posible para ver hasta el fondo de la habitación. Mi padre estaba de pie entre dos ventanas a través de las cuales entraba la luz en la estancia. Las ventanas eran altas y estrechas, con vidrios cuadrados que iban de arriba abajo como en un tablero de ajedrez. En la parte superior, redondeada en forma de semicírculo, los paneles de vidrio se arqueaban bajo el techo. Entre las dos ventanas, justo detrás de mi padre, había una estantería llena de libros, alta y ancha. Los libros estaban colocados en posición vertical, lo que permitía ver los lomos de colores vivos –rojos, verdes y violetas–, pero esos colores salían despedidos hacia el interior de cada volumen por la luz que entraba a raudales por las ventanas. Mi padre no se dio la vuelta para presenciar aquello. Miraba hacia delante, hacia el otro lado de la habitación donde estaba la puerta cerrada, en dirección a mí. No creo que pudiera verme.

Yo tenía miedo; miedo de que no me viera nunca, miedo de que no supiera que yo estaba junto a la puerta, miedo de que no pudiera oír mi voz de niño llamándole desde el otro lado. Ese era un miedo que siempre había conocido muy dentro de mí, y que no quería desaparecer por su propia voluntad. Era un miedo cuyo sabor yo notaba, y ese sabor era seco y amargo. Podía sentirlo en la punta de mis dedos, que estaban entumecidos y fríos. Sobre todo era un miedo que yo notaba detrás de mis ojos, que quemaba como la fiebre. Al verle, temí que no volvería a verlo más, y ese miedo era el miedo de la muerte, de su muerte y de mi propia muerte.

Mi padre me había abandonado cuando yo era niño, y entonces comprendí que yo moriría. La puerta estaba cerrada. ¿Cuánto se puede llegar a saber de la vida de un hombre?

Me desperté y oí a Sarah que respiraba acompasadamente en la cama, a mi lado. El miedo de mi sueño –¿era solo un sueño?– seguía conmigo, aquel miedo a la muerte. Entonces me di cuenta de cómo me había mentido a mí mismo y a los demás. Me di cuenta de cuánto había significado para mí la desaparición de mi padre y cómo ello me había enseñado a tener miedo. Ahora ese miedo había vuelto, y yo podía de nuevo notar su sabor. Me hablaba y me levantaba los párpados, impidiendo que me durmiera. Me hablaba de mi madre.

¿Por qué la había abandonado?

Yo tenía diecinueve años cuando murió mi madre. Tenía cáncer de pulmón. Había empezado a fumar a los trece años. En su favor hay que decir que dejó de fumar ocho años antes de su muerte, pero ya era demasiado tarde. Cuando empezó su enfermedad, primero le diagnosticaron erróneamente un problema de la espalda. Y era cierto que tenía un problema de la espalda, pero esta vez el dolor era mucho más intenso de lo que ella recordaba. Y, peor aún, empezó a perder peso. Lo de perder peso le había ocurrido muchas veces, puesto que se ponía a régimen continuamente. Su médico le aseguró que era de la espalda, pero para estar seguros le recomendó hacerse unas radiografías. Se las hicieron y resultaron negativas. Más tarde, cuando fue debidamente diagnosticado el cáncer, el médico le explicó que el tumor había estado oculto y era demasiado pequeño para diagnosticarlo, y que por eso en las radiografías no había salido nada. Pero no había sido culpa de nadie, puntualizó el médico.

Cuando le hicieron el diagnóstico correcto estábamos con ella en el hospital. Su familia también estuvo allí, personas a las que yo había visto pocas veces y a las que no tenía ningún cariño. Llegaron a tiempo para oír la mala noticia. El médico dijo que no tenía buen aspecto, que estaba situado en mal lugar, que podía ser grave... todo menos la verdad en palabras llanas. Ni siquiera miró a mi madre, sino que en vez de hacerlo miraba a una de sus hermanas. Estuvo hablando de mi madre como si fuera invisible, como si ni siquiera se encontrara en la habitación.

Ella estaba en la cama, con su hermoso pelo todavía radiante a pesar de la enfermedad. Tenía los brazos conectados a unos tubos de plástico transparente que le llevaban líquido a las venas. Estaba muy pálida.

Se volvió hacia el médico, valientemente.

–¿Está usted diciendo que puedo morir?

–Sí, eso es lo que estoy diciendo.

El médico quería acabar de una vez con el asunto.

–¿Dentro de un mes? –le preguntó mi madre con calma.

–Es posible –repuso él mirándola a la cara por primera vez.

Era oncólogo y tenía muchos pacientes con cáncer, como mi madre.

Nadie pronunció palabra.

–Lo siento –dijo el médico; y salió de la habitación del hospital.

No había nada que hacer más que esperar. Me di la vuelta y en realidad nunca volví a mirarla. ¿Por qué había mirado hacia otra parte? ¿Me daba miedo la muerte? Cinco semanas después mi madre estaba muerta. No pude llorar en el funeral y no había llorado durante todos aquellos años... hasta que me desperté en Jerusalén y empecé a sollozar en silencio en la cama y desperté a Sarah.

–Tengo miedo –le dije con los ojos llenos de lágrimas.

Creo que asusté a Sarah.

–¿De qué?

–De lo que encontraremos.

–Ha estado encima de nosotros desde el principio, John. Esperemos que podamos enfrentarnos a ello.

–No tengo miedo de lo que encontremos ahí fuera, sino de lo que hay en nosotros, en nosotros mismos. La vida es muy corta, Sarah, nunca tenemos tiempo para prepararnos, para comprender qué hemos de hacer con este regalo que se nos hace. Yo he negado demasiadas cosas. No sé dónde recoger los pedazos. Me siento desamparado.

–¿Has tenido otro sueño?

–Creo que sí... ya no estoy seguro.

Le conté a Sarah mi sueño, en el que yo intentaba ver a mi padre en la habitación cerrada.

–Las cosas están sucediendo demasiado deprisa –dijo ella–. Demasiadas cosas en muy poco tiempo. Nos lo están poniendo delante de los ojos y nos está cegando. Yo tampoco podía dormir. Nuestro mundo se está tambaleando, John. Hace poco pisábamos terreno firme. Pero ahora viene este terremoto y todo se nos ha hecho pedazos. El reloj está haciendo tictac, como tú dijiste. No sé qué pensar. No sé si el mundo acabará realmente dentro de unos años; puede que no. Puede que no tengamos el concepto de lo que realmente quiere decir el fin. Solo podemos ver las cosas a través de nuestros propios ojos, y puede que eso no baste. ¿Moriremos? ¿Tú y yo? ¿Nuestro matrimonio, nuestros hijos, nuestro amor? ¿Es eso lo que significa?

»Yo no creo que Dios nos crease para acabar con todo, por las buenas, en un abrir y cerrar de ojos. Debe de haber algo más bueno que esperar con ilusión. ¿Qué es lo que promete uno de los signos, que nos despojará de nuestra noción del Bien y del Mal? Entonces seremos inocentes otra vez, como niños, ¿no es cierto? ¡Imagínate, otra vez como niños! Es una idea preciosa. Pero comprendo por qué todos tenían miedo. Supongo que nosotros somos los que deberíamos tener más miedo... nosotros lo tenemos más cerca. Yo también continúo teniendo miedo, incluso después de ver a Beverly, no puedo evitarlo, tengo miedo de lo que pueda suceder. No hago más que pensar en esos suicidios masivos que se leen en la prensa de vez en cuando, en África, en Suiza, locos del fin del mundo que se toman una píldora. No me extraña que tratasen de ocultar el descubrimiento de las piedras. ¿Quién podría enfrentarse a ello?

–Me siento culpable –le confesé–. Nunca he llorado por mi madre.

–Lo sé... has estado hablando en sueños.

Mi madre me había necesitado aquellas últimas semanas de su vida. Yo solo tenía diecinueve años, pero sé lo deprimida que estaba. Pero no era capaz de mirarla, moribunda, allí callada, en la cama, atada a aquellos tubos de plástico y a aquellas botellas que colgaban en lo alto como partes de una máquina que la deshumanizaban. Así que apenas la visité, preferí mantenerme alejado. En parte, estoy seguro, fue debido a mi ego, a mi orgullo, que no estaba dispuesto a aceptar otra pérdida, la de mi otro progenitor a punto de abandonarme también. Prefería ser yo quien mandase, quien eligiera el momento y el lugar por mí mismo para poner fin a nuestra relación. Era para mí una manera de conservar el control de la situación. No obstante, en el último análisis, mi madre murió sin tenerme a mí al lado de la cama, sola, rodeada de unos cuantos parientes y de enfermeras anónimas.

Beverly tenía un corte en el labio y una herida en la mejilla, y ahora, a miles de kilómetros de distancia, yo sentía tal remordimiento y tanta lástima por ella que noté que las lágrimas se me agolpaban en los ojos. Y recordé a mi madre y me avergoncé de no haberle manifestado más amor.

Abracé a Sarah en la cama.

Nos reunimos con Martha para desayunar abajo, en la cafetería. Sarah y Martha ya habían visitado el Muro el día que localicé a Ari. Yo estaba dispuesto ahora a visitar el Muro con ellas. Ari y Helen habían prometido reunirse allí con nosotros a mediodía. No teníamos planes determinados para la tarde ni para la noche, pero sabíamos que permaneceríamos juntos.

Me sentía como si estuviera descendiendo por una escalera hacia una catacumba llena de fantasmas y esqueletos. La razón me había abandonado. Como ya no era completamente objetivo, aguardaba el día como alguien que vaga errante por el desierto, preguntándose qué le aguardará más adelante.

Había visto fotografías del Muro en folletos y guías. En realidad, desde que empezó todo había estado leyendo mucho acerca de Jerusalén y su historia, así como de la historia de esa parte del planeta. Había aprendido hacía mucho tiempo que las fotografías pueden resultar engañosas, que a través de una foto se puede percibir una imagen muy distorsionada de la realidad. Una vez escribí un artículo sobre el asesinato del presidente Kennedy en el que comparaba el clima político de la época con los de otros asesinatos de presidentes. Durante la investigación visité la Dearley Plaza de Dallas. En aquella época era un ferviente convencido de la teoría de que existía una conspiración de la mafia confabulada con la CIA para asesinar a John Kennedy. Para mí estaba claro que un chiflado que actuara por su cuenta no habría podido llevar a cabo aquella acción.

Hasta que me encontré de pie en la Dearley Plaza y miré hacia la ventana del sexto piso del edificio Texas School Book Depository, claro está. Lo que inmediatamente me llamó la atención fue que la ventana quedaba muy baja. Aquella no era una plaza enorme y extensa, rodeada de edificios altos, como siempre me había imaginado basándome en las fotografías que todos habíamos visto. Era, en cambio, una plaza pequeña y aislada, que se podía ver en su totalidad desde una ventana que no quedaba a mucha altura en un edificio que de por sí no era demasiado alto. Me imaginé a Oswald allí arriba con su rifle y no tuve ninguna duda de qué podría alcanzar su objetivo. No era un tiro difícil.

Tuve la misma impresión la primera vez que visité Roma y me detuve para contemplar desde arriba la antigua ciudad de la Roma imperial. Allí estaban el Senado romano y los demás edificios. Allí estaba el arco de Tito, que conmemoraba su victoria sobre los judíos. Allí, bajo mis pies, había una carretera romana pavimentada, y todavía eran visibles los surcos paralelos de las ruedas de los carros, grabadas en el granito con el correr de los siglos, cicatrices silenciosas que permanecían hasta la actualidad. Lo que me llamó la atención fue una impresión parecida: ¡qué pequeño y apretado estaba todo! Toda la Roma imperial, el corazón del imperio que gobernaba el mundo civilizado, estaba contenida en un puñado de hectáreas que abarcaba poco más que el centro de Filadelfia. ¿El magnífico arco de Tito? Hay docenas de arcos en el mundo mucho más grandes. Toda la capital de la Roma imperial parecía la fachada del decorado de una película.

Menciono esas impresiones a modo de contraste.

Cuando nos acercamos al Muro –caminábamos cuesta abajo, desde arriba– tuve la reacción contraria. Lo que vi extendido ante mí, me pareció, era el resto de una increíble maravilla del mundo antiguo. Había leído que el Muro era solo una porción de un muro exterior, pero no obstante a mí me pareció enorme. Vi mentalmente un espléndido templo que resplandecía al sol, rebosante de gente. Pero fuera lo que fuese lo que me hubiese esperado, aquello era más.

Al mirar hacia abajo, vi que la plaza que había delante del Muro estaba dividida en dos partes. Una valla baja dividía el espacio, dos tercios reservados para hombres que oraban y el otro tercio para mujeres. Aquel era el reflejo de la influencia de los judíos ortodoxos en Jerusalén, puesto que, en sus prácticas religiosas, hombres y mujeres tenían que estar separados durante las plegarias. E incluso en aquel día frío de enero vi grupos rezando ante el Muro, tanto hombres como mujeres. Incluso había niños.

Pero rezar es una palabra demasiado vaga: adorar sería más apropiada. Un niño rezaba de pie, erguido, y luego se arrodilló y besó el Muro. Niños pequeños de seis o siete años estaban sentados en sillas alineadas delante del Muro, de cara a él, con libros de oraciones en las manos. Las trenzas rizadas les colgaban por delante de las orejas y se movían cuando ellos se balanceaban adelante y atrás siguiendo el ritmo interno de las oraciones. Llevaban las manos enguantadas y pasaban las páginas de los libros con cierta dificultad, porque hacía mucho frío.

Esos eran algunos de los visitantes del Muro, una fachada marcada con cicatrices que se alzaba como mudo recordatorio de una guerra perdida y una nación devastada. Recordé una historia, casi una nota a pie de página, que había leído hacía poco. En ella un soldado romano se detenía en lo alto de una parte del muro del templo y orinaba dentro del perímetro santo. Según el autor, aquel fue el sacrilegio definitivo que prendió la mecha de la revolución judía... y que los llevó a la derrota definitiva. Mirando desde arriba, vi la parte superior del Muro e intenté imaginarme a aquel soldado romano. ¿Habría tenido lugar aquella violación en aquella porción occidental, la fachada que permanece, o habría sido en algún otro punto?

–Todavía sigue impresionándome –dijo Martha.

–Bajemos –indicó Sarah.

Bajamos a la plaza. Me hacía preguntas acerca de las cercanas tumbas del monte de los Olivos y de quiénes estarían enterrados allí además de mi padre. Miré hacia la Cúpula de la Roca, que brillaba a la luminosa luz del sol con la dorada capucha resplandeciente en toda su gloria. Allí estaba el lugar que levantaba más pasiones que ningún otro de Jerusalén, e incluso del mundo a ese respecto. Porque aquel era el monte del Templo, la roca sagrada sobre la que Abraham, padre de dos naciones, preparó a su amado hijo, Isaac, para el sacrificio. Aquella era la roca sagrada desde la cual se cree que Mahoma ascendió a los cielos en su corcel mágico. Y aquí, también, debajo de las relucientes baldosas y citas del Corán, estaban los pilares curvados en lo alto de los escalones que conducían al interior, de los cuales colgarían, el día del Juicio, balanzas para pesar y separar a las almas buenas de las malas para toda la eternidad. Esa es la poesía del Islam.

¡Cuánta historia, cuánta fe, en tan poco espacio!

Era abrumador. Al acercarnos más tuvimos la impresión de que había mucho por descubrir, pero no teníamos ni idea de hasta qué punto nuestras esperanzas podían convertirse en realidad. Ahora comprendía la fuerza que había en la fe, en la creencia por encima de la razón, por encima de la comprensión. En el conocimiento.

Sarah y Martha habían estado antes en el Muro y parecían sentirse atraídas hacia el lado de la valla reservado a las mujeres. Un grupo de mujeres rezaba en un extremo. Otro grupo más pequeño estaba de pie al lado opuesto. Los dos grupos miraban hacia el Muro. Hacia la parte de atrás, y más cerca de nosotros, se hallaba una mujer de pie, sola.

Al principio era difícil verle la cara o imaginar qué edad tendría. Pero era joven, probablemente aún no habría cumplido los treinta. Vestía un largo abrigo gris de invierno y llevaba un pañuelo en la cabeza. Como algunas de las otras mujeres, tenía en las manos, cerrado, lo que parecía ser un libro de oraciones. No llevaba guantes. Estaba ligeramente vuelta hacia nosotros, y vi cómo movía los labios entonando las palabras de una oración. Luego nos acercamos más a ella. La mujer continuó rezando, palabras memorizadas hacía mucho tiempo que formaban parte permanente de su consciencia.

Sarah y Martha se habían adelantado y se detuvieron junto a ella. Yo iba rezagado. La mujer se volvió hacia ellas y les ofreció el libro.

–Me alegro de volver a verlas –dijo.

–Gracias –dijo Sarah aceptando el libro.

–Espero que no hayamos llegado tarde –le indicó Martha.

–No –repuso la mujer.

–Permítame que le presente a mi marido –dijo Sarah al tiempo que echaban a andar hacia mí.

Se llamaba Lillian Berger y era americana. Había conocido a Sarah y a Martha en la visita anterior que habían hecho al Muro, pero solo había sido un encuentro breve.

–Hoy no está tan concurrido –le comentó a Sarah–. A veces es así, nunca se sabe de un día para otro. Me siento mejor si tengo el libro en las manos. Puede que a usted también le resulte de ayuda.

–Lo siento –dijo Sarah–. Es que... bueno, yo no soy judía.

–Yo tampoco –dijo Lillian–. Aquí acudimos muchos que no somos judíos. Nadie nos molesta. Esto, en realidad, está abierto a cualquiera, como una iglesia, si uno no los molesta. Es su templo, ¿no?

–Pero si usted no es judía –empezó a decir Sarah–, ¿por qué...?

Dejó la pregunta inacabada, y levantó una mano hacia el Muro.

–Bueno, es un lugar hermoso.

Lillian no fue muy explícita en su comentario.

Intervine en la conversación y me adelanté unos pasos.

–Tengo entendido que se dedica a la enseñanza –me dijo Lillian–. Yo tengo un primo que da clases de historia en Austin, en un instituto. Mi marido...

Se interrumpió a mitad de la frase y se rodeó el cuerpo con los brazos como si de pronto tuviera frío. Me pregunté si no había visto a alguien hacer lo mismo hacía poco. Sarah le devolvió el libro. Lillian lo sujetó con tanta fuerza que me di cuenta de que los nudillos se le ponían blancos.

–Hace frío hoy –dijo Martha–. Nos preguntábamos si le gustaría unirse a nosotros para tomar una taza de café... si ha terminado ya. ¿Es así?

Yo no estaba seguro de lo que estaba haciendo Martha. Al mirar a Lillian no conseguí saber con certeza si tenía frío, estaba asustada o ambas cosas a la vez, o quizá cualquier otra cosa que yo no sabía descifrar. El abrigo gris, el pañuelo, indicaban que era una persona que se preocupaba poco de su aspecto. Pero había otra cualidad que distinguí: la energía que existía en su interior.

–Hace frío –dijo la mujer riendo–. ¡Gracias! Creo que me apetece sentarme un rato.

Encontramos un pequeño café a poca distancia de la plaza. Al sentarnos, Lillian se dejó puesto el abrigo.

–¿Ha dicho usted que era de Atlanta? –le preguntó Sarah.

–Nací allí. Mi familia se fue a vivir al sur poco antes de que yo naciera. Algunos de mis primos viven en Texas.

–¿Hace mucho que está aquí? Creo que el otro día nos dijo que era una «turista permanente». Eso parece mucho tiempo.

–Es solo un modo de expresarme. Hace seis o siete meses. No estoy segura.

El acento sureño todavía descansaba bajo sus comentarios como suave hierba debajo de una manta en una merienda campestre. Era agradable de oír, especialmente a tanta distancia del calor de su tierra, en mitad de aquel país tan políglota.

–¿Está estudiando aquí? –le preguntó Martha.

–¿Por qué? –preguntó Lillian a su vez, algo sorprendida.

–Seis meses parece mucho tiempo... eso es todo –dijo Sarah.

–No, no soy estudiante. Y tampoco estoy trabajando. Qué café tan bueno... En Israel el café es mucho mejor que en nuestro país. Sin embargo, echo de menos los donuts.

Me di cuenta de que tanto Sarah como Martha estaban absortas en aquella mujer, sobre todo Martha, que escuchaba con mucha atención, como si estuviera esperando algo. Pero se mantenía en silencio, esperando.

El café era excelente, y la verdad es que yo también eché en falta los donuts. ¿Sería el poder de la sugestión? Rodeamos las calientes tazas con las manos. Finalmente Martha cogió el libro que Lillian había colocado sobre la mesa, a su lado.

–¿Me permite? –le pidió.

Pero lo cogió antes de que Lillian pudiera responder.

–Yo también enseño –dijo Martha. Luego, según pasaba las páginas, añadió–: ¡Está en blanco! Es uno de esos libros en blanco...

–En realidad es un diario –le dijo Lillian–. Lo compré antes de partir hacia Tierra Santa. Como una especie de puntal junto al Muro. Pensé que quizá ustedes también querrían utilizarlo. A mí me sirve de ayuda.

–Qué modo de rezar tan interesante –observó Martha–. Sus oraciones salen del corazón, ¿no es así? Usted no necesita las palabras.

–Las palabras estorban –dijo Lillian–. De todos modos, no son palabras mías.

–Seis meses –repitió Sarah–. ¿Le gusta estar aquí?

–Sí. ¿Y ustedes? ¿Están de turismo?

–Es algo difícil de explicar –le contesté.

–Las explicaciones sinceras suelen ser las mejores –observó Lillian–. Las respuestas sencillas a veces parecen complicadas solo porque nosotros las hacemos complicadas. Este es un país complicado porque la gente hace que sea así. Es la distancia que los separa lo que complica las cosas.

–Estamos investigando –dije.

–¿Investigando? Eso es decir mucho y nada a la vez.

–Hay algo más –apuntó Sarah.

–Siempre lo hay.

No me había fijado hasta entonces en lo asombrosamente guapa que era Lillian. No hacía nada para acentuar sus facciones, pero al tomarme tiempo para mirarla con atención descubrí su belleza. Tenía el cabello de un color castaño rojizo y le llegaba hasta los hombros. Sus manos eran sorprendentes: los dedos delicados y largos, relajados y sonrosados, llenos de vida ahora que ya no tenía frío. Tenía unos profundos ojos castaños que le miraban a uno con franqueza, sin vacilación, cuando hablaba. Y tenía una voz muy viva.

Sentía que me había comportado de un modo grosero al interrumpirla en lugar de responderle con cortesía. ¿Habría sido por el agradable canturreo de su voz? ¿Acaso albergaba yo cierto prejuicio inconsciente contra las personas que tenían acento del sur? Esperaba que no fuera así.

–Bien –dije–, es mucho más que una investigación. Estamos indagando en la historia de unas reliquias que fueron descubiertas aquí, en realidad en Silo, hace unos cuarenta años. Mi padre era miembro de un equipo arqueológico. Él...

–¿Las Piedras del Mesías? –nos preguntó Lillian.

Martha se llevó bruscamente la mano a la boca en un gesto de sobresalto y sorpresa, algo que hacía mucho tiempo que yo no veía hacer a nadie. Sarah abrió mucho los ojos con igual sorpresa. Yo, atónito hasta más allá de lo que se pueda creer, me las arreglé para continuar hablando.

–Mi padre hizo el descubrimiento que nos ha traído a Israel.

–Las Piedras del Mesías –repitió Lillian–. Me di cuenta de que ustedes estaban buscándolas cuando conocí a Sarah y a Martha junto al Muro.

–Pero ¿cómo lo supo? –le pregunté.

–Las he visto... y los he visto a ustedes... durante casi un año, ahí de pie. Dos mujeres y un hombre, una mujer con el pelo rojo vivo. Hubiera podido identificarlos en medio de una multitud. Es una explicación simple, pero también complicada, John.

–Pero ¿cómo lo supo usted? –le repitió Martha–. ¿Cómo ha sabido usted esto? He oído hablar de cosas así, pero nunca...

–No sé cómo, en realidad ni siquiera sé por qué. Lo único que puedo decirles es que este es un día importante para mí. Lo comprendí en el momento en que desperté. Durante un año entero no he tenido con quien hablar, nadie que quisiera escucharme y creerme. Pero ahora ustedes están aquí. Siento que he encontrado a mis amigos. Por fin tendré algo que escribir en el diario.

–Lillian, últimamente hemos estado pensando... bueno, nos parecía que éramos actores en un guión escrito para nosotros –le confió Sarah–. ¿Significa eso algo para usted?

–¿Elegidos? –quiso saber.

–¿Le apetece a alguien otro café? –pregunté.

–Es como despertar de un sueño –dijo Lillian–, pero hay tantas partes del sueño, es tan complicado, que uno no sabe dónde coger el hilo.

Yo conocía muy bien aquella sensación.

Vino el camarero y nos llenó otra vez las tazas. El local estaba prácticamente vacío; solo había un grupo de monjas sentadas a una mesa cerca de la entrada y una pareja joven al otro extremo. Cada mesa, incluida la nuestra, estaba decorada con una vela roja colocada en la boca de una botella de cerveza. Las velas no estaban encendidas. Junto a cada botella, en idénticas cestas de alambre, había túmulos de fragantes y enormes naranjas.

–Estoy casada –dijo Lillian–. Llevo casada seis años, y tenemos una hijita preciosa. Se llama Katie. Tiene cinco años. No somos en absoluto una familia religiosa. Cuando yo era niña íbamos a la iglesia, de eso me acuerdo. Pero no le dábamos importancia. Solo era algo que hacíamos, como ir al museo o de vacaciones. Todo el mundo lo hacía. Fíjense, recuerdo que iba a la iglesia, pero apenas recuerdo que hablásemos de Dios en serio. Se trataba sobre todo de oraciones escritas en un libro, de palabras que no tenían mucho significado. Verdaderamente las palabras son un estorbo, así que por eso utilizo el libro en blanco. Hasta hace aproximadamente un año, cuando las cosas cambiaron.

Mientras escuchábamos a Lillian yo trataba de recordar los sueños que había tenido últimamente, sueños que se habían convertido en algo más que ondas cerebrales que pasan de noche y que se habían convertido en realidades que perduraban durante el día. Estaba convencido de que aquellos sueños tenían un significado en mi vida. Llamémosles mensajes o visiones de otro mundo, estaba seguro de que eran más que fantasías de deseo psicológico para pasar la noche. Ahora, mientras escuchaba a Lillian, estaba más convencido que nunca de que yo también me encontraba en el extremo receptor de alguna comunicación de vital importancia. No soy psicólogo ni psiquiatra y nunca he tratado de buscar significados complejos donde basta con simples explicaciones; ¿no fue Freud quien dijo que a veces un puro no es más que un puro?

Pero ante evidencias que exigen un nuevo enfoque del pensamiento, sería el colmo de la estrechez mental que rechazase la prueba porque contradecía mis convicciones. Y allí, ante mí, se encontraba la evidencia: una persona que se había puesto en contacto con nosotros a un nivel que desafiaba todas las explicaciones convencionales. Igual que Beverly –o las fotografías de las piedras que resplandecían, o el álbum que le habíamos dejado a Barbara–, Lillian era una revelación, una confirmación de que Sarah y yo no estábamos solos, de que había otros como nosotros, quizá muchos, que seguían su propio camino hacia la puerta del Creador. Y yo me preguntaba: ¿será ella ese guía más poderoso que Beverly nos prometió? En cualquier caso, era una persona por la que todos nos sentíamos atraídos. Teníamos mucho en común.

–Fue un domingo por la noche, más o menos una semana después de Navidad –dijo Lillian–. Yo trabajaba en un hospital. Soy enfermera; supervisora, concretamente. Había estado levantada hasta la una de la mañana preparando una presentación que había de celebrarse temprano por la mañana. Estaba tan cansada que me quedé dormida antes de apoyar la cabeza en la almohada.

»El sueño siempre empieza del mismo modo. Lo he tenido muchísimas veces. Pero la primera vez, aquella noche, fue más real que nunca, y también la ocasión en que más me asustó. ¿Han tenido alguna vez un sueño que fuera tan real que comprendían que no era un sueño? ¿Tiene eso sentido? ¿Tan real que les pareciera que estaban fuera mirando una película... una película real? ¿Tan real como para poder percibir el olor de las cosas, tocarlas y distinguir si están frías o calientes?

Lillian y yo habíamos estado teniendo el mismo tipo de sueños, no el mismo sueño, sino el mismo tipo de intensa experiencia. ¿Sería así como ocurriría, como seríamos contactados, como nos hablaría el Mesías? ¿O serían nuestras propias voces reflejando lo que queríamos oír? Estábamos viviendo en los meses y años previos a su venida. ¿Había algo en el aire, algún cambio en la atmósfera humana, que nos estaba preparando para ello, alguna nueva fórmula en la mezcla de elementos que nos sintonizaba con el mensaje? ¿Nos estaba preparando él? La Biblia está repleta de sueños, igual que las culturas antiguas. Quizá todo estuviera empezando de nuevo, empezando con sueños.

–Cuéntenos su sueño, Lillian –le pidió Sarah–. Por favor.

Lillian sonrió. Noté que era feliz.

–Estoy en un campo –empezó a contarnos–, un hermoso campo de hierba alta. Es un día claro y soleado. Camino por el campo. Voy descalza. La hierba está fresca y es muy mullida. La tierra es cálida. Huelo la vida verde que hay bajo mis pies. Es el olor de la hierba, y es un olor verde. Sé que estoy experimentando el color verde de un modo que nunca he apreciado antes. Todos mis sentidos aceptan ahora el color verde, ahora puedo comprender, sentir, lo que significa ser verde. Resulta muy estimulante, pero también muy espeluznante.

»Noto el sol en los brazos desnudos, el calor del sol, pero aún más, la belleza y el consuelo del sol. Su calor y su consuelo tienen una textura que puedo percibir, una textura suave y aterciopelada que percibo ahora por primera vez. Me recuerda a un jersey suave de cachemir que mi madre llevaba puesto cuando me acunaba en sus brazos. Es cálido, pero también me alimenta de vida. Sé que es así como debe de sentirse una planta, absorbiendo la energía del sol al crecer hacia la luz. Todo esto lo experimento por primera vez al caminar por la hierba. Y me llena de perplejidad no haberlo experimentado antes.

Estuvimos escuchando a Lillian mientras relataba su sueño, y al instante comprendimos que no era un sueño. Ella estaba allí, entre la hierba alta, caminando entre la hierba y llevándonos consigo en su viaje.

Podíamos verlo en sus ojos y sabíamos que era la verdad.

–El campo está en un claro, y al seguir caminando llego a una ligera elevación desde donde puedo ver el extremo del bosque. Los árboles me hacen señas para que vaya, y yo camino hacia ellos. Al acercarme veo un hueco entre dos árboles, como si se me estuviera facilitando una entrada. No sé por qué, pero tengo miedo de pasar por esa entrada. Yo sé, comprendo, que se ha hecho para mí, que es mi entrada personal. El campo en sí es mi campo. Pero tengo miedo. Aunque sé que nací para entrar entre los árboles. Lo percibo en la sangre, y aunque tengo miedo, debo continuar caminando.

»¡Siento un sol muy cálido en los brazos desnudos! Lo noto y me consuela. Está conmigo y forma parte de mí. ¿Lo notan? El sol me ayuda, me llena de energía y me sustenta mientras me acerco a la entrada. Luego, sin saber cómo, estoy allí: he pasado por aquel hueco a sus brazos, entre los árboles, y estoy en el Paraíso. Estoy en el Paraíso.

Yo miraba fijamente al rostro de Lillian mientras ella relataba esta historia, pero sobre todo la miraba a los ojos, unos ojos fantásticos y absorbentes que nos cautivaban.

–Ese es el Paraíso, el lugar especial que no podía ver desde el claro. Sé que es el primer Paraíso, el hogar del cual brota todo. Veo vida ante mí: aves, animales, los peces en los arroyos. Todos los seres están en armonía con el equilibrio de la vida. Calma, todo es calma. Yo solo soy un observador, pero también sé que estoy en casa. Miro al sol. Brilla luminoso, pero no desvío la mirada. Puedo mirarlo directamente sin dolor ni miedo. Ahora soy una sola cosa con el sol.

Lillian apretó la taza de café entre las palmas de las manos. Descansaba en la mesa delante de ella. Se la acercó más.

–Ya no tengo miedo. Aunque estoy rodeada de animales de todas clases, no muestro temor, porque ellos no tienen miedo. Es el Paraíso para todos nosotros.

»Al adentrarme en el Paraíso veo dos árboles en el centro. Sé lo que son esos árboles, y me alejo de ellos. Esos árboles no están hechos para mí; acude a mí una fuerza exterior que me hace evitar esos árboles. Aunque puedo coger todo lo demás que hay en el Paraíso. Lo sé. ¿Pueden oler los colores? Mírenlos: no se pueden describir. Cada flor es algo único.

»Entonces veo por primera vez a la mujer. Una hermosa joven de unos veinte años. Camina por el Paraíso. Está desnuda. Se detiene y mira fijamente a uno de los dos árboles que están en medio del Paraíso. Lo observa durante mucho tiempo, sin moverse. "¿Qué estará pensando?", me pregunto. Pero no hay manera de saber qué está pensando. Vuelve la cabeza hacia un lado, luego hacia el otro, pensando. No parece estar asustada, solo parece sentir curiosidad. Me asusta. ¡No quiero que mire al árbol! ¡Debe alejarse... ese árbol no es para ella!

»Luego veo cómo vuelve la cabeza aún más hacia un lado, como si escuchase una voz. ¿Qué es lo que oye? ¿Qué le está diciendo esa voz? La mujer escucha a alguien que yo no puedo oír. Se acerca más al árbol. El árbol está vivo. Se retira para apartarse del brazo extendido de la mujer y dobla el tronco, retira de ella ramas y hojas como si lo abatiese y lo arquease un poderoso viento, ¡un huracán!, en medio de aquel Paraíso apacible y en calma. Pero la mujer continúa acercándose con la mano extendida, avanza dos pasos, ladea la cabeza, escucha los silenciosos sonidos.

»Se encuentra junto al árbol. El árbol no puede doblarse más. Alargando la mano hacia arriba, ella coge un fruto de una rama; no es fácil, tiene que tirar con fuerza, incluso ahora el árbol se niega a dar su fruto; pero después de habérselo procurado de un tirón, la mujer lo sostiene en las dos manos y le da vueltas y vueltas para observarlo por todas partes.

»La joven no me ve. Yo solo soy un observador. Pero estoy allí, viéndolo todo, testigo de lo que ella ha hecho.

Miré los ojos de Lillian, aquellos ojos brillantes de color castaño, luminosos. Podía verla igual que ella se veía en aquel lugar, testigo de aquella escena original. Mientras contaba la historia, movía los ojos casi imperceptiblemente. ¿Qué vería ahora? ¿Adónde miraba?

–Hay otra persona en el Paraíso, otra además de mí, que mira a la mujer. Pero esa otra persona no es un observador. Esa persona es un participante. Esa persona también llama hogar al Paraíso.

»Es un hombre vigoroso en plena juventud. Tiene la piel suave y tersa. Su cuerpo revela una perfección de poder tenso bajo la piel. También está desnudo. Observa a la mujer... ha estado observándola. ¿Durante cuánto tiempo lo ha estado haciendo? No lo sé; a él acabo de verlo ahora.

»La mujer no ve al hombre. Sigue inspeccionando el fruto que tiene en las manos. Hasta entonces aquel premio ha sido solamente algo que ella ha visto de lejos. Lo anhelaba, pero le había sido negado. Le da vueltas y más vueltas mientras se aparta del árbol, reculando, y el árbol recupera su posición erecta. Ella vuelve a ladear la cabeza, escuchando de nuevo aquella silenciosa melodía o mensaje que solo ella puede oír. ¿Por qué está tan inquieto su espíritu? No está inquieta por el hombre que está de pie mirándola. Yo puedo verlo a él. Está callado, pero no avanza hacia ella. No tiene expresión en el rostro. Solo mira. Me pregunto si siente curiosidad.

»Los pechos de la mujer son llenos y firmes; empieza a respirar pesadamente, de pie en el Paraíso. Luego, después de oír lo que ha oído, se lleva el fruto a la boca, se lo coloca entre los labios y lo muerde con fuerza. El sonido del mordisco rasga el aire en calma del Paraíso... quizá el eco resuena más allá del Paraíso en la quietud del campo que se extiende al otro lado de los árboles. ¡Es el sonido de una explosión! ¡De pronto, la mujer se tambalea, deja caer el fruto y se tambalea hacia atrás hasta que cae!

»Oh, sé lo que he visto en mi sueño... y no puedo evitar que el corazón me lata muy deprisa... ¡late tan deprisa que puedo sentir el latido en mi cuello como el redoble de un tambor!

A Lillian le temblaban las manos al llevarse la taza a los labios para tomar un sorbo de café. Sarah la ayudó a recuperar la firmeza sujetándola por el codo. Martha acercó más su silla a la de Lillian.

Esta continuó hablando:

–La mujer está en el suelo llorando suavemente, con el fruto caído a su lado. El hombre ha estado mirando durante todo el tiempo. Es su marido. Él también vive en este hermoso Paraíso. Él también ha visto el fruto de lejos, siempre de lejos. Pero ahora se aproxima a su esposa y la ayuda a ponerse en pie. Él la ama. Veo cómo le toca el rostro con ternura y le seca las lágrimas. Pero está confuso. Nunca ha visto lágrimas antes. Toca las lágrimas con la punta de un dedo y luego se lleva el dedo a la boca.

»Ese es el hombre a quien la mujer ama. Veo el amor en sus ojos. El hombre es el centro de su universo. Ella fue hecha para estar con él. Es de su carne y de su sangre. Los huesos de ella son los huesos de él. La alegría de ella, la alegría de él; la pena de ella, la pena de él. Deben compartir el conocimiento de las cosas para amarse mutuamente. Pero ahora ella sabe más que el hombre. Sigue con él, pero también está lejos de él. Está por encima de él. Ella lo sabe. Tiene el poder de conocer el Bien y el Mal... y eso le trae soledad, porque él no está con ella; él debe perder la inocencia con ella. Así que la mujer recoge la fruta del suelo y se la ofrece. Ella quiere que él pruebe su poder. Le implora. Sin titubear lo más mínimo, él muerde la fruta, y de nuevo oigo el chasquido y el estallido de la explosión; y de nuevo el fruto cae; y esta vez es el hombre quien se tambalea y cae al suelo.

»Yo soy el observador. Veo lo que han hecho. Ella tiende la mano hacia él y le ayuda a levantarse. Se percatan de que están desnudos y comienzan a buscar hojas anchas.

»Me pregunto si me ven. Están de pie juntos, llorando, gimiendo como animales, sollozando mientras se cubren la cara con las manos. De pronto se dan la vuelta. Oyen unos pasos que se aproximan, pasos que les resultan conocidos. Es su Amo, que ha salido a caminar por su Paraíso. Llama al hombre. Este intenta ocultarse. Es descubierto, no puede ocultarse, no hay donde esconderse ni a donde huir. ¡No puedo mirar la escena que tiene lugar! El hombre es desterrado, arrojado del Paraíso, junto con la mujer. Su Amo, que está muy enojado, los expulsa fuera de su hogar. Yo soy un observador, pero no puedo ver al Amo, que está escondido detrás del árbol. Solo puedo oír la voz, la voz airada que como el rugido del viento empuja al hombre y a la mujer hacia la abertura que hay entre los árboles.

»Son expulsados, y se alejan de mí hacia el extremo del Paraíso. Se detienen un momento a la entrada y se vuelven para echar una última mirada a su hogar, que nunca volverán a ver. Distingo el sufrimiento en sus rostros, la pena por ellos mismos y por las incontables generaciones venideras.

»La enojada voz del Amo los barre haciéndolos salir por la abertura y penetrar en el campo exterior. Entonces una espada llameante desciende del sol, girando por el espacio, y atranca la entrada al Paraíso. En adelante no será posible entrar ni salir del Paraíso. Yo ya no puedo ver al hombre y a la mujer, solo la parte de atrás de la espada llameante y giratoria.

»Solo yo permanezco en el Paraíso. Y el Amo, que sabe que estoy allí. Ya no tengo miedo, ni nunca más volveré a tenerlo. Soy feliz, estoy llena de un increíble gozo y de alegría. Sé que he de ir a Jerusalén, estar junto al Muro, esperar a dos mujeres y a un hombre y contarles mi sueño. Lo sé tan bien como sé la forma que tiene mi rostro en un espejo. Y también sé que conoceré a alguien más. Pronto.

Una sonrisa radiante brillaba en el rostro de Lillian. Martha y Sarah, sentadas una a cada lado de la mujer, le sostenían cada una una mano.

–He estado en Jerusalén esperándolos a ustedes, pero también esperando al Mesías, que vendrá en el año dos mil. Puede que ya esté aquí, esperando como yo. No soy la única que está aquí. He visto a otros junto al Muro, tanto judíos como no judíos. También estaban esperando. En realidad no hay nada que decir cuando uno conoce la verdad; todo lo demás se convierte en trivial, uno solo quiere estar aquí. Cuando uno lo sabe, este es el sitio que le corresponde. Le conté a mi marido lo que vi, lo que soñé. Y en casa la situación se hizo muy difícil. Yo no sabía qué hacer; mi marido es un hombre de carácter difícil, necesitaba pruebas. Yo no tenía ninguna que ofrecerle. Luego murió mi madre tras una prolongada enfermedad. Ella hubiera podido ayudarme, pero se fue. Yo quiero a mi marido y a Katie, pero no tenía elección: tenía que ir a Jerusalén, lo sabía. Mi sueño me obligaba. ¿Lo entienden? Espero que sí, porque es del único modo que sé explicarlo. Mi marido no quería venir. Me sentí culpable al dejarlos. Pero no tenía elección. Por favor, deben ustedes comprender...

Lillian lloraba suavemente.

Yo sí lo comprendía, y demasiado bien. Lillian se había acercado a la misma bifurcación a la que había llegado mi padre años antes. ¿Habría intentado él contárselo a alguien? ¿A mi madre?

–Ahora todo va mejor –dijo Lillian–. Antes estaba sola, pero ahora se encuentran ustedes aquí.

–¿Cuántas veces ha tenido esta... visión? –le preguntó Sarah.

–No lo sé. Muchas veces. Me ha fortalecido.

–Pero ¿cómo sabía lo de las piedras? –quise saber yo.

Lillian se limpió los ojos con un pañuelo de papel que le dio Martha.

–Solo les he contado uno de los sueños que tengo –nos dijo–. Hay otras versiones del mismo. En una de ellas el hombre y la mujer se detienen a la entrada del Paraíso poco antes de ser expulsados. Allí ven tres piedras resplandecientes a la izquierda y dos tablas a la derecha. Se las había dado su Amo. Veo cómo las levantan, las ponen sobre el lomo de un asno y salen con ellas del Paraíso. Las piedras y las tablas brillan con luz propia, la luz de la creación del Amo. El Amo les permite irse con esas pertenencias. En las tres piedras, las Piedras del Mesías, distingo lo que está escrito. Las palabras son en un idioma extraño para mí, pero las entiendo, y al final de cada una de ellas veo el nombre de «McGowan». Por último el hombre coge del suelo una bola de piedra perfectamente redonda y se la lleva bajo el brazo mientras conduce a la mujer, al animal y los objetos sagrados hacia el campo.

–En la bola se lee «Sarah», ¿no es cierto? –le pregunté.

–No –respondió ella–. Pone «Lillian».

–Solo podemos ver parte de la historia –dijo Martha–. No se nos permite ver el resto.

–No creo que tenga mucha importancia cuánto vemos –intervino Sarah–, mientras veamos *algo* de ella.

–Sí –convino Lillian–, pero ya no tengo miedo. ¿No es suficiente?

–Al contrario de lo que hayamos podido oír en televisión o ver en el cine, el espacio no es la frontera definitiva –nos explicó Martha.

–Ya lo sé –dijo Lillian–. Es la muerte, ¿verdad?

–Es la muerte –repitió Martha–. La muerte, sí. La muerte fue introducida en el Paraíso y solo será derrotada finalmente cuando llegue el Mesías. De eso tratan todas las historias. Las palabras sobrenaturales, el poder de los milagros, la capacidad de evitar el desastre en tiempos de gran peligro; todo ello es un modo de conquistar la muerte, de matar el miedo a la muerte. ¿No es ese el milagro definitivo? ¿Alguien que tenga el poder de conferir vida después de la muerte? Imaginen si fuera posible hacerlo, tener semejante poder. No solo de curar la enfermedad, sino de crear vida, de invocar el nombre secreto del Creador y separar las aguas del mar, de hacer aparecer aves de la nada, de hacer brotar agua de las piedras y, sobre todo, de poner la llama de la vida en la ceniza de la carne muerta.

–Eso ocurrirá –aseguró Lillian–. Lo sé.

–Puede que no necesitemos nunca llegar a conocer la historia completa –dijo Martha–. Puede que podamos imaginarla toda a partir de un solo fragmento, como completar la cadena de ADN aunque no poseamos todas las células. Tal vez. Los judíos tienen una leyenda que solían contar en los tiempos en que se cernía la fatalidad sobre ellos. No les ayudó la última vez, en su mayor crisis. Pero a mi entender muestra que es verdad lo que Lillian ha descubierto.

–¿Puede contárnosla, Martha? –le pidió Sarah.

–Empieza –dijo Martha– con un rabino o santón que, en tiempos de gran peligro para su pueblo, salía de la ciudad y se adentraba en los bosques para encender una hoguera y entonar el nombre secreto de Dios en oración. Eso salvaría a su pueblo y evitaría el desastre. En tiempos de los profetas, así era como se evitaba la tragedia. Pero con el paso de los años los tiempos cambiaron. En la generación siguiente el pueblo se fue alejando del Creador. Luego, en otra crisis, otro hombre santo salió al bosque a encender la hoguera y a entonar el nombre sagrado. Aunque se le había olvidado la oración, bastó para salvar a su pueblo. En la generación siguiente, un rabino conocía el lugar en el bosque, pero no sabía el nombre secreto ni la oración. Así que se limitó a encender la hoguera. Pero eso fue suficiente para su generación. Por fin, en la nuestra se nos ha olvidado el lugar del bosque, hemos perdido la habilidad de encender una hoguera, no recordamos el nombre de Dios ni sabemos la oración: todo se ha perdido entre la bruma de la leyenda. Pero seguimos teniendo la historia para contarla, y espero que la historia de por sí sea suficiente para evitar las mayores calamidades.

–Algo va a ocurrir pronto, muy pronto –dijo Lillian–. Todas las cosas están relacionadas entre sí. Nada sucede sin un motivo. Parece sencillo, ¿verdad? ¿Por qué nos cuesta tanto aceptar la verdad?

–Porque han filtrado la verdad, la han mezclado con sabores y aditivos y ya ni siquiera podemos apreciar su sabor –dijo Sarah–. ¿La verdad de quién? ¿La de los judíos? ¿La de los cristianos? ¿La del Islam? ¿La de los hindúes?

–Pero ¿no hay solo una verdad universal? Si Dios es Dios, ¿no sería él el Dios de todos, sin tener en cuenta quién le reconoce o no, sin tener en cuenta cómo se le interpreta?

–Desde luego, John –intervino Sarah–. El problema no está en Dios, sino en su creación: ¡en nosotros!

–Puede que se nos haya elegido para que ayudemos a arreglar las cosas –dijo Martha–. Aquí hay algo más que casualidades. ¿No presienten que estamos cerca de algo? Dígame, Lillian, en su sueño, ¿de qué color, de qué raza, son el hombre y la mujer?

–¿Color? –preguntó Lillian, pensativa–. Pues no lo sé. No

puedo verlos de ese modo. Nunca había pensado en eso antes. Los puedo ver claramente, pero no tienen raza, no son de una sola raza. ¿Es eso posible?

–Pero usted describe los colores con mucho realismo –le recordó Martha.

–Sí, los colores son reales.

–Y las piedras –dijo Martha–, ¿por qué están los signos del Mesías en tres idiomas, como una piedra de Rosetta teológica? ¿Se acuerdan? La piedra que las tropas de Napoleón encontraron en Egipto y que nos ha permitido interpretar jeroglíficos porque tiene una versión en griego. ¿Por qué en hebreo? ¿Por qué en arameo? ¿Por qué en latín? Es como si todo el mundo debiera leerlo, en todas las lenguas, para que todos podamos saberlo. No está dirigido solo a un grupo o a una raza, está dirigido a todos nosotros. No hay idiomas sagrados, excepto la propia palabra, que es la del Creador.

»Pensad en ello: ¿acaso no es la religión lo que nos separa, más que ninguna otra cosa? Es el gran divisor. "Mi estilo es mejor que el tuyo, que el suyo", etcétera. Las guerras de siglos se libran por motivos así de ridículos. ¡Puedo dar fe de eso! Veo sus banderas. Los cruzados de todas las religiones que predican lo único, lo purificador, lo uno y lo único. Creedme, yo me he pasado la vida estudiando religión y he aprendido solo dos cosas con absoluta certeza: primero, que todas las religiones son iguales en su deseo básico de reunirnos con nuestro Creador; y segundo, religión y fe son cosas tan separadas como la noche y el día. Nunca debemos confundir la religión con la fe ni con la verdad última, que está dentro de nosotros. Lo que vemos en nuestras iglesias es el producto de nuestra imaginación. Pero lo que usted ha experimentado, Lillian, nunca se encontrará dentro de los márgenes aprobados del dogma oficial. ¡Sí, usted no tiene miedo, y eso establece la diferencia!

Me sentía afortunado de haber conocido a aquellas mujeres. Era evidente que compartían cierta comunión espiritual que yo no tenía en el mismo grado que ellas. En nuestra era de corrección política, de antisexismo, de feminismo y obediencia ciega para saludar el credo de igualdad absoluta de derechos políticos, hemos perdido la capacidad de comprender que las personas son diferentes, que hay ciertas cualidades que solo son patrimonio de algunos. Había leído hacía poco un artículo sobre nuevos datos científicos que demostraban que, por ejemplo, hombres y mujeres usan el cerebro de manera diferente. Y ahora había llegado a la siguiente conclusión: que las mujeres que había en mi vida eran superiores a mí en cualidades espirituales. ¿Me atrevería a expresar en voz alta ese punto de vista? ¿Acaso la defensa de esa sensibilidad especial de las mujeres se interpretaría como un salto atrás, hacia una época de discriminación en la que las mujeres eran relegadas a un puesto en la vida por debajo del pináculo racional y superior del poderoso hombre?

Guardaría para mí aquellos pensamientos y de algún modo esperaría alcanzar aquel nivel superior de sensibilidad de ellas. Sabía que también era necesario tener mis propias antenas espirituales extendidas lo más lejos posible, no solo para escuchar lo que oyera, sino para comprenderlo. Había recorrido una gran distancia, pero todavía me quedaba mucho camino por andar.

Sarah nos recordó que Ari y Helen se reunirían con nosotros junto al Muro. Como era casi mediodía, Lillian sugirió que aquella era una de las mejores horas para estar allí. Pagamos la cuenta y nos fuimos del café. Cuando llegamos al Muro me di cuenta de lo que Lillian había querido decir. La plaza estaba ahora llena de gente, quizá un centenar de personas o tal vez más, y otros iban llegando al aproximarnos nosotros.

La gente recitaba las oraciones de la tarde, nos explicó Lillian, de cara al Muro, entonando los versículos y las frases que habían sido transmitidas a lo largo de los siglos. Aunque el templo ya no existía, había entre sus fieles un espíritu vivo casi tangible. Yo envidiaba a aquellas personas. Estar tan seguro, tener un conocimiento definitivo dentro del corazón, sentirse seguros dentro de aquel conocimiento... ¡y no tener miedo! Lo que yo veía desplegado ante mis ojos no era ninguna filosofía existencial; era verdaderamente un tren expreso directo y personal hacia el Creador.

De hecho se había convertido en una tradición a lo largo de los siglos después de la destrucción del templo que los suplicantes ante el Muro escribieran peticiones en forma de plegaria en pequeños trozos de papel y que los metieran en las estrechas junturas que quedaban entre los enormes bloques de piedra. Eran súplicas, sin duda, de todas clases, mensajes de la humanidad enviados directamente a la atención del Todopoderoso: de salud, de riqueza, de sabiduría. Pero la mayoría eran peticiones de felicidad. ¿A cuántos de aquellos se habría respondido? ¿Quién fue el que dijo que las dos mayores tragedias de la vida son, primero no lograr lo que queremos, y segundo, lograrlo?

Sin embargo aquella no era mi gente. Yo tenía poco en común con aquellos hombres que vestían largas túnicas negras y sombreros también negros, cuyas barbas largas y pobladas se balanceaban mientras ellos rezaban y canturreaban en un frenesí de devoción. Las palabras de por sí eran solo una parte de su amor y obediencia; todo su cuerpo participaba en el acto.

También había allí otras personas. Hombres más jóvenes, soldados y civiles, muchos de ellos diferentes a aquellos ayudantes de adoración. Estos otros eran como vallas publicitarias de modernidad: la ropa que llevaban hubiera podido ser mía, las zapatillas y los vaqueros eran como los míos, los rostros limpios y afeitados que lucían eran un reflejo del mío. Pero también ellos canturreaban y hacían genuflexiones, haciéndose eco de las palabras de la oración de la tarde.

Entonces me di cuenta de que estaba centrando mi atención en todo aquello que diferenciaba a las personas, en las diferencias externas de la ropa y del aspecto, en lugar de fijarme en lo que nos une a todos, en esa tela común, la simple verdad de la herencia común. Qué difícil es traspasar el yo, el ego.

Aquellas plegarias ¿iban destinadas a beneficiar a su Dios o a ellos mismos? ¿Necesita Dios las plegarias de sus fieles, o son los fieles los que necesitan las plegarias para testimoniar su amor a Dios?

¿Son las oraciones un modo de no ignorar la existencia del Creador?

Me estaba enredando en ideas y conceptos que antes nunca habían entrado en mi mente. Era como el superviviente de un naufragio a la deriva sobre una balsa en medio del océano. Al lado aparece un enorme transatlántico. Arrojan una escala de Jacob por la borda, con los numerosos peldaños sueltos balanceándose en la brisa del océano. Empiezo a trepar, pero se me hace difícil. Es una escalera de cuerda, cierto, pero es también una telaraña que acepta cada uno de mis pasos, cada agarrón de mi mano, cediendo hacia un lado y luego hacia el otro, sin permitirme que escale directamente hacia arriba, sino tirando de mí hacia un lado y luego hacia el otro, en contra de mi voluntad. ¿Por qué me costaba tanto comprender? Lillian había dado el salto, igual que lo había dado mi padre. ¿Qué me empujaba a mí hacia atrás? ¿Cómo podía soltarme y dar el salto? ¿Podría hacerlo solo o necesitaría ayuda?

Era una pregunta antiquísima, en realidad: si Dios quería que lo percibiésemos, ¿por qué nos lo ponía tan difícil? ¿O no era así? ¿Acaso no se muestra visible en cada hoja, en cada huella, en cada concha de la playa? Entonces, ¿por qué nos resulta tan difícil recoger esas conchas?

Si había un camino para subir por la escalera, no sería un camino fácil, pero no dependería solo de mí. Me daba cuenta de que necesitaría ayuda, y la aceptaría.

Me hallaba en un territorio que estaba al borde de la verdadera paz por primera vez en los tiempos modernos. ¿No era ese uno de los más importantes requisitos para el regreso del Mesías? ¿Estaría él allí, entre aquella multitud, esperando a que se secase la tinta del último y definitivo tratado de paz? ¿Cuánto faltaría para la llegada del milenio?

Sarah había llevado consigo las fotografías de las Piedras del Mesías. Las sacó del bolso y se las mostró a Lillian. Las tres mujeres estaban de pie, sin hablar, mirando las iluminadas imágenes. ¿Eran esas las mismas piedras que Lillian había visto en sus visiones? Incluso en la bien iluminada plaza, la luz de las fotografías ardía como brillantes velas en la oscuridad.

Yo estaba de pie en la parte de atrás de la sección reservada a los hombres, y luego avancé y me adentré en la zona reservada para la oración. Aquello no era un templo, ni una iglesia, ni una catedral, sino simplemente la fachada de un antiguo símbolo de culto destruido, un altar que en otro tiempo había albergado sacrificios de animales, donde la sangre corría por el mármol, donde se sacrificaba a seres vivos para beneficio de su Creador. Traté de imaginarme aquellas escenas tal como habían tenido lugar al otro lado del Muro. Traté de imaginar los pensamientos de los suplicantes, de los sacerdotes, de los demás que se hallaban presentes. Traté de imaginarme sus rostros y sus manos mientras blandían los cuchillos. Traté de ver el terror en los ojos de la cabra condenada mientras aguardaba el corte de la hoja.

No pude verlo. Estaba más allá del muro del tiempo. Miles de años y demasiado mundo me separaban de aquella sangre vertida sobre la antigua piedra, y también de la incruenta plaza donde ahora me encontraba. ¿Cómo iba a ver un hombre del siglo veinte el interior de las cámaras del siglo primero?

Allí, a un lado, estaban reunidas las mujeres, en círculo alrededor de las radiantes fotografías, como guerreros en torno a una hoguera. Yo, igualmente necesitado, igualmente frío fuera del círculo de la hoguera, me encontraba aún titubeante.

Los hombres que tenía delante inclinaban la cabeza y rezaban. Solo podía verles la espalda. Por encima de nosotros, elevándose hacia el cielo, los bloques de piedras descansaban uno sobre otro. Los mensajes de papel estaban embutidos en las grietas que quedaban entre los bloques de piedra. Aquí y allá la hierba había arraigado en aquella superficie sin edad, igual que la vida que había brotado en las frías losas que descansaban en el monte de los Olivos.

Yo había hecho el viaje a Jerusalén y me hallaba junto al Muro.

Los sonidos a mi alrededor eran ajenos y extraños, ritmos que yo nunca había oído antes, cánticos guturales que parecían salir de un pozo profundo. ¿Eran aquellas las mismas frecuencias que aceleraron la fuerza de la vida en el primer hombre y la primera mujer, que resonaban por los pasillos del espacio vacío, que chocaban contra las moléculas de la existencia para estallar en forma de vida... cuando, saliendo de la nada, el universo se onduló y dio origen a la mañana y al anochecer del primer día?

¿Eran estos aquellos sonidos?

¿Serían estos los sonidos que oiremos cuando llegue el Mesías para llamar a los fieles y proclamar su reino? Y cuando oigamos esos sonidos, ¿tendremos miedo, o acaso la paz que sobrepasa la comprensión nos asirá como los padres protectores nos cogen de la mano cuando pasamos por un túnel oscuro?

¿Qué me sucedía?

Aquel lugar extraño se estaba apoderando de mí de un modo que yo no comprendía. El propio Muro parecía brillar. Yo era un explorador y acababa de hacer un descubrimiento... ¿de qué? Era un descubrimiento que estaba al otro lado del Muro, eso sí lo sabía. Pero era también un descubrimiento acerca de mí mismo, como hombre, como hijo, y también como uno de los muchos devotos ante el Muro.

Descubrí que había una parte de mí que trataba de escapar a los límites que yo había construido para mí mismo, que trataba de elevarse hacia un mayor significado para mi vida. Era un descubrimiento que infundía temor, pero que también me proporcionaba gozo. Me faltaban las palabras para expresar con exactitud aquel sentimiento. Carecía, y esto lo sentía hasta lo más profundo de mi alma, de la humildad necesaria que me permitiera expresar mi descubrimiento a los demás, como había hecho Lillian sin preocuparse por quedar en evidencia. Mi ego era como un peso que llevaba atado al cuello. ¿Cómo podría quitármelo?

Para ganar la libertad tenía que renunciar a mi libertad.

También había descubierto otra verdad, que floreció en mi

consciencia en un instante de revelación infantil: que el progreso es un espejismo, un truco de prestidigitación, un invento fabricado en el laboratorio de un mago. Es como las nuevas construcciones de altos edificios modernos de acero y vidrio, o como esas maravillas electrónicas que nos comunican a unos con otros al apretar un botón, o el sonido de una voz, que nos calienta en invierno y nos refresca en verano, que se mece suavemente en los altos vientos a cientos de pisos por encima del suelo... y sin embargo... y sin embargo, esas estructuras sin alma se construyen sobre tesoros ocultos, sobre hogares más sencillos, edificios más orgullosos que en otro tiempo alimentaron nuestro ser con la maravilla y el gozo del universo. Hoy día podemos vivir más tiempo, pero el goce es menor, porque en la vejez nos encontramos solos. Se nos ofrece gran abundancia de alimentos, pero el sabor es suave y la corteza pesada. Podemos elegir el sexo de nuestros hijos, pero hemos perdido el amor en nuestras vidas y nos vamos a la cama ávidos de cariño. Y, sobre todo, podemos lanzar cohetes a la Luna y más allá, plantar nuestras huellas en las arenas de Marte, escuchar los vientos que barren los interminables paisajes de Venus... pero la voz del Creador no se oye en la Tierra, se ha perdido, se ha apagado en el profundo pozo del progreso, se ha enterrado en el lejano y oscuro Paraíso olvidado.

«El Señor es uno», dice el antiguo texto, y esas palabras entraron en mi mente como huéspedes que se refugian en una tormenta. ¿Era este otro descubrimiento que me quedaba por hacer? ¿Era el camino secreto hacia el corazón de Jerusalén, aquel templo que había dado refugio a tantos buscadores de tiempos pasados?

En cierto sentido comprendí que necesitaba llegar al otro lado del Muro. En el otro lado, aunque existiera solo en el recuerdo, estaba la figura del Mesías, tendida como una sombra gigantesca sobre el suelo de mármol del tiempo. También existían allí las piedras que se llevaron consigo en su destierro y en su largo exilio el primer hombre y la primera mujer. Las piedras eran universales y completas, estaban sin filtrar por las arenas del tiempo, eran el último símbolo de nuestra felicidad y de nuestro gozo. Allí, al otro lado del Muro, estaba seguro de que esperaba el Mesías, como el novio espera a la novia el día de la boda. Él nos esperaba a todos.

Me esperaba a mí.

Me imaginé las fotografías de las Piedras del Mesías tal como las había visto por última vez, brillantes como faros en la noche. Todo retrocedía hacia las piedras, aquellos obstinados restos de esperanza que se negaban a morir, tablas que permanecieron enterradas como cápsulas del tiempo procedentes del Creador para ser desenterradas al son de las campanas.

¿Estaban sonando las campanas? ¿Sonaban para mí allí, ante el Muro?

No me había puesto en marcha por ese camino en busca de nada especial; para empezar tampoco había buscado el camino. Sin embargo, desde el día en que aquel viejo abogado se pusiera en contacto conmigo, yo había albergado la esperanza de que no se tratase de esto: de tener la certeza de saber. Quizá ese fuera mi mayor temor: saber, y sin embargo estar a este lado del Muro. Si las campanas repicaban por mí, también repicaban por cada uno de nosotros, vivos o muertos. Repicaban para anunciar al Mesías, que estaba dispuesto a entrar en nuestras vidas y cambiar nuestro mundo para siempre. Sí, todo volvía hacia las piedras, tres tablas que contaban la misma historia en tres idiomas diferentes. Teníamos fotografías para probar su existencia. ¿Quién habría hecho las fotografías? ¿Habría muerto creyendo?

Mientras estoy allí de pie, empiezo a ver algo más.

Me arrastran hacia arriba. Me hacen pasar a través del Muro. Mis ojos están cerrados y estoy al otro lado.

Lo que veo son las propias piedras, no fotografías de las piedras. Son reales y resplandecen con su fuego interior, vivas con su promesa.

Las veo y sé qué son, por qué están allí. Comprendo su función. Son como platos gigantescos, transmisores que emiten su mensaje constante hacia un receptor fuera de nuestro mundo. Algún día, pronto, el receptor responderá a la llamada y regresará con un mensaje a nuestra base, a nuestras vidas. Y ese mensaje de vuelta será el Mesías.

Luego me llevan de nuevo hacia arriba, hacia arriba... para contemplar un nuevo espectáculo.

Me arrastran por encima de las luces de las ciudades hacia el remolino de nubes, hacia la noche constante que cubre el globo terráqueo. Me transportan sobre alas invisibles, me llevan en vuelo por el aire, que me guía con su propia inteligencia. Me llevan hacia arriba, floto en lo alto y voy hacia la lejanía. Por debajo de mí pasan siete enormes águilas que vuelan en formación hacia la costa. Las sombras de las aves se proyectan anchas y oscuras en las arenas de la playa.

Esas águilas me llenan de extrañeza y de júbilo. Veo el magnífico despliegue de sus alas y la facilidad con la que se remontan en el aire por debajo de mí. Son águilas, pero vuelan en perfecta formación.

El sol se eleva por encima del horizonte. Es grande, rojo y vivo, y se mueve a cámara lenta al compás de un reloj interior. Su vida y su luz llenan la tierra y el cielo con la promesa de un nuevo día, un milagro de la creación del que soy testigo. Nunca vi esto antes. ¿Es este mi mundo? ¿Dónde he estado para no haberlo percibido antes? He aquí un esplendor que supera la imaginación. ¡Tengo ganas de aplaudir!

Me transportan cada vez más lejos, cada vez más cerca de las profundidades de este mundo; este mundo que es mío pero no es mío. Como las águilas que contemplo debajo de mí, me dirijo hacia un destino más allá del bosque, que ahora parece más cercano ante mis ojos.

¡No quiero verlo! ¡Me niego!

Esta vez me duele el cuerpo... pero sé que tengo que mirar. Está allí, y borrará las dudas que aún me quedan o los temores que todavía albergo.

Es la espada llameante y giratoria que bloquea la entrada al Paraíso. De manera que es allí adonde me llevan: ¡al Paraíso!

Pero... ¡no es posible!

Veo la espada, llameante y girando, que origina un remolino de fuego imposible de franquear. Allí están los querubines que blanden la espada, seres bellos pero temibles que son mitad niño y mitad pájaro. Se les ha apostado a la entrada del Paraíso para impedir el paso. ¿A mí? ¿A otras personas?

La espada gira sobre su eje, pero es visible y clara dentro del círculo de llamas. Los querubines miran hacia arriba y me ven, pero no pueden demorar mi descenso. Deben permanecer ante la entrada en constante vigilancia, girando, encadenados a la entrada. No obstante, me han dejado en libertad para remontarme por encima y pasar sobre aquella aterradora puerta.

Paso por encima de la terrible escena y entro en el Paraíso.

Estoy en el lugar al que pertenezco. Oigo la música de las esferas. Veo la paz de los animales. Percibo los olores vivos de los crisantemos. Y allí, en el centro del Paraíso, están los dos árboles: uno el del Bien y del Mal y el otro el de la Vida. Me está prohibido comer el fruto de esos árboles, especialmente del Árbol de la Vida, porque si lo hiciera, ese día yo también vencería a la muerte y sería igual que Dios.

¿Por qué se me muestra esta escena?

Desciendo y pongo los pies en el Paraíso. Por primera vez me siento completo. Este es mi hogar. Estas plantas son mías. Estos animales me pertenecen. Se detienen en su camino, dejan de pacer, levantan la cabeza y se quedan inmóviles al reconocer a un hombre entre ellos. Pero no huyen de mí; por el contrario, vuelven a pacer, bajan la cabeza sin preocuparse y sin tener miedo en su Paraíso. Está el león, está el cordero...

No es de día ni es de noche, sino un término medio. No hay viento, solo el sonido que hacen los animales mientras pacen y se adelantan unos a otros.

Un ave vuela.

Tengo hambre y cojo un fruto que ha caído de un peral. Es el mejor alimento que he probado nunca. Veo dátiles y aceitunas y me los como. No tengo prisa. Quiero que el tiempo transcurra despacio. Quiero sentir el gozo del Paraíso, conocer el tacto de cada hoja que me roza la piel suavemente. Quiero apreciar cada paisaje, como un amante que ve por vez primera a su amada.

No puedo creer que aquello exista para mí como existió para Lillian.

Luego oigo pasos que se aproximan. Alguien camina por el Paraíso. Me da miedo imaginar quién pueda ser. Él me llama y yo contesto.

Es el Mesías, que camina por el Paraíso. No puedo verle el rostro, pero sé quién es. Es el centro de mi visión. Me da a conocer su presencia. Me dice que se alegra de que yo haya acudido a Jerusalén para encontrar sus piedras. Me dice que mi búsqueda está a punto de acabar, que su día casi ha llegado.

Me dice que no tema, que espere y observe. Se me está mostrando el Paraíso para que sepa que todos estaremos bien al final.

–El Paraíso es para vosotros –me dice–. La muerte no es el fin; es solo el comienzo.

Había recorrido mucha distancia en muy poco tiempo.

Abrí los ojos de nuevo. Volvía a estar rodeado de gente junto al Muro. Delante de mí, los hombres rezaban. Fijé la mirada en un enorme bloque de piedra del templo, majestuoso y macizo, situado por encima de sus cabezas. Sin moverme, sentí que podía tocar su superficie, sentir su textura, besarlo desde lejos. Era una puerta o una ventana por la que yo había pasado. El templo que se alzaba delante de mí, que había sido destruido hacía dos mil años, estaba reconstruido dentro de mí. Yo lo sabía.

Los sonidos se fueron apagando poco a poco a mi alrededor y solamente quedó en mis oídos un débil zumbido. Un zumbido: hombres rezando... las mujeres... las fotografías resplandecientes... un mosaico a la vez antiguo y moderno de sonido y color enmarcado por un único bloque.

Luego aquella piedra situada por encima de mis ojos pareció moverse.

Cerré los ojos; luego los abrí. Un hombre alto se hallaba de pie a mi lado.

–¿Necesitas un guía? –me preguntó.

Capítulo 8

Las Piedras del Mesías

Era joven, de unos treinta años. Alto y delgado, pero no flaco. Tenía el cabello espeso y oscuro; los ojos eran castaños. Llevaba una chaqueta azul marino abrochada en el centro que daba la impresión de ser una talla pequeña. Durante un instante me recordó a un marinero. No llevaba sombrero, pero sobre el hombro, atada a la espalda, llevaba una mochila de esas que yo había visto miles de veces en el campus de la universidad, aunque esta era mucho mayor. Más bien de las usadas para ir de camping o de excursión. Sobresaliendo de la base, a los lados, distinguí lo que parecía una cuchara grande o una pala pequeña. Era difícil de precisar. Luego me di cuenta de que la chaqueta no le iba pequeña en absoluto, solo lo parecía, puesto que estaba tirante debido a la presión de la correa que llevaba alrededor de la cintura para sujetar la mochila a su cuerpo.

Calzaba botas marrones de excursionista. Yo tenía un par bastante parecido, aunque no practicaba el excursionismo.

Estaba de pie junto a mí, a mi derecha. Era un poco más alto que yo, así que me veía obligado a levantar la vista para mirarlo. He pensado mucho e intensamente en cómo describir aquel rostro y aquellas facciones, sobre todo la leve sonrisa que pude detectar, pero es difícil. No es que no recuerde su aspecto, que sí lo recuerdo; es, sencillamente, que cuando lo miraba directamente, y él a mí, yo lo miraba casi exclusivamente a los ojos.

Sus ojos de color castaño oscuro eran profundos y cálidos, y parecían dejarme petrificado a su lado. No eran unos ojos amenazadores, pero aun así resultaban imponentes. Se me hacía muy difícil mirarlo a los ojos directamente, pero al mismo tiempo no podía desviar la mirada. Luego fui consciente de lo que estaba haciendo y me sentí apurado al notar que estaba entrometiéndome en su intimidad al mirarle de un modo tan intenso a los ojos. Pero yo no tenía miedo. Por primera vez desde el día en que Stanton se pusiera en contacto conmigo –incluso más allá de lo que había sentido en presencia de Beverly–, el temor no se encontraba entre la mezcolanza de mis emociones. Creo que él notó el hecho de que me hallara completamente a gusto.

Aunque no sabía qué decir ni qué contestarle. Él había hablado primero y me había hecho una pregunta sencilla. Parecía estar esperando una respuesta. Entonces dije algo que se me ocurrió de improviso, algo que probablemente habría dicho antes a algún desconocido, pero que no había pronunciado desde que era niño, cuando buscaba un amigo en el patio. Era algo que yo había dicho a niños de mi edad.

–Me llamo John –le dije.

–Me alegro de conocerte, John –repuso él–. Yo me llamo Simon.

Me tendió la mano y se la estreché.

–Simon –repetí.

–Sí –dijo él.

–Me alegro de conocerle.

Sonreí. Él esperó y luego habló otra vez.

–¿Necesitas un guía?

Se me había olvidado que me había hecho esa pregunta.

–¡Sí! ¡Oh, sí! –le dije–. ¡Sí, muchísimo! Pero hay otras personas aquí conmigo.

–Vais en grupo.

–Somos cuatro, y hay otros dos que están a punto de llegar. Seis en total –dije, algo nervioso por haberle expuesto una aritmética tan obvia.

–Sí –dijo él–. Os he visto antes, mientras hablabais. Yo estaba allí de pie, a un lado, esperando a alguien como tú, John. Como decimos nosotros, vosotros sois forasteros. Tenéis un aspecto diferente.

Recordé lo que Beverly había dicho en Nueva York; Simon estaba haciéndose eco del comentario que ella había hecho.

–¿Simon?

–¿Sí?

–¿Era usted a quien habíamos de conocer en Jerusalén? –le pregunté–. ¿Es usted...?

–Sí –respondió escuetamente–. Si me necesitáis, aquí estoy. Debes de tener muchas preguntas que hacer, como siempre, John. Espero poder respondértelas todas. ¿Qué quieres saber?

Lo miré directamente a los ojos; luego tuve que apartar la mirada.

–¿Todo? –me preguntó–. Eso es muchísimo.

Simon me había leído el pensamiento y me sentí avergonzado, no tanto porque hubiera invadido mi intimidad, sino porque mi respuesta era muy ingenua y también avariciosa. ¿Qué derecho tenía yo a saberlo todo, a que se me mostrase todo, a comprenderlo todo? De nuevo me sentí como un niño con los ojos muy abiertos de deseo, necesitado e indefenso.

No sé por qué, pero volví a extender la mano y le toqué el brazo, confirmando de nuevo lo que mis ojos y mis sentidos me decían: que aquel hombre era una realidad física. No pareció importarle que le tocase.

–¿Es esto un sueño? –quise saber–. ¿Quién es usted, Simon?

Sonrió y dio la impresión de mover ligeramente el peso de la mochila que descansaba sobre su espalda.

–¿No deberíamos incluir a los demás, John, al resto del grupo? Espero que estéis dispuestos a caminar un poco.

–¡Dígamelo, Simon, por favor!

Debí de parecer un idiota al hablarle así. Pero no me avergoncé en absoluto, lo que sucedía era que estaba completamente lleno de profundo anhelo y de curiosidad.

–Yo seré quien tú quieras que sea, John. Es así de sencillo. Me llamo Simon y soy guía, aquí junto al Muro, en Jerusalén. Tenemos otros guías, pero también los hay en otras ciudades. Ya has conocido a uno de nosotros en Nueva York. Ella me dijo que os esperase aquí.

–Pero tiene que haber mucho más, Simon –empecé a decir–. Usted me conoce, me comprende, comprende...

–John, estoy muy contento de conocerte y veo que a ti te ocurre igual. Pero aquí eres un extraño, y hay muchísima historia, muchísimo que ver.

–¡Yo no quiero historia!

–No te harás ningún favor a ti mismo si no empiezas por el principio. Por eso he venido a reunirme con vosotros, para ser vuestro guía. ¿Comprendes eso?

–¿Hasta dónde tenemos que ir? ¿Hasta dónde tenemos que retroceder?

–Eso depende de hasta dónde queráis avanzar –respondió.

–Estoy perdido –le confié–. No comprendo nada.

–Ese es el comienzo, John, porque ahora sabes dónde estás. Y eso te ayudará en tu misión.

Entonces recordé por qué había venido a Jerusalén: por las piedras, por mi padre. Simon comprendió mis pensamientos.

–Sí –me dijo–, encontraremos las piedras. Las traeremos aquí desde el lugar en el que han estado durante estos últimos cuarenta años.

–¿Cerca del Muro? –le pregunté.

–No muy lejos.

–¿Y mi padre?

–¿Quieres encontrar a tu padre, John?

No acabé de entender la pregunta de Simon. Mi padre estaba muerto.

–Sí –repuse–. Quiero encontrar a mi padre.

–Pues no lo busques entre los muertos –dijo–. Búscalo entre las piedras. Y dentro de ti.

Durante la conversación, sin que yo me percatase, las mujeres se habían acercado a nosotros. No estaba seguro de cuánto habrían alcanzado a oír. Sarah se había puesto a mi lado, y Martha y Lillian estaban junto a ella. Sinceramente, yo no quería hacerles caso, lo que quería era seguir hablando con Simon. Lo quería solo para mí. Todo lo que él me decía hacía que surgieran otras preguntas en mi mente. A un nivel alcanzaba a comprenderlo; a otro, era como si hablase otro idioma. Desde que habíamos salido de Nueva York, en el fondo de mi corazón sabía que encontraríamos algo, que encontraríamos a alguien. Ahora se me decía que empezase de nuevo desde el principio, desde muy atrás, si quería avanzar. Quizá, se me ocurrió, el principio y el fin fueran una misma cosa.

–Me llamo Simon –les dijo a las mujeres.

Su voz y su presencia daban una sensación de seguridad.

Las mujeres no dijeron nada. Sarah me cogió la mano y la retuvo entre las suyas. Lillian apretaba el libro. Martha fue la única que habló. Tenía aún en la mano las fotografías de las piedras, que yo veía resplandecer en la palma de su mano como brasas ardiendo.

–Queremos recorrer todo el camino que haya por delante –le pidió Martha–, ir tan lejos como usted pueda llevarnos. Hemos recorrido una gran distancia para conocerle, Simon. Yo soy Martha.

Simon se volvió hacia las otras.

–Y yo soy Sarah.

–Yo me llamo Lillian.

Luego Simon se dio la vuelta otra vez hacia Martha.

–Tú has estado antes en Jerusalén –le dijo.

Entonces recordé que Martha nos había dicho que una vez había estado en Jerusalén; había prometido contárnoslo, aunque no lo había hecho.

–Sí –respondió ella–, antes.

Tenía la mirada ausente.

–Como una rana metida en agua hirviendo, la verdad se percibe lentamente –dijo Simon–. Y la muerte da miedo, pero no el final. Si quieres recorrer todo el camino que queda por delante, Martha, tienes que decirnos dónde has estado. Dios te ha enviado una barca y ya es hora de que subas a ella, ¿no es así?

Martha tenía lágrimas en los ojos. Por primera vez desde que yo la conocía, parecía tener menos confianza en sí misma, menos control. Simon le había tocado una fibra que no solo estaba muy viva en aquella mujer, sino muy superficial en su alma. Aunque nos encontrábamos de pie formando un pequeño círculo ante el Muro, rodeados por todas partes de grupos de personas, el rumor de las voces pareció amortiguarse cuando todos miramos a Martha. Llevaba el pelo, como siempre, recogido en un pulcro moño; las gafas colgaban de una cadena de oro que llevaba alrededor del cuello. Comenzó a hablar con calma, sin alterarse, completamente abierta.

–Fue por un niño –dijo–. Después... después de que mi padre y yo nos fuéramos de Alemania, llegamos a América. Todos aquellos años... mis estudios, mis libros, mis alumnos... todos aquellos años. Estoy avergonzada. –Las lágrimas le corrían por las mejillas, pero Martha las ignoró. Ninguno de nosotros dijo nada. Seguimos esperando–. En cierta ocasión –continuó diciendo al tiempo que miraba a Sarah y a Lillian–, después de la guerra, cuando aún era joven, leí que había muchos huérfanos que necesitaban padres. Refugiados de Europa. Supervivientes de los campos de concentración. Yo siempre había querido tener hijos. Habría podido ser una buena madre. Y había muchísimos que tenían la mirada necesitada y el corazón abierto. Así que hice un viaje a Tierra Santa y me puse a hacer averiguaciones. Había muchos niños para elegir, muchísimos. No podía creerlo. Habría podido adoptar a uno de ellos, en particular a una niña; era guapísima y solo tenía cinco años. La recuerdo muy bien. No hay noche que no me acuerde de ella antes de dormirme. Me habrían permitido regresar a Pennsylvania con ella si yo hubiera querido, a pesar de que yo no tenía marido. Estaban muy necesitados. Pero... ¿cómo puedo explicarlo? Tuve miedo en el último minuto, miedo de arriesgarme, de amar. Por favor –preguntó mientras se quitaba las gafas de alrededor del cuello, las doblaba, las metía en el bolsillo del abrigo y se volvía hacia Simon–, ¿por qué tuve miedo?

Simon la miró pensativamente.

–Somos quienes somos –respondió–. Cada vida es preciosa y única. No podemos retroceder en el tiempo, Martha, pero podemos empezar desde el punto en el que estamos. Dios ha prometido que al final todos, excepto unos pocos, conoceremos la felicidad. Así que empieza desde hoy, corre el riesgo, tiende la mano. Créeme, hay muchos que quieren cogerla.

–¿Cómo? –preguntó ella.

–Todavía hay tiempo, pero os diré esto a cada uno de vosotros: no hay demasiado –dijo Simon–. A todos se nos dan oportunidades en esta vida: las puertas están siempre abiertas para los que deseen entrar. La verdad es simple: ama a tu Dios, ama a tu prójimo como a ti mismo. Pero primero has de amarte a ti mismo y no enterrarte en el pasado. Eres quien eres en cada vida. La sociedad humana no cambia. Las normas de la creación se han establecido al fundarse el universo. Hay bien y hay mal, y también hay muerte. No busquéis pociones secretas ni píldoras mágicas. Mirad a los pobres y a los necesitados, a los que no tienen hogar, al superviviente, al niño huérfano que está entre nosotros. Cuando ayudáis a uno de ellos, os ayudáis a vosotros mismos.

Yo había estado totalmente absorto con Simon y no me di cuenta de que Ari y Helen habían llegado. Fue Simon quien se dio la vuelta hacia ellos.

–Soy Simon –dijo.

Y estrechó la mano de Helen, que tenía en el rostro una expresión de desconcierto mientras miraba a Martha, que se estaba secando las lágrimas con un pañuelo de papel.

–¿Ocurre algo? –preguntó Helen.

Pero si Helen tenía expresión de desconcierto, Ari estaba completamente pasmado. Miraba fijamente a Simon. Tenía la boca entreabierta de un modo que Sarah a menudo denominaba «cara de tonta». Pero Ari no tenía cara de tonto; parecía impresionado, y no era fácil impresionar a Ari, pues había pocas cosas en este mundo que él no hubiera visto. Claro que tal vez lo que estaba viendo ahora procedía de otra parte.

Simon se recolocó el peso que llevaba a la espalda y pareció doblar los hombros. No se había quitado la mochila y llevábamos un buen rato de pie. Dejó a Helen y se dio la vuelta hacia Ari.

–Me alegro de verte de nuevo, Ari –le saludó–. Estábamos a punto de comenzar el recorrido. Hace muchos años que no ves las piedras. Me alegro de que estés aquí.

Ari no se movió. Luego tendió la mano despacio y Simon se la cogió. Entonces Ari dijo:

–Es él, John, el hombre del que le he hablado, el que me ayudó a llevar a su padre al Muro. ¡Es él!

–Venid –dijo Simon–, subamos al monte. Tenemos mucho camino por delante. Habitualmente la visita empieza allí. Venid.

Mientras seguíamos a Simon cuesta arriba hacia el monte de los Olivos –él caminaba deprisa a pesar de llevar la mochila a la espalda–, Sarah y yo éramos los que íbamos más cerca de él. Había empezado a levantarse viento y la temperatura había bajado mientras recorríamos el camino desde el Muro occidental hacia el antiguo cementerio. El sol de mediodía estaba alto en el cielo. Yo veía una sombra larga y oscura que separaba el monte del dorado resplandor de la Cúpula de la Roca y la ciudad vieja. Era un paisaje surrealista de luces y sombras, de día y noche, en mitad de la luminosa tarde. El cabello rojo de Sarah adquiría mayor luminosidad cuando el viento lo levantaba.

–¿Por qué hemos sido elegidos nosotros? Díganoslo, Simon –le preguntó ella con cautela mientras caminábamos.

–No temas, Sarah –la tranquilizó Simon–. Nada malo ocurrirá hoy aquí.

–No tengo miedo –repuso ella.

–Ya lo sé. –Hizo una pausa–. Muchos son los elegidos, no solo

John y tú. Y en los próximos años serán elegidos muchos más. El mundo se hizo para esas personas. Es la verdad: tenéis amor, compartís el amor, os amáis los unos a los otros. Hasta los que no tienen hogar deben dejar de vagar, ¿no es así, Sarah? Incluso los que no tienen hogar tienen madre. Vosotros también tenéis caridad. Así que gozáis de la mayor de las bendiciones. No hay secretos. Todas las cosas están interrelacionadas. Y hay otro motivo por el cual John y tú fuisteis elegidos.

–¿Mi padre? –le pregunté.

–Sí, tu padre, John. Ari estaba en lo cierto: Bill McGowan fue uno de los escogidos, una de esas almas perfectas que el Creador permite que visiten este mundo en cada generación para proteger el mundo de la destrucción, hasta que llegue el día.

–¿Del Mesías? ¿Del Juicio Final? –quise saber.

–Sí –contestó–. Ese día. El día de todos vosotros. –Los demás oyeron mi pregunta y, como si nos hubieran dado una señal, nos detuvimos mientras Simon hablaba–. No, yo no soy el Mesías. Soy un mensajero que ha venido a poner las piedras en vuestras manos para que estén a salvo y para encomendaros otra misión. A ti, John, se te ha permitido vislumbrar al Mesías hoy, junto al Muro, en la visión que has tenido del Paraíso. Él os espera a todos allí, como se dice en las piedras. Venid.

Seguimos caminando hacia el monte. Me percaté de que Martha tenía dificultad para seguir el paso de los demás. Simon también lo notó y aminoró el paso.

–Lo siento –se excusó–. Iba demasiado deprisa. A veces se me olvida. Descansemos unos minutos.

–¡Oh, no soy más que una vieja! –se quejó Martha.

Era el primer comentario de queja que le había oído hacer. Parecía impropio de ella.

–Tu felicidad está aún por llegar –le dijo Simon.

Al hacer un alto en el camino me fijé en otra cosa de Simon que no se me había hecho evidente al principio. Aunque todos estábamos impresionados por su presencia, y especialmente por sus ojos y su voz, había otra cosa en él que era difícil describir con una sola palabra; aunque la palabra que más se le aproxima, supongo, es «silencio». La mayor parte del tiempo permanecía callado, y solo hablaba cuando le dirigíamos una pregunta, expresada o tácita.

Helen también se mostraba extrañamente callada desde que había llegado. Caminaba junto a Ari y no le costaba seguir el paso. Como Simon, era alta y delgada, con el cabello corto como un muchacho. Pero en Helen no había nada masculino, sino que tenía un cálido y femenino encanto en su persona.

Esta vez fue Helen quien rompió el silencio.

–¿Quiere usted decir –empezó a preguntar– que nos lleva... no sé cómo expresarlo... a encontrar las Piedras del Mesías? ¿Que usted sabe dónde están? ¿Es eso lo que nos está diciendo?

Simon no titubeó.

–Sí –repuso.

–Vaya, esta sí que es buena, ¿no?

Luego Helen miró a Ari como para confirmar que acababa de preguntar algo difícil y quizá capcioso. Cruzó los brazos delante del pecho. ¿Quería mostrarse desafiante y obstinada?

Ari se adelantó y la cogió del brazo. Parecía que intentaba separarla de Simon.

–Supongo que todos estamos deseando saber dónde están las piedras –dijo–. Solo estoy preguntando en voz alta lo que todos estamos pensando.

–Helen –le dijo Sarah–, no hace falta que crea...

–No estoy diciendo que no crea –la interrumpió Helen–. En realidad no es una cuestión de fe. El señor Simon parece una persona muy agradable; no lo discuto. Pero tendré que ser sincera con todos ustedes. Ari y yo estamos familiarizados con todo lo de por aquí; hemos estado aquí muchas veces; ya sabe, quiero decir que si ustedes quieren realizar una visita turística, aquí estamos. Las historias y esas cosas son inofensivas, pero no finjamos que en realidad existen las Piedras del Mesías, ni que llegará el Mesías y el mundo se acabará en el año dos mil. Yo no quiero herir los sentimientos de nadie, pero la gente ha tenido esas ideas durante miles de años y... bueno, de momento el sol sigue saliendo cada mañana. Está bien que seamos buenos, que amemos a nuestro prójimo como a nosotros mismos, que demos de comer al hambriento...

Simon había echado a andar de nuevo hacia el monte mientras Helen seguía hablando. Nosotros lo seguíamos. No me había dado cuenta antes de que el Muro estaba muy cerca del viejo cementerio. Una vez más me acordé de Roma y de lo cercanos entre sí que estaban los edificios importantes. En aquellos tiempos debió de existir un especial sentimiento de fraternidad y seguridad, cuando las personas estaban más cerca unas de otras, separadas como mucho por distancias que los animales podían recorrer en unas horas. Nosotros, en nuestra época, habíamos perdido aquel sentido de proximidad y seguridad; las distancias se convirtieron en desafíos que había que superar, y ahora separan a las personas.

Helen había dejado de hablar. Simon no parecía preocupado por aquellas dudas y críticas. Sin embargo comprendí lo que ella decía, pues yo había pasado por lo mismo en los últimos días. Me daba cuenta de que aquellas dudas eran una etapa necesaria en nuestro desarrollo como seres humanos. Me pregunté qué haría falta para convertir en creyentes a la mayoría de las personas, qué grado de evidencia haría falta. Teníamos en nuestro poder fotografías de las piedras, habíamos visto la increíble belleza y el increíble horror del álbum de Barbara. Habíamos conocido a Beverly y a Simon, que a todas luces eran seres extraordinarios que sobrepasaban cualquier simple explicación, y sin embargo había alguien entre nosotros que seguía sin creer en la inevitabilidad de las piedras y del Mesías. ¿Era orgullo humano, un exagerado sentido de nuestra propia importancia, o era la actitud racional y engreída que habíamos desarrollado en los últimos siglos? Quizá los seres humanos hubieran superado una creencia total en el Creador. Quizá una fe lo bastante grande como para caber en un grano de mostaza nos resultase ya demasiado.

Jesús había visto cuán volubles podían llegar a ser sus discípulos, cómo renegaban de él en la hora de la más dura prueba, aunque profesasen una inquebrantable fe. Aquella negación debió de producirle un enorme dolor. También Moisés en la cima de la montaña, mientras conversaba con Dios después de haber exhibido ante la entera nación el milagroso poder de Jehová mientras guiaba a su pueblo y lo sacaba de la esclavitud hacia la montaña santa de Dios para recibir sus leyes; Moisés, también, al descender se encontró con que su pueblo adoraba a un becerro de oro, a un ídolo, a un producto de la imaginación humana. ¿Qué habría en la naturaleza humana que se negaba a dar el definitivo salto de la fe?

Simon nos había llevado hasta el cementerio del monte de los Olivos, donde los muertos aguardan la venida del Mesías en el día del Juicio Final. Una sombra alargada y oscura separaba aquel tranquilo lugar de descanso del paisaje dorado que se extendía bajo nuestros pies. Miré hacia abajo desde el lugar donde nos habíamos detenido y le di la mano a Sarah.

Seguimos a Simon mientras caminaba entre las losas de piedra que llevaban inscripciones en lenguas extrañas. Pronto comprendí adónde nos llevaba. Allí, a nuestros pies, estaba la tumba de Bill McGowan. Los crisantemos que Ari había depositado allí el día anterior revoloteaban al viento. Leí para mis adentros el epitafio de Isaías. Hacía frío.

Ari cogió una pequeña piedra y, siguiendo la costumbre, la colocó al borde de la lápida de mi padre. Martha y Lillian hicieron lo propio. Mientras los observaba, vi que Simon desataba las correas de la mochila y se la quitaba. Parecía que le costara; debía de pesar mucho más de lo que yo había pensado.

–¿Puedo ayudarle? –preguntó Ari.

–Sí, gracias, Ari.

Los dos hombres colocaron la mochila en el suelo junto a la tumba de mi padre. A continuación Simon se agachó y abrió la cremallera de un compartimiento de la parte inferior y sacó lo que resultó ser una pala pequeña. Luego llevó la mano al otro lado de la mochila y abrió la cremallera más larga. Cuando levantó un lado de la mochila abierta, pudimos ver qué era lo que había estado acarreando todo el tiempo.

–Es tierra –dijo en respuesta a nuestra muda pregunta–. Del Paraíso. Es pura. No está maldecida.

Empezó a echar con la pala la tierra sobre la losa de la tumba de mi padre. No tardó mucho tiempo en hacerlo, aunque lo hizo lentamente, casi con pulcritud, recogiendo con cuidado cada palada y llevándola sobre la lápida, volviendo luego la pala de lado para dejar caer la tierra. Poco tiempo después había terminado; se incorporó. Se alejó unos pasos; nosotros le seguimos y nos quedamos esperando con él. Un pulcro montículo de tierra cubría la tumba. Era de un color marrón oscuro y parecía muy fértil.

Hasta aquel momento había ido haciendo cada vez más frío, pero de pronto me di cuenta de que la temperatura era templada. El viento también parecía haber amainado. Todo estaba en calma a nuestro alrededor, como si estuviéramos en una isla pequeña y remota separada de tierra firme. Todavía podía ver a lo lejos la Puerta Dorada y la Cúpula de la Roca, pero ahora parecían estar a muchos kilómetros de distancia.

De pronto percibí un ligero temblor de tierra que se fue haciendo más intenso. Sarah me apretó la mano con más fuerza. Ari y Helen se abrazaron y lo mismo hicieron Martha y Lillian. No teníamos ni idea de qué iba a pasar. Por primera vez aquel día tuve miedo de lo desconocido.

Simon nos miró y dijo:

–La victoria final es sobre la muerte.

Éramos seis las personas que Simon había llevado ese día a aquel lugar. Lo que vimos nos cambió para siempre.

El temblor cesó. Un haz de luz brillante y en forma de embudo, que no se parecía a nada que yo hubiera visto antes, brotó de la tumba como si a mucha profundidad debajo de la tierra se hubiera encendido de pronto un potente foco y la puerta de la superficie se hubiera abierto para que la luz pudiera escapar. El haz de luz era poderoso y firme y se elevaba hacia el cielo, estrecho en la base y más ancho a medida que ascendía, como un embudo. La luz parecía casi visible, y recuerdo que sentí que quizá tuviera también una textura, de manera que si uno ponía allí la mano podría palparla.

También parecía cálida y tenía cierto resplandor. Al maravillarnos ante ella, vi que cada uno de nosotros estaba no solo fascinado y sobrecogido, sino también atraído hacia ella, como si formásemos parte de aquella luz y la hubiéramos conocido antes. Si habíamos sentido un momentáneo temor ante el temblor de la tierra, había desaparecido. Ahora sentimos, más que nada, consuelo y seguridad, pues sabíamos que estábamos en compañía de algo que solo podía traernos felicidad.

–Esta es la luz –empezó a decir Simon– que Dios creó al principio de los tiempos. Es la luz original que revelará a todos la llegada del Mesías. Es la luz de la redención, de la alianza y de las piedras. Es la luz de la victoria sobre la muerte. Es para todos y cada uno de vosotros en estos últimos días.

Luego, apareciendo en el haz de luz, elevándose y suspendido en el aire como mantenido a flote desde abajo por una fuerza invisible, vi a un hombre que inmediatamente supe que era mi padre. Las personas que lo conocieron habían estado en lo cierto: sí, se parecía a mí, o mejor dicho, yo me parecía a él. Me sonreía, tranquilo, y nos enfocó con la mirada, primero a mí y luego a Sarah. Comprendí en el fondo de mi corazón que lo amaba y que algún día volveríamos a estar juntos. Supe que él había hallado a Dios y había cumplido su misión. Pero sobre todo me sentí agradecido por haber tenido la dicha de que mi padre se me hubiera mostrado.

También supe, más allá de la sombra de cualquier duda futura que pudiera aflorar a la superficie, que la resurrección de los muertos tendrá lugar, que la vida no acaba con el último aliento que exhalamos en la tierra.

Sin embargo, al tiempo que se me concedía el don de la evidencia del plan divino, al tiempo que presenciaba el milagro de la aparición de mi padre, creí que la escena que estaba ocurriendo era solo para mí. Pero no lo era.

Ari era un hombre duro, y estaba llorando. Al tiempo que él lloraba, distinguí una sonrisa en su rostro.

–Son ellos –dijo Ari–. Mi esposa y mis hijos. Están ahí, en la luz. Los veo.

Ari pronunció estas palabras mientras yo estaba viendo a mi padre y a nadie más que a mi padre. Habló en voz alta, sin preocuparse de los demás, libre.

–Exactamente igual a como los recuerdo –añadió.

Al volverme hacia Ari vi que Martha extendía el brazo hacia la luz. Parecía querer avanzar.

–No –le indicó Simon–. Limítate a mirar.

–Es mi padre –dijo Martha–. Mi padre. Me está mirando. Me quiere. ¡Quiero abrazarlo!

–No –repitió Simon.

Junto a Martha, Lillian se había arrodillado. Tenía las manos juntas delante del pecho, en actitud de súplica.

–Es mi madre –dijo–. ¡Mi madre!

Yo deseaba ardientemente seguir mirando a mi padre, pero los demás me distraían, y ellos, uno tras otro, habían reconocido lo que estaban presenciando. Comprendí que me encontraba en medio de un milagro de nuestros días que no podría guardar solo para mí, que algún día tendría que contar el relato de lo que estaba sucediendo ante nuestros ojos. Cada uno de nosotros había visto la prueba viviente de la redención, y aún estábamos vivos, en este lado de nuestro muro humano.

Volví a mirar hacia arriba, a mi padre, y noté que Sarah me apretaba el brazo con más fuerza aún, hasta el punto que lo retiré. La expresión del rostro de mi esposa superaba toda descripción, todas las palabras. Ni sonrisa, ni lágrimas, solo sus ojos, que parecían enormes, enfocados hacia algo situado en el centro de la luz, por encima de nosotros.

–¿Tommy? –preguntó Sarah–. ¿Eres tú, Tommy? ¿Tommy? ¿Tommy?

Repetía el nombre de su hermano una y otra vez. Ella tendría ocho o nueve años cuando él murió en un accidente de motocicleta con diecinueve. La tragedia había destruido el matrimonio de sus padres. Así que la última vez que ella lo había visto fue cuando era una niña, hacía muchos años. Y al llamarlo ahora en el monte de los Olivos era casi aquella niña la que se ponía en evidencia otra vez en su voz.

–¿Tommy? ¿Tommy?

Aquel día lloré por Tommy y por mi padre.

La luz era acariciante a nuestro alrededor. Desprendía cierto calor, pero no quemaba. La notaba en cada parte de mi cuerpo y en el rostro.

Todos habían hablado, excepto Helen. Estaba de pie a un lado, a pocos metros de distancia de Ari. También miraba hacia la luz que había en lo alto.

–Siempre ha sido una cuestión de fe, Helen –le dijo Simon–. Si puedes negar lo que ven tus ojos, entonces puedes negar la verdad. Si puedes aceptar lo que ves, conocerás a Dios. Se te ha concedido un gran don.

Helen no dijo nada, y se limitó a seguir mirando hacia la luz.

Se hizo de nuevo el silencio en aquel pequeño mar de calma que Simon había creado para nosotros. Pasó algún tiempo, pues él nos concedió a cada uno de nosotros que pasásemos unos minutos preciosos ante nuestros seres queridos. Observé a mi padre con más detenimiento y me di cuenta de que parecía muy joven. Él no decía nada, solo paseaba la mirada de mí a Sarah y viceversa. Me pregunté si los demás tendrían experiencias parecidas. Luego, solo brevemente, levantó la mano derecha y me saludó. ¿Sería un gesto de saludo o de despedida? No sabría decirlo.

No sé cuánto tiempo transcurrió, pero el embudo de luz, lo mismo que mi padre, se desvaneció tan deprisa como había aparecido. En su lugar, descansando sobre la tierra que había encima de la tumba, se encontraban tres tablas de piedra que brillaban con un fuego interior.

Ante nosotros, a nuestros pies, se encontraban las Piedras del Mesías.

Eran exactamente igual a como el doctor Allison y mi padre las habían descrito en la carta cuarenta años antes, cada una en un idioma diferente; medían cerca de un metro cuadrado. En la parte inferior de cada una de ellas se leía el nombre de «McGowan». Junto a las piedras, que estaban dispuestas en círculo, había seis esferas aproximadamente del tamaño de un balón de baloncesto. Comprendí que había una por cada uno de los que nos encontrábamos allí aquel día.

Miré hacia Simon. Él comprendió mi pregunta.

–Sí –dijo.

Con su aprobación, me acerqué a las piedras y toqué una de ellas. Estaba caliente, pero no me quemó la mano. Sarah se reunió conmigo, y también los demás. Todos nosotros, excepto Helen, tocamos las piedras.

Simon se nos acercó.

–No hay secretos bajo el cielo para aquellos que buscan la verdad –dijo–. Estas piedras son para todas las personas, como también el Mesías del que hablan será para todas las personas. Hay muchas tierras que están secas y sedientas. Hay muchos muros en este mundo que separan a los vecinos, a padres y a hijos. Hay mucha oscuridad en el mundo, y hace falta luz. Y hay el mal. Las piedras protegen al tiempo que prometen. Fueron transportadas desde la antigua ciudad de Silo y colocadas debajo de los hornos de la muerte en Polonia, donde han estado estos últimos cuarenta años. Ahora están en casa, en Jerusalén. Se os ha concedido un gran don y se os ha permitido ver cómo será el fin de los días. Ahora tenéis la responsabilidad que supone saber. No se puede rechazar este don. Las piedras son para vosotros.

»John, tu tarea es construir una casa para las piedras aquí, en Jerusalén, donde gentes de todos los credos puedan verlas y maravillarse ante el don de Dios. Esta es tu tarea especial, para ti y para Sarah; y hay otra tarea más: escribirás la historia de las Piedras del Mesías para que todos la lean. Porque debéis comprender que los días se acortan. Pronto la Puerta Dorada se abrirá aquí, en Jerusalén, y también en todos los confines del mundo. La verdad es simple: sigue a tu corazón y no temas.

Dicho eso se acercó a Helen y le puso algo en la mano; luego echó a caminar ladera abajo y se alejó de nosotros. Nos quedamos allí de pie, en grupo, contemplando cómo se iba. Simon se marchó sin pronunciar más palabras. Cuando ya no pudimos verle, nos volvimos hacia Helen. Esta abrió la mano. En ella sostenía un llavero consistente en una cadena con una pequeña bola en un extremo. En un lado de la bola vimos una astilla pequeña que quizá hubiese sido arrancada de un bloque mayor, y en el otro lado, en relieve dorado, estaba escrito el nombre de HELEN.

Se echó a llorar. La visita había terminado.

No sé cuánto tiempo permanecimos ante la tumba de mi padre. Con toda sinceridad, sin Simon no sabíamos qué hacer a continuación. De algún extraño modo se había hecho mucho más tarde de lo que yo pensaba, y volvía a hacer frío. Las piedras seguían delante de nosotros, resplandeciendo. Las bolas descansaban asimismo exactamente en el mismo sitio donde habían aparecido. Seguíamos tratando de asimilar lo que había sucedido. Por mi parte, no dejaba de mirar lo que ahora era un espacio vacío, en blanco, por encima de la tumba de mi padre; aún albergaba esperanzas de que la luz volviera a aparecer. Imaginé que los demás tendrían pensamientos parecidos. Todavía veía en la mente la imagen de mi padre, como continúo viéndola hasta el día de hoy. Ha sido grabada con fuego para siempre en mi memoria.

La mochila de Simon y la pala yacían en el suelo. Habían quedado allí, como una especie de artefactos. Empecé a pensar. Aún había en mi mente muchas preguntas sin respuesta.

Ahora tenía fe suficiente para llenar un grano de mostaza. Con ella me acerqué a las Piedras del Mesías y toqué una. Había sido esculpida por la mano del Creador en el amanecer de los tiempos, y ahora yo percibía su calor en mi piel.

Helen se acercó a mí y me dio el recuerdo que Simon le había entregado.

–Tenemos la llave –dijo–. ¡Ven, ayúdame, hay mucho que hacer! ¡Es hora de empezar!

Y así empezamos todos nosotros.

Epílogo

Hace unos dos meses recibí una llamada telefónica de Jerusalén. Había mantenido la esperanza de tener noticias de algún modo, ya fuera de algún lugar de Estados Unidos o de alguna otra parte. Resultó ser de otra parte, pero no supuso una gran sorpresa. Si yo hubiera sido un hombre más joven, quizá habría hecho el viaje con ellos.

No fue John McGowan quien me llamó, sino Sarah, su esposa. No la conozco personalmente, pero al hablar con ella me pareció conocerla mejor de lo que he conocido a la mayoría de las personas en mi larga vida. Me informó de que John y ella habían decidido instalarse en Jerusalén por motivos –dijo– que comprendería más tarde, puesto que yo –para citar sus palabras exactas, que es lo que estoy acostumbrado a hacer– fui «la chispa que encendió el fuego».

Le aseguré que solo cumplía con mi responsabilidad fiduciaria como abogado de Bill McGowan, pero no creo que me creyese. Parecía pensar que había mucho más en todo aquello, que en cierto modo yo formaba parte de un plan más grandioso que conectaba de alguna manera con las obras del Todopoderoso y su Mesías.

Quizá Sarah tuviera razón; pero, claro, puede que yo sea solo un anciano que disfruta de sus últimos puros.

Sea como fuere, le dije a Sarah que yo tenía mucho interés por todo lo que había ocurrido en Jerusalén, y también antes; en realidad por todo lo que había ocurrido desde el día en que me puse en contacto por primera vez con su marido, e incluso por lo que había ocurrido previamente, desde el día, años atrás, en que me contrató Bill McGowan. «No tema –me dijo ella, debo decir que alegremente–. John está muy atareado escribiéndolo todo, palabra por palabra, como si de ello dependieran muchas vidas. Y puede que así sea. Ha estado dedicado a este caso estos dos meses aquí, en un pequeño apartamento que hemos alquilado en Jerusalén. Espero que usted comprenda más adelante lo que nos ha sucedido aquí y lo que estamos haciendo. No se sorprenda, pero hemos encontrado las piedras, aunque debo añadir que con algo de ayuda. Supongo que la auténtica sorpresa consiste en que las piedras no son el final de la historia, sino más bien el principio. Se nos ha encomendado un trabajo. Pero no sé de dónde sacaremos el dinero. Mi madre nos ayudará; ella está aquí ahora con los niños. Pero nos hará falta mucho más de lo que tenemos. Yo he vendido mi parte de la librería. ¡Sabe, resulta que conseguimos participar en el mayor de los embrollos! Bien, nos acordamos mucho de usted y rezamos la oración que nos encargó.»

Fue muy agradable que se pusiera en contacto conmigo. Tengo una sorpresa para ella y para John, que me la estoy reservando. Verán, igual que su marido, yo también soy un hombre conservador, y la verdad es que nunca he necesitado el dinero que me dio Bill McGowan. Así que lo invertí. Ahora, cuarenta años después, se ha convertido en una cantidad considerable; espero que sea suficiente para construir un edificio espectacular que albergue las Piedras del Mesías. No se merecen menos.

Más tarde, hace aproximadamente un mes, recibí un manuscrito de Jerusalén. Con el manuscrito venía la siguiente nota:

Jerusalén, abril de 1995

Querido señor Stanton:

He tenido intención de escribirle, pero, sinceramente, no he tenido ocasión hasta ahora. Sarah dijo en una ocasión que la gente ya no escribe cartas, pero creo que yo lo pondré de moda. Es anticuado y a mí me gusta así.

Después de que lea usted el manuscrito que le envío, le agradecería que me diera su opinión. ¿Puede ayudarme a encontrar un editor para publicarlo? Espero que estará de acuerdo en que hemos tenido la más increíble de las experiencias. Sé que hemos pasado por esto por un motivo.

Puede que llegue usted a creer que he pasado demasiado tiempo bajo el implacable sol del desierto, o que en una época tardía de mi vida me ha dado la fiebre de la religión. Pero, se lo aseguro, ni una cosa ni otra hacen al caso. Lo sé porque he encontrado la verdad y está dentro de mí, tal como se me prometió. Ahora ya no tengo miedo.

Y también lo sé por otros motivos.

Esos motivos son Martha, Lillian, Ari y Helen. (Cuando lea usted el manuscrito, comprenderá lo que voy a decirle a continuación.)

Martha ha abandonado la enseñanza y ahora dedica todo su tiempo a trabajar para los niños con problemas, en Filadelfia. En cierto modo, me gustaría estar con ella. Sé lo que es sentirse perdido y confuso en la niñez. Lillian ha regresado a Atlanta, al lado de su familia, y trabaja de enfermera en la sala de enfermos de sida de su hospital. Ari, Sarah y yo nos pasamos ahora el tiempo proyectando el edificio que albergará las piedras. Son realmente magníficas; espero que tenga usted ocasión de verlas algún día. No tiene usted necesariamente que creer, pero se lo advierto, hay en ellas algo contagioso.

Lo más sorprendente es que Helen ha resultado ser el miembro más inspirado del grupo. Todavía no quiere decirnos qué vio ella en el monte. Pero le diré esto: está trabajando en el proyecto como si no existiera un mañana.

Bien, ahí lo tiene usted: un «cuento de nuestra época».

Gracias por todo, y especialmente por la «llamada».

JOHN MCGOWAN

P. D. No se considere un extraño; la vida, definitivamente, es corta. Venga a visitarnos. (Si lo hace, dígame cuándo podemos esperarlo. Me gustaría que primero hiciera una parada en la estación Grand Central de Nueva York. Hay allí una persona que quiero que usted conozca y que siempre tiene hambre.)

Y eso exactamente es lo que pienso hacer... mañana.

James Frederick Stanton

Índice

Título de la edición original: *The Messiah Stones*
Traducción del inglés: Roger Vázquez de Parga y Sofía Coca
Diseño: Eva Mutter
Foto de solapa: © Opale

Círculo de Lectores, S. A. (Sociedad Unipersonal)
Travessera de Gràcia, 47-49, 08021 Barcelona
www.circulo.es
1 3 5 7 9 2 0 1 0 8 6 4 2

Licencia editorial para Círculo de Lectores
por cortesía de Villard Books, una división de Random House, Inc.
Está prohibida la venta de este libro a personas que no
pertenezcan a Círculo de Lectores.

© Irving Benig, 1995
© de la traducción: Roger Vázquez de Parga y Sofía Coca, 1996

Depósito legal: Na. 2109-2002
Fotocomposición: Fotoletra, S. A., Barcelona
Impresión y encuadernación: RODESA (Rotativas de Estella, S. A.)
Navarra, 2002. Impreso en España
ISBN 84-226-8961-8
N.° 07864